인간 표범

인간 표범

人間豹

에도가와 란포 지음

이종은 옮김

도서출판 b

• 차례 •

인간 표범

人間豹

1934년 1월부터 이듬해 5월까지 2회 휴재를 하며 『고단구락부』에 연재하였다. 구로이와 루이코의 『괴물』과 무라야마 가와타의 「악마의 혀」에서 착상을 빌려 인간이 짐승으로 변하는 괴담으로 출발했으나 결국 『거미남』 이후 각광 받은 모험 활극으로 완성되었다. '에로그로'의 시대상이 반영된 『인간 표범』의 작품 속 사건은 1928년 10월 말에 발생하여 1929년 8월 말에 종료된 것으로 추정된다.

고양이속屬의 혀

　가미야 요시오神谷芳雄는 대학을 막 졸업한 회사원이었다. 그는 아버지가 중역으로 일하는 상사의 조사과 직원이라 딱히 정해진 업무도 없이 한가한 처지였기에 한번 맛들인 술의 흥취와 그 술을 나르는 미인의 매력을 잊지 못했다. 그가 툭하면 그 집, 그러니까 교바시京橋 부근의 뒷골목 카페 아프로디테에 드나드는 것도 무리는 아니었다.

　그러나 그가 만약 다른 카페를 택하거나 그 카페의 웨이트리스와 연애를 할 만큼 뻔질나게 들락거리지 않았더라면 모골 송연하게 그런 무서운 운명에 농락당하지 않고 무탈했을 것이 틀림없다. 이 이야기의 주인공인 괴물 인간 표범을 만난 곳이 카페 아프로디테였기 때문이다.

　어느 겨울, 유난히 춥고 야심한 밤이었다. 그날도 가미야는 카페 아프로디테의 구석 테이블에 죽치고 앉아 물에 희석한 위스키를 조금씩 홀짝이며 서너 시간이나 웨이트리스 히로코弘子와 마주 앉아 무의미한 대화를 주고받고 있었다.

"오늘 이상하네, 11시밖에 안 되었는데 나 말고는 손님이 하나도 없잖아."

평소에도 어딘가 모르게 음침하고, 손님이 적은 대신 느긋하고 안정감 있는 카페였으나 오늘 밤은 유난히 빈집에 덩그러니 앉아 있는 기분이었다. 어슴푸레한 전등 빛이나 쥐 죽은 듯이 조용한 분위기가 어쩐지 소름 끼치게 무서울 정도였다.

"마가 낀 날인 것 같지? 분명해. 밖이 추울 거야. 그래도 성가신 일은 없을 테니 이게 나아."

히로코는 예쁘장한 입술을 살짝 벌리고 가미야가 좋아하는 덧니를 보여주며 어리광 부리듯 웃었다.

그런데 바로 그때, 웨이터가 입구에서 손님맞이 하는 소리가 들렸다. 뚜벅뚜벅 구둣발 소리를 내며 한 남자가 들어와 사람들 눈을 피하려는지 종려나무 화분으로 가려진 맨 구석 자리에 앉았다.

가미야는 그 남자가 걸어오는 동안 풍채와 용모를 파악할 수 있었다. 검정 양복 차림의 남자는 몹시 마른 체형에 다리가 길고, 얼굴은 터키인처럼 거무스름한 데다가 볼이 야위고 코가 높았다. 눈은 동물이 연상될 정도로 놀랄 만치 컸는데, 보통 사람들보다 훨씬 콧마루 가까이에 붙은 큰 눈을 희번덕거렸다. 연배는 서른 살쯤으로 보였다.

가미야는 그 후에도 한참 히로코와 즐겁게 밀어를 속삭이면서도 종려나무 쪽 손님을 의식하지 않을 수 없었다. 여태 이렇게 기괴한 사람을 본 적이 없었다.

히로코도 같은 마음인지 이야기를 나누며 연신 그쪽을 힐끔거리다가 더 이상은 참을 수 없었는지 속삭이는 목소리로 하소연했다.

"짜증 나, 저 사람. 아까부터 내 얼굴만 보고 있어. 저기 봐, 나무 그늘에서 커다란 눈으로 나를 뚫어지게 보고 있잖아. 기분 나빠."

가미야는 별일 아니라는 듯이 그쪽을 봤는데, 아니나 다를까 종려나무 잎 사이에서 반딧불처럼 이상한 광채를 내뿜는 눈이 고양이 쥐 노리듯 히로코를 쏘아보고 있었다.

"처음 보는 사람이야?"

"응, 저런 사람 본 적 없어."

"무례한 자식."

일부러 들으라는 듯이 혀를 차며 상대의 눈을 노려보니 상대도 눈치를 채고는 가미야를 향해 날카로운 시선을 보냈다.

"뭐 하자는 거야, 내가 지나 봐라."

술에 취한 가미야가 눈싸움이라도 하듯 시선을 고정하고 잠시 노려보자, 신기하게도 상대의 눈이 점차 반딧불이처럼 강한 광채를 내더니 종국에는 정체 모를 요상한 빛이 눈앞에 번득이는 바람에 어질어질 현기증이 나서 견딜 수 없었다. 이루 말할 수 없는 심한 오한도 목덜미를 타고 올라왔다.

"저런 자식, 신경 쓰지 말자. 자기도 그만 보는 게 좋겠어. 저 자식 대체 무슨 짓을 하는 거람. 제정신이 아닌가 봐."

"그래, 보지 않을게."

하지만 결국 관심 없는 척 그냥 지나칠 수 없는 사건이 생겼다.

"있잖아, 히로코. 나 너무 힘들어."

수상한 손님을 상대하던 웨이트리스가 벌겋게 취한 얼굴로 두 사람이 있는 테이블로 와서 소리 낮춰 말했다.

"저 사람이, 너한테 오겠다고 막무가내야."

"뭐야, 너무 무례하잖아. 내가 요시오를 상대하고 있는 거 안 보여?"

"물론 알지. 그래서 지금은 안 된다고 했는데도 도무지 듣지 않아. 취한 상태라 난폭해질지도 몰라. 그냥 얼굴만 잠깐 비추면 안 될까?"

그런 말을 듣고 있자니 가미야는 벌컥 화가 치밀었다.

"안 된다고 전해. 다른 손님과 이야기 중인 사람을 가로채는 자식이 어디 있어. 계속 구시렁대면 내가 가주지."

웨이트리스는 일단 물러갔지만 바로 되돌아와 울먹거리듯 말했다.

"그랬더니 그 손님과 만나고 싶다는 거야. 막무가내로 이쪽으로 오려는 걸 내가 겨우 말렸어. 히로코, 제발 부탁이야……."

"좋아, 그럼 내가 가보지."

가미야는 그러면 안 된다고 매달리는 두 여자를 밀어젖히다시피 하고 종려나무 그늘 쪽으로 성큼성큼 걸어갔다.

"내게 용무라도 있으신가 봅니다."

취한 가미야는 말썽부리는 남자에게 따지고 들었다.

술잔과 위스키병을 테이블 위에 쓰러뜨리고 접시 위의 비프스테이크를 뚫어져라 바라보며 마구 난도질하던 남자는 가미야의 목소리를 듣더니 고개를 들고 히죽대며 웃었다.

"네, 용무가 있습니다. 용무라기보다는 부탁이겠네요. 저 애가 마음에 드니 좀 만나게 해주시겠습니까."

뜻밖에도 남자가 점잖게 나오니 대답이 궁해졌다.

"만나게 해주십시오. 아니면 제가 자제력을 잃을지도 모릅니다. 저를 화나게 하시면 안 됩니다. 여기 보세요. 제 입, 제 입을, 말입니다."

남자는 이를 갈고 있었다. 부득부득 어금니를 갈며 분노를 참고 있었다. 상대를 뚫어지게 쳐다보던 눈이 점점 커지더니 괴이한 인광燐光으로 불탔다.

"그래도 그건 안 되죠. 전 저 여자의 단골이에요. 새치기하시면 안 됩니다."

가미야는 허세를 부렸다.

"안 된다고요? 어떻게 좀 안 되겠습니까?"

남자는 다급하게 물었다.

"네, 안 되겠는데요."

"저 좀 살려주세요. 자제력을 잃을 것 같습니다. 만약 제가 자제력을 잃게 된다면……."

남자는 섬뜩하게 이빨을 으득거리면서 주먹을 불끈 쥐더니 무슨 생각인지 테이블을 사정없이 내리쳤다. 몇 번이나 테이블을 갈겨대는 사이 손가락 관절이 부러지고 피가 흘렀다. 그는 피로 흥건해진 테이블을 또 무참히 후려갈겼다.

남자는 자신의 마음과 싸우고 있었다. 이를 악물고 손가락에 상처까지 내가며 흉포한 행동을 억제하려는 듯했다. 그럼에도 불구하고 자꾸 짐승 같은 분노가 북받쳐 오르는지 온몸을 부들부들 떨며 뭔가 움켜쥘 듯이 흉악하게 열 손가락을 오므렸다. 눈은 한층 퍼렇게 불타오르고 입에서는 어금니 가는 소리가 났다.

가미야는 그 모습을 보자 더 이상 허세를 부릴 수 없었다. 취기도 달아났고 가슴 속까지 서늘해지는 정체 모를 공포감에 부르르 떨었다.

"히로코, 여기 잠깐만."

자신도 모르는 새 히로코를 불렀다.

"왜 그래."

뒤에서 곧바로 히로코의 목소리가 들렸다. 그녀는 할 수 없다는 듯이 칸막이 안으로 들어가 남자 옆자리에 앉았다.

"아, 여기서는 히로코라고 부르나 보군."

남자의 표정이 정말 순식간에 돌변했다. 그는 히로코의 어깨를 감싸고 히죽거리면서 마치 사죄하듯 말을 꺼냈다.

"난 말이야, 온다恩田라고 해. 네게 사례를 하고 싶은데 받아주겠나."

그는 앞에 버티고 있는 가미야를 불쾌하다는 듯이 힐끗힐끗 쳐다보더니 커다란 입을 쩝쩝거리며 속삭였다. 그렇다. 온다라는 수상한 자의 입은 정말 컸다. 만약 작정하고 벌리면 입이 귀까지 찢어져 뼈만 앙상한 얼굴 전체가 입으로 보이지 않을까 의심스러울 지경이었다. 입술은 그다지 두툼하지 않았으나 몹시 붉었으며 미끈거릴 것처럼 축축해 보였다.

온다는 자신의 손가락에서 특이한 모양의 반지를 빼서 히로코가 사양하는데도 억지로 손을 잡아당겨 반지를 끼워주었다.

"아름다운 히로코를 처음 만난 기념이죠. 소중히 간직하길."

반지를 끼우며 그 틈에 히로코의 손을 꼭 잡고는 제멋대로 시건방지게 말했다.

가미야는 화가 났지만 조금 전 온다의 얼굴이 떠오르자 두려워 끼어들 수 없었다. 미친 사람의 추태라 여기고 눈감아야 했다.

온다는 쓰러져 있던 위스키병을 들더니 남은 술을 잔에 따르고 크게 외쳤다.

"히로코를 위해 건배!"

그는 잔을 깨끗이 비우고 긴 혀로 입술을 날름날름 핥았다. 유달리 길고 붉은 혀였다. 하지만 단지 길거나 붉기만 한 것이 아니었다. 진짜 공포는 오히려 그가 비프스테이크를 입에 넣을 때 실감할 수 있었다.

결코 술에 취한 가미야의 환각이 아니었다. 히로코와 또 한 명의 웨이트리스도 확연히 느꼈고, 나중에 새파랗게 질린 얼굴로 그 이야기를 주고받았다.

온다는 붉은 피 뚝뚝 떨어지는 두꺼운 소고기 한 조각을 포크로 푹 찌르더니 입을 크게 벌리고 붉은 혀를 날름날름 움직이며 아주 맛있게 먹었는데, 그때 민첩하게 움직이던 혀가 전등 빛에 비쳐 표면이 뚜렷이 보였다.

이게 어찌 사람의 혀란 말인가. 혀 표면에 바늘을 심은 것처럼 시뻘건 살에 온통 거스러미가 일어 있었다. 거스러미는 혀를 움직일 때마다 곤두서서 바람에 나부끼는 풀처럼 물결쳤다. 결코 인간의 혀라 할 수 없었다. 이건 고양이속의 혀다. 고양이를 키운 적 있는 가미야는 그런 섬뜩한 혀를 잘 안다. 흉포한 육식 동물의 혀. 고양이나 호랑이, 그게 아니라면 표범의 혀다.

커다란 두 눈에서 타오르는 반딧불이, 거무스름하고 앙상한 얼굴, 민첩한 몸놀림. 바로 검은 표범 아닌가. 그렇다. 이 남자를 보고 있으면 열대 정글에 서식하는 고독하고 포악한 음수陰獸를 연상할 수밖에 없었다.

나는 지금 제정신이 아니다. 이 괴물은 내 취한 눈을 현혹시키는 환영일 거야. 아니면 악몽에 시달리는 거겠지.

가미야는 보기만 해도 두려워 외면하려 했으나, 오히려 그럴수록 눈에 보이지 않는 실에 이끌리듯 어느덧 상대의 짐승 같은 입가를 응시하고 있었다.

어둠 속에 꿈틀거리다

연인을 보호하고 싶다는 일념으로 두려움을 꾹 참으며 괴물과

한 테이블에 마주 앉아 있는 시간이 너무도 길게 느껴졌다. 온다는 가끔씩 부득부득 이 가는 소리를 냈지만 딱히 포악한 행동을 하지는 않았다. 다만 넋 나간 듯이 히로코의 얼굴을 바라보며 먹고 마실 뿐이었다. 1시쯤, 이제 문 닫을 시간이라고 양해를 구하자 못내 아쉬운지 히로코에게 몇 번이나 작별 인사를 하고는 의외로 얌전히 돌아갔다. 안도한 가미야는 새파랗게 질린 히로코를 달래주고 잠시 후 카페를 나왔다.

완전히 인적이 끊긴 심야의 뒷골목에 얼음처럼 세찬 바람만 구슬픈 소리를 내며 불었다. 가미야는 돌연 사막 한가운데 내던 져진 것처럼 쓸쓸한 기분이 들어 모자를 눌러쓰며 택시를 잡기 위해 가까운 대로로 걸어 나갔는데, 무심코 모퉁이를 도니 먼저 나간 온다가 대로변의 푸르스름한 가로등 아래 서 있는 모습이 보였다.

카페에서는 뭉친 옷을 겨드랑이에 끼고 있어 잘 몰랐지만 지금 보니 어울리지 않게 양복 위에 검정 인버네스 코트[1]를 걸치고 서 있는 모습이 한밤중의 거대한 괴조怪鳥 같았다. 바람이 세차게 불 때마다 인버네스 자락과 소매가 뒤집혀 박쥐 날개처럼 팔락거렸다.

가미야는 두려운 존재를 맞닥뜨린 것처럼 그 자리에 멈춰 서서 옛날 서양 이야기에 등장하는 마법사 같은 모습의 온다를 물끄러미 바라보는데, 돌연 온다가 검은 바람을 향해 괴상하게

....
1. 기장이 긴 케이프 모양의 남자 외투로 메이지 중기에 유행했다. 톰비라고도 부른다.

고함치며 떼쓰듯이 발을 동동 굴렀다. 단지 추위 때문만은 아니었다. 그는 정신 나간 사람처럼 흥분했다. 도저히 참을 수 없는 충동을 그런 식으로 모면하려는 것이 틀림없으리라.

가미야는 신비한 인력에 이끌리듯 수상한 행동을 하는 온다에게 다가갔다. 세상 끝까지라도 이 남자의 뒤를 밟아보고 싶다는 마음을 억제할 수 없었다. 두려운 마음이 들수록 더욱더 그의 정체를 확인하고 싶었다.

잠시 후 온다는 빈 차를 불러 세우더니 차 안으로 사라졌다. 가미야도 초조하게 뒤에 오는 자동차에 올라탔다.

"앞에 가는 차를 따라잡으시오. 가급적 앞차가 알아채지 못하게. 요금은 원하는 대로 줄 테니."

심야의 대로는 걸리적거리는 것이 없어 미행에 안성맞춤이었다. 두 대의 자동차는 화살처럼 바람을 가르며 달렸다.

신주쿠新宿까지는 창밖의 거리 풍경이 익숙했지만, 그다음부터는 어디쯤인지 짐작할 수 없었다. 차가 점점 변두리로 들어가더니 어느새 인가가 드문 시골길로 접어들어 4~50분쯤 달렸을 즈음 앞차가 멈춰 섰다.

앞차가 눈치채지 못하도록 가미야는 반 정[2] 앞에서 하차했다. 여기가 어디냐고 물으니 확실치는 않지만 오기쿠보荻窪와 기치조지吉祥寺 중간쯤 되는 것 같다고 운전사가 대답했다.

"금방 올 테니 헤드라이트를 끄고 여기서 기다려 주시오."

....
2. 약 55m. 1정町=109m.

가미야는 그렇게 말해놓고 서둘러 온다의 뒤를 쫓았다.

길 양편의 오뉴도[3]처럼 우뚝 솟은 커다란 가로수들 사이로 드문드문 인가가 보이고 군데군데 어스름한 상야등이 늘어서 있다. 불빛 사이로 검은 박쥐 같은 모습의 온다가 반 정 앞을 성큼성큼 걸어간다.

마침 그의 검은 그림자가 어느 상야등 아래를 지날 때였다. 갑자기 앞쪽에서 개 한 마리가 달려와 요란하게 짖어댔다.

온다가 소리로 위협하고 발길질을 하면서 개를 쫓았지만 그럴수록 개는 더 심하게 짖었다. 개조차 그의 기괴한 모습에는 위협을 느꼈으리라.

작은 동물이 집요하게 공격하자 온다는 또 격정적으로 발을 굴렀다. 양쪽 발을 교대로 차며 두 손을 가슴 앞에 꽉 쥐었다. 가미야에게는 들리지 않겠지만 틀림없이 아까처럼 이를 갈고 있을 것이다. 그는 정말이지 형언할 수 없이 섬뜩한 광란의 춤을 추기 시작했다.

인간이라면 그 모습을 보고 벌벌 떨며 줄행랑치겠지만, 개였기에 도망치기는커녕 오히려 더 맹렬히 덤벼들었다.

하지만 다음 순간, 실로 엄청난 일이 벌어졌다. 가미야는 그때 그 무시무시한 광경을 영원히 잊을 수 없었다.

온다는 유난히 날카롭게 고함치더니 순식간에 인버네스를 날개처럼 펼치며 불쌍한 개에게 맹수같이 몸을 날렸다.

....

3. 大入道. 스님의 외양을 한 커다란 몸집의 도깨비. 밤중에 혼자 걷고 있으면 앞에 나타나 사람을 놀라게 한다고 전해진다.

어스레한 상야등 아래 개와 사람이 검게 한 덩어리가 되어 공처럼 굴렀다. 사람이나 개나 아무 소리도 내지 않고 무시무시한 침묵 속에서 싸웠다.

하지만 이 엄청난 싸움은 길게 가지 않았다. 돌연 검은 덩어리가 움직임을 멈추더니 한쪽이 슬금슬금 일어섰다. 온다의 그림자였다. 그는 일어서 뒤도 돌아보지 않고 그대로 자리를 떴다. 온다가 사라진 자리에는 불쌍하게도 개가 죽어 축 늘어져 있었다.

가미야가 가까이 가서 개의 사체를 보니 새삼 전율이 느껴졌다. 개는 주둥이가 참혹하게 다 찢긴 채 시뻘건 핏덩이가 되어 쓰러져 있었다. 무슨 이런 괴물이 다 있나. 그는 인간이 아니다. 인간이라면 어찌 이런 잔혹한 짓을 하겠는가. 더구나 이 무시무시한 힘은 뭐란 말인가. 분명 양손으로 위턱과 아래턱을 벌려 주둥이를 찢은 것이 틀림없었다. 어지간한 힘이 아니면 불가능한 일이다.

가미야는 상대의 잔혹함에 두려움을 느끼고 그대로 물러나려 했지만, 집요한 호기심이 공포를 이겼다. 그는 손에 땀을 쥐고 괴물 같은 온다의 뒤를 쫓아갔다.

잠깐 미행하다 보니 온다는 도로를 벗어나 잡목림 사이의 좁은 길로 들어갔다. 성기게 자란 잡목 앞으로 하늘에는 별이 총총 떠 있고 저 멀리 수풀 같은 것이 보인다. 그 사이로 언뜻언뜻 등불이 비치는 것을 보니 나무로 둘러싸인 인가인 듯했다. 온다는 들판 한복판의 외딴집으로 들어간 걸까.

도로의 상야등에서 멀어지자, 잡목림 안은 어둠이 점점 짙어져 검은 그림자를 미행하기란 무척 힘들었다.

겨우 잡목림을 빠져나왔건만 이게 웬일인가, 방금까지 어렴풋하게나마 보이던 온다의 그림자를 놓치고 말았다. 식별이 쉽지 않은 잡목림에서도 미행이 가능했는데, 아무리 어둡다고 한들 시야가 탁 트이고 별이 빛나는 하늘 아래서 갑자기 자취를 감추다니 이런 괴이한 일이 어디 있나.

주변은 논밭도 없이 온통 황폐한 풀숲이었다. 변변한 길도 없어 밤이슬에 젖은 마른 풀들이 께름칙하게 발을 얽는 데다가 물웅덩이에 빠질까 봐 걷기도 만만치 않았다. 하지만 가미야는 여기까지 힘들게 미행한 괴물을 이대로 내버려 두고 돌아가기에는 아쉬움이 남았다. 그는 하늘에 뜬 별에 의지해 사방을 살피며 저 멀리 나무 사이로 보이는 등불을 목표로 불안하게 걸어갔다.

문득 정신을 차려보니 2~3간[4] 앞의 풀숲에서 사각거리는 소리가 났다. 바람 소리인가, 바람에 마른 풀이 흔들리는 건가. 만약 바람이라면 한 곳에서만 소리가 나다니 이상했다. 가미야는 좀 꺼림칙한 기분이 들어 걸음을 멈추고 귀를 기울였다. 허공에는 여전히 바람이 부는데 조금 전 소리는 뚝 멈췄다.

걷기 시작하니 또 앞쪽에서 사각거리는 소리가 들린다. 멈춰서면 소리도 멈춘다. 내 발소리에 지레 겁먹는 것인가. 아무래도 그건 아닌 것 같아 가미야는 시험 삼아 발소리를 죽이고 걸어봤

. . . .
4. 약 4~5m. 1간間=1.8m

건만 여전히 풀숲을 가르는 바람 소리 같은 것이 들렸다.

번잡한 시내에서 멀리 떨어진 무사시노武蔵野의 한밤중은 명부
冥府처럼 어둡고 고요했다. 소리라고는 허공에 부는 바람뿐이고,
빛이라고는 반짝이는 별빛밖에 없다. 이승 같지 않은 깜깜한
초원에서 바람 아닌 또 다른 소리가 언뜻언뜻 들린다.

가미야는 너무 섬뜩해 꼼짝할 수 없었다. 소리가 나는 방향을
가만히 쳐다보니 풀숲 사이로 불꽃처럼 푸른빛이 은은히 도는
옥이 두 개 보였다. 이 추운 계절에 반딧불이가 살아있을 리
없다. 뱀도 아니다. 어둠 속에서도 빛나는 고양이속의 눈이다.
검은 표범의 눈인 것이다.

두 개의 발광체는 점점 광채가 강해지더니 움직이지 않고
가미야를 노려봤다. 그자다. 무엇을 하려는지 괴인이 풀숲에
엎드려 가미야의 모습을 지켜보고 있었다.

실로 긴긴 시간, 괴이하게도 어둠 속에서 서로 눈싸움을 했다.
가미야는 이미 기력이 소진되었다. 공포 때문에 실신할 것 같았
다.

그때였다. 바닥에 엎드린 괴물에게서 인간의 목소리가 들렸
다. 마치 지옥 밑바닥에서 울리는 듯한 음침한 목소리로 그가
말했다.

"이봐, 얼른 돌아가. 나는 자네 같은 사람한테 간섭받고 싶지
않아."

그가 방향을 바꾸자 인광燐光을 뿜던 두 눈이 더 이상 보이지
않았다. 바닥에 낮게 엎드린 검은 그림자는 순식간에 수풀을

가르며 멀리 사라졌다. 그는 한 번도 일어서지 않았다. 서는 대신 두 손을 바닥에 대고 짐승처럼 마구 달렸다.

가미야는 얼마 남지 않은 기력을 북돋아 가며 아까 왔던 길을 거슬러 숨이 끊어져라 달렸다. 십여 년이나 잊고 있던 소년 시절의 마음으로 돌아가 뭔가에 쫓기기라도 하듯 죽자 살자 달렸다. 아무리 달려도 도망칠 수 없는 갑갑한 악몽을 꾸며 몸부림치는 것 같았다.

괴이한 집의 비밀

그다음 날부터 일주일 동안, 감기에 걸린 가미야는 열 때문에 병석에 누웠다. 괴물을 미행하느라 한밤중에 차가운 바람을 쐰 탓도 있겠지만, 수상쩍은 인광에 쏘여 귀신에 씐 것 같기도 했다.

회사도 쉬어야 할 정도라서 카페 출입도 할 수 없었기에 그동안 히로코의 신상에 무슨 일이 생겼는지 전혀 알 수 없었다. 겨우 몸을 추스를 수 있게 되자 오랜만에 히로코의 미소를 보리라 기대하고 카페에 갔는데 뜻밖의 사건이 벌어졌음을 알게 되었다.

히로코는 사흘 전 긴자銀座의 시세이도에 쇼핑하러 간 뒤 행방불명되어 경찰에 신고도 하고 본가에서도 혈안이 되어 찾아다녔지만, 아직 소식을 모른다고 했다.

히로코가 가미야 말고 다른 남자와 눈이 맞아 사랑의 도피를 했다고는 상상조차 할 수 없었고 가출이나 자살을 할 이유도 전혀 없었다.

히로코는 유괴된 것이 분명했다. 하지만 긴자 한복판에서 웨이트리스를 납치하다니 요즘 세상에 그런 무모한 짓을 할 사람이 있을까. 너무 요상하고 비상식적인 일 아닌가.

하지만 짐승의 세계는 어떠한가. 그렇다. 짐승의 세계에서는 그런 일이 다반사다. 본능이 명령하는 대로 무슨 일이든 저지를 수 있다. 범인은 틀림없이 그자일 것이다. 뱀처럼 수풀을 기어가던 온다 놈이 틀림없다.

가미야는 닷새 전의 그 웨이트리스를 붙잡고 그 후 온다가 찾아왔는지 물어봤지만, 한 번도 안 왔다는 대답이 돌아왔다. 점점 의심스러웠다. 히로코에 대한 강한 집착도 그렇고 반지를 줄 정도의 애정인데 그대로 포기할 리 없다. 카페에 다시 찾아오지 않은 것은 그보다 훨씬 탐욕적인 음모 때문 아닐까. 히로코를 자신의 소굴로 데려가 완전히 소유하려는 괴물 같은 음모를 꾸몄기 때문이리라.

가미야는 틀림없다고 생각했다. 하지만 온다를 경찰에 신고할 용기는 없었다. 만약 사실이 아니라면 돌이킬 수 없는 실책을 저지르는 것이다. 좀 더 조사해 봐야 한다. 좀 더 확실한 증거를 스스로 거머쥐어야 했다. 무엇보다 온다라는 인물이 어떤 사람인지, 그가 어디 사는지조차 모른다.

그리하여 가미야는 다음 날 오후에 회사를 조퇴하고 지난번에

갔던 무사시노의 숲속에 가서 그의 거처를 확인해 보기로 했다.

몇 번이나 헤맨 끝에 겨우 그 숲을 찾을 수 있었다. 가미야는 차에서 내려 좁은 샛길로 들어가 수풀을 헤치며 목적지를 향해 걸었다.

하늘은 온통 구름으로 흐렸다. 바람은 불지 않았고 추위도 별로 심하지 않았지만, 풀잎이나 나뭇가지 끝이 전혀 흔들림 없이 정지되어 있었다. 어쩐지 이승이 아닌 것 같았다. 아무리 떠올리지 않으려 해도 어젯밤의 무시무시한 기억이 되살아나 도망치고 싶은 충동에 사로잡혔지만, 연인을 위한 일이었으므로 꾹 참고 수풀을 지나 어스름한 숲속으로 들어갔다.

그곳에는 키 큰 상록수로 둘러싸인 괴이한 건물이 있었다차 이끼가 긴 벽돌 담. 요즘에도 이런 건물이 남아 있다는 것이 놀라울 정도로 고풍스러운 목조 양옥 건물이었다. 경사가 급한 슬레이트 지붕 위로 붉은 벽돌 굴뚝이 고개를 쑥 내밀고 잔뜩 연기를 뿜었다. 다 쓰러져 가는 음침한 건물에 비해 유독 굴뚝만 위풍당당해 보였다. 이 집 주인은 어지간히 추위를 타는 사람인 가 보다. 그게 아니면 뭔가 특별한 이유라도 있는 걸까.

붉게 녹슨 철문이 굳게 닫혀 안을 들여다볼 만한 틈새조차 없었으며 넓은 대지는 쥐 죽은 듯이 조용하고 인기척이 없었다.

가미야는 벽돌 담 주위를 한 바퀴 돌아볼 요량으로 꺼림칙했지 만 축축한 낙엽을 밟으며 걸었는데 건물 뒤편으로 갔을 때 돌연 이상한 소리가 들려 흠칫 멈춰 섰다.

그냥 소리라기보다는 음성이었다. 하지만 인간의 목소리가 아니었다. 인간이 그렇게 무시무시한 신음 소리를 낼 리 없다. 동물이다. 개보다 더 포악한 맹수가 짖는 소리임이 틀림없다. 그렇다면, 이 음침한 집에서 짐승을 키우는 걸까.

두근거리는 가슴을 지그시 억누르고 멈춰 서서 귀를 기울여보니 잠시 후 그 소리가 또 들렸다. 으르렁대는 맹수의 울음소리였다.

그때 벽돌 담 안쪽에서 돌멩이 같은 것이 날아왔다. 가미야는 안색이 변해 허겁지겁 도망치려 했지만, 보아하니 딱히 위험한 물건은 아니었다. 날아온 것은 손수건 뭉치인 듯했다.

되돌아가서 발로 들춰보니 손수건 속에서 반지가 데굴데굴 굴러 나왔다. 어쩐지 반지가 눈에 익는다고 생각하며 주우려 웅크리는데 손수건에 붉게 번진 글자가 눈에 띄었다.

피다! 그런 물감이 어디 있겠는가. 확실히 인간의 피다. 피로 쓴 글자다.

깜짝 놀라 손수건을 펼쳐보니 농담濃淡이 고르지 않은 글씨가 개발새발 쓰여 있었다.

"도와주세요. 나를 죽이려 해요."

돌발적으로 손가락을 깨물어 붓 삼아 쓴 글씨일 것이다. 물론 필적은 판별할 수 없었지만, 가미야는 히로코의 글씨가 틀림없다고 생각했다. 집 안에 감금되어 붓과 종이가 없을 테니 이런 과격한 행동을 했으리라.

기억이 난다. 이 반지야말로 히로코가 틀림없다는 증거다. 이게 바로 어느 날 밤 온다가 히로코의 손가락에 끼워주고 돌아간 반지 아닌가.

그 생각이 떠오르자 찜찜함과 두려움이 사라졌다. 히로코는 지금 그 짐승 때문에 죽을 위험에 처했다. 구해줘야 한다. 목숨을 걸고 꼭 구해줘야 한다.

가미야는 몇 번이나 낙엽에 미끄러져 넘어질 뻔하면서도 심상치 않은 기세로 대문으로 달려가 주먹을 쥐고 철문을 난타하며 외쳤다.

"문을 여십시오. 누구 안 계십니까."

하지만 아무리 문을 두드리고 소리쳐도 안에서는 아무 반응이 없었다.

가미야는 이미 앞뒤 사정을 따져볼 여유가 없었다. 다짜고짜 대문의 떳장을 밟고 넘어가 건물 입구로 달려가서는 문을 두드렸다.

이번에는 의외로 빠르게 반응했다.

"누구냐, 시끄럽게."

누군가 크게 호통치며 안에서 문을 열었다.

우리 안

문을 열고 얼굴을 비춘 사람은 양복 차림의 노인이었다. 머리와 수염이 온통 하얗게 세고 허리는 꺾어지듯이 굽어 있었다.

예상과 달리 상대가 약한 노인이라 맥이 빠진 탓에 가미야는 다소 부드러운 목소리로 물어봤다.

"여기는 온다 씨 댁입니까?"

"네, 제가 온다인데 당신은 누구시죠?"

노인은 살인을 저지를 사람 같지 않게 여유로운 어조로 대답하고는 가미야와 닫힌 대문을 번갈아 가며 유심히 쳐다봤다.

"저는 젊은 온다 씨를 만나고 싶습니다. 언젠가 교바시의 카페에서 만났던 가미야라고 합니다."

"젊은 온다라면 내 아들 말입니까? 아들은 지금 집에 없는데요."

노인은 시치미를 떼며 상대하려 하지 않았다. 방심하면 안 된다. 비실비실한 노인이라도 눈빛이 예사가 아니었다.

"그럼, 좀 여쭙겠습니다. 댁에 젊은 아가씨가 오지 않았나요. 히로코라는, 카페에서 일하는 여자인데요."

가미야가 과감히 물어봤다.

"젊은 아가씨? 모르겠는데……. 이렇게 서서 말하기도 뭣한데 집으로 들어오지 않겠소? 천천히 이야기를 들어봅시다. 대문을 넘어 들어온 무례한 양반이지만, 그건 그렇다 치고."

갑자기 노인이 빙긋이 웃으며 친절해졌다. 이상하다. 뭔가 사연이 있는 것이 틀림없다. 하지만 잔뜩 흥분한 탓에 거기까지는 눈치채지 못하고 노인이 권하는 대로 그를 따라 집으로 들어갔다.

안내된 곳은 음침한 양실로, 작은 창이 높이 나 있어 감옥 같았다.

"나는 늙은 학자요. 사람들과 교류하지 않고 살아서 손님을 대접할 만한 방도 없소."

노인이 말한 대로 그 방은 정말 이상했다. 한 면의 큰 책장에는 금박 글자가 박힌 낡은 서양 서적이 빼곡히 꽂혀 있고, 한쪽 선반에는 약제가 들었는지 라벨이 붙은 크고 작은 유리병들이 먼지가 수북이 쌓인 채 늘어서 있었으며, 그 아래 실험대 같은 테이블에는 시험관과 플라스크, 비커, 증류기 같은 여러 용기들이 어수선하게 놓여 있었다.

또 다른 한쪽 구석의 유리문 달린 장에는 눈구멍에 먼지가 쌓인 해골 서너 개가 아무렇게나 놓여 있었는데, 모양이 납작해 인간의 해골보다는 동물의 머리통으로 보였다. 그 아래 단에는 외과 의사들이 사용하는 은색 도구들이 꺼림칙하게 반쯤 녹슨 채 죽 늘어서 있었다. 유리장 옆면에는 커다란 도르래 같은 기계도 놓여 있었다.

꼭 중세 연금술사의 작업실 같았다.

방 한복판에는 동사무소에서나 쓸 것 같은 니스가 벗겨진 책상이 있고, 그 옆에 다리가 파손된 의자 두 개가 방치되어 있었다. 노인은 그 의자에 앉더니 가미야에게도 앉으라고 권했다.

"앉아요. 곧 돌아오겠죠. 아들이 와야지 나는 아무것도 모릅니다. 말했다시피 이런 연구에나 빠져 있으니까."

가미야는 더 안쪽으로 들어가 보고 싶었지만 그럴 수 없었으므로 성급하게 거듭 같은 질문만 했다.

"정말 모르십니까? 아무렴 같은 집에 있으면서 외간 여자가 갇혀 있는 걸 모르지는 않을 텐데요."

"무슨 말씀이죠? 여자가 갇혀 있다고요? 뭔가 잘못 알았을 겁니다. 나나 아들이나 그런 나쁜 사람은 아니니까. 대체 무슨 증거로 그런 말씀을 하시는 거요?"

노인은 광채가 도는 눈을 커다랗게 뜨고 가미야를 노려보면서 딱 잘라 말했다.

"증거를 보여 달라는 말씀입니까? 이게 증거죠. 방금 댁에서 누군가 담장 밖으로 이걸 던졌습니다."

가미야는 아까 그 피 묻은 손수건을 꺼내 노인의 눈앞에서 펼쳐 보였다.

그걸 본 노인은 깜짝 놀란 듯했으나 별일 아니라는 듯이 웃으며 말했다.

"하하하하…… 이걸 안에서 던졌다고요? 꿈이라도 꾸셨소. 이 집에는 아들과 나, 둘만 삽니다. 아들은 외출을 했으니 지금은 나밖에 없잖소. 내가 이런 걸 던질 리도 없고……."

"하지만 이걸 보십시오. 당신 아들이 히로코라는 웨이트리스에게 준 반지입니다. 이것도 본 적 없다고 하실 생각입니까?"

노인은 반지를 보자 한층 놀란 모습을 보였다. 거무스름한 얼굴이 갑자기 붉어진 듯했다. 백발에 묻힌 얼굴이 아들과 비슷한 것 같기도 했다. 하지만 그는 시치미를 떼며 뜻밖의 제안을 했다.

"몰라요. 나는 그런 거. ……하지만 당신이 그렇게 못 믿겠다면 집 안을 살펴보는 게 어떻겠소. 내가 안내해도 좋고."

가미야는 조심해야 했다. 노인의 말 속에 뭔가 무시무시한 계략이 숨겨져 있을지 모른다. 하지만 히로코의 안위를 확인하려는 마음이 앞서 다른 생각을 할 여유가 없었다.

"안내해 주십시오. 저도 이렇게 방문한 이상 마음 편히 돌아가고 싶습니다."

가미야는 일어서서 마구 노인을 재촉했다.

"그럼, 이쪽으로 오시오."

노인은 내키지 않는다는 듯이 힘들게 의자에서 일어나 굽은 등에 뒷짐을 지고 비실거리며 방을 나갔다.

어둑어둑한 복도를 지나자 바깥쪽에 빗장이 걸린 견고한 판자문이 보였다.

"우선 이 안을 보시겠소."

노인은 빗장을 풀고 앞장서 그 방으로 들어갔다.

가미야도 뒤따라 들어갔는데 방 안이 어두워 잘 보이지 않았다.

"창이 닫혀 있습니까?"

"그렇소. 지금 창을 열 테니 잠시 기다리시오."

노인이 어둠 속에서 덜그럭거리는 소리를 냈다. 이윽고 쾅당 큰 소리가 나더니 방 안이 암흑처럼 캄캄해졌다.

"무슨 일이죠?"

놀라서 물어보니 저만치 먼 곳에서 노인이 웃었다.

"하하하……, 아무것도 아니라오. 댁은 잠시 거기서 쉬고 있으시오. 편히 있어도 좋소. 하하하⋯⋯."

노인의 목소리가 점점 멀리 들렸다.

정신이 번쩍 든 가미야는 방문 쪽으로 달려갔지만 이미 늦었다. 두꺼운 문이 꽉 닫히고 밖에서 빗장이 걸렸는지 아무리 밀고 당겨 봐도 꿈쩍도 안 했다.

가미야는 어리석게도 함정에 빠진 것이다. 노인은 어둠을 빌미로 창문을 여는 척하면서 그가 방심한 틈을 타서 복도로 나가 밖에서 빗장을 걸었다.

그는 몇 차례나 온몸을 부딪쳐 가며 문으로 돌진했으나, 아무 효과도 없는 걸 깨달았다. 그래서 이번에는 손을 더듬으며 창문을 찾아봐도 사방이 모두 판자로 막혀 있고 창문 같은 건 없었다. 채광 시설이 전혀 없는 3조[5] 크기의 창고 같은 방이었다. 아니, 창고치고는 너무 견고했다. 혹시 이 방은 동물을 가두는 우리란 말인가. 아무래도 그런가 보다. 그럼 가미야는 짐승처럼 우리 안에 갇힌 건가.

고양이와 쥐

가미야는 탈출할 가능성이 없다는 걸 깨닫자 극심한 후회가 밀려오는 통에 어둠 속에서 털썩 주저앉고 말았다.

⋯⋯⋯⋯
5. 약 1.5평. 다다미 1조의 크기는91cmx182cm.

섣부른 짓을 했다. 서두르기 전에 내 능력부터 고려해 봐야 했다. 게다가 상대가 나이 든 노친네라고 방심한 것이 실수였다. 노쇠하기는커녕 나를 밀실에 가둔 솜씨는 젊은 사람 못지않게 재발랐다.

나는 지금부터 어찌해야 한단 말인가.

이 감옥 같은 밀실을 격파할 힘이 없으면 별수 없다. 다른 사람에게 알릴 방법도 없으니 이대로 아사할 수밖에 없나.

그건 그렇다 해도 히로코는 어디 있단 말인가. 그녀를 구해주려고 한 것뿐인데 나도 마찬가지로 감금의 고통을 겪게 될 줄은 몰랐다. 손수건을 던진 걸 보니 그녀가 갇힌 곳은 분명 저 뒤편 창문이 있는 방일 것이다.

그래도 이상하다. 히로코가 내 모습을 보거나 발소리를 듣고 바로 손수건을 던진 거라면 굳이 그런 성가신 수고를 할 필요 없이 그저 큰소리로 구조 요청을 하면 되는 것 아닌가.

재갈이라도 물린 것일까. 아니다, 재갈을 물릴 정도면 양손도 묶었을 텐데 포박당한 상태에서는 글씨를 못 쓸 것이다.

그런데 히로코는 대체 누가 있을 줄 알고 손수건을 던진 걸까. 누가 지나가다가 주울 때까지 기다린 건가. 아무래도 그게 가장 신빙성 있다. 그럼 운 좋게 내가 지나가던 바로 그때 던졌단 말인가. 아니, 운이 좋은 게 아니다. 지금 생각해 보니 오히려 그것이 상황을 더 악화시키지 않았나. 온다의 집을 아는 사람은 나밖에 없다. 그런 내가 '함흥차사'가 되다니 이제 히로코를 구할 가능성이 전혀 없다고 해도 과언이 아니다. 대체 어쩌면 좋단 말인가.

가미야가 어둠 속에서 골똘히 생각에 빠져 있는데 갑자기 짐승의 신음 소리가 아주 가까운 곳에서 들렸다. 판자벽 바로 건너인 듯했다.

역시 맹수가 있나 보다. 그렇다. 이런 우리 같은 밀실이 있다는 건 분명 이 집에서 짐승을 기르기 때문이리라. 도쿄 시내의 동물원이 아니라도 개인적으로 맹수를 기르는 부호도 있는데 여기라고 무시무시한 짐승이 없으리라는 법 없다.

거기까지 생각했을 때 문득 경악할 만한 상상을 하게 되었다. 혹시 그 노친네가 여기에 맹수를 들여놓을 생각이었나. 설마 그런 어처구니없는 짓을 할 리가. 아니, 어처구니없기는 이 집 자체가 이미 그렇다. 이런 연금술사의 집이 도쿄 교외에 있는 것도, 히로코나 나를 감금하는 것도, 모두 말이 안 되는 일들이다. 그런 어처구니없는 일들이 실제로 일어났는데 앞으로 언제 어떤 비정상적인 변고가 생길지 모른다.

어둠이 끝없는 망상을 낳자 당장이라도 미칠 것 같았다. 가미야는 자신이 감옥 안의 맹수라도 된 양 이리저리 방 안을 돌아다녔다.

그러던 중 갑자기 아까 그 판자벽 틈새를 들여다보고 싶어졌다. 혹시라도 저 너머에 어떤 무시무시한 맹수가 엄니를 드러내고 있지 않은지 들여다보지 않고는 못 배길 것 같았다.

그는 허리를 숙여 틈새에 눈을 가져다 댔다.

꿈이 아니다. 거기에 맹수가, 커다란 표범 한 마리가 있는 것 아닌가.

튼튼한 판자벽으로 막힌 창고 같은 넓은 방이었지만 한쪽 구석에 진짜로 쇠창살로 된 우리 일부분이 보였고 그 안에 가로로 길게 표범의 상반신이 보였다. 우리 밖은 사방이 흙바닥이고 판자벽이 매우 견고한 걸 보니 가끔 표범을 우리에서 내보내 방 안을 산책하게 하는 모양이었다.

기분 탓인지 참기 힘든 야수의 악취가 불쑥 코를 찔렀다. 단지 악취만이 아니다. 이 후끈한 열기는 뭘까. 지금까지는 너무 흥분해서 전혀 느끼지 못했지만, 틈새에 눈을 대고 있으니 그 후끈함은 옆방에서 전달되는 듯했다. 자세히 보니 창으로 들어오는 광선 외에도 희미한 붉은 빛이 언뜻언뜻 움직이는 것 같다. 아, 뭔지 알겠다. 여기서는 보이지 않지만 추위를 싫어하는 표범 때문에 스토브를 켜놓은 것이다. 아까 담 밖에서 본 굴뚝의 연기는 이 방에서 나온 것이 틀림없었다.

엉거주춤한 자세가 불편해 눈을 떼고 주저앉았지만 조금 지나니 불안함을 견딜 수 없어 또다시 틈새를 들여다봤다. 주저앉았다가 들여다보기를 반복하는 동안 이렇다 할 궁리는 서지 않고 시간만 계속 흘렀다.

한 시간쯤 지났을 즈음, 그가 피곤을 참지 못하고 주저앉아 있는데 갑자기 판자벽 안쪽에서 여자 비명소리가 들려왔다. 필사적이고 비통한 외침이 길게 지속적으로 들렸다.

그 소리를 듣자마자 가미야는 그 엄청난 의미를 깨달았다. 별안간 심장 고동이 빨라지는 것을 느끼며 벌떡 일어서 틈새에 눈을 댔다.

거기에는 예상했던, 아니 예상 이상으로 무시무시한 것이 있었다.

표범 우리 앞의 흙바닥에 머리가 마구 헝클어진 젊은 여자가, 기모노 띠는 풀어져 살이 다 노출된 채 양손으로 뭔가 막으려는 자세로 쓰러져 있었다. 여기서는 보이지 않는 출입구에서 뛰쳐나온 걸까. 아니, 어쩌면 누군가에게 들이받혀 저도 모르게 이 방에서 쓰러진 걸까.

가미야는 한눈에 그녀가 그토록 애타게 찾던 히로코라는 것을 알아차렸다. 히로코는 맹수의 방에 던져진 것이다. 결국 그 표범 우리가 열린 걸까. 지금 굶주린 짐승이 입맛을 다시며 쓰러진 먹이 쪽으로 기어가고 있는 걸까.

그의 상상은 틀렸다. 히로코를 습격한 것은 표범이 아니었다. 오히려 표범보다 더 잔혹한 인간임을 알게 되었다. 그녀가 양손을 올려 방어한 상대는 인간이다.

서서히 시야에 나타난 한 남자. 온다. 아들 온다. 어느 날 밤, 인광을 번뜩이며 뱀같이 기어가던 괴물 말이다.

보라, 그는 양손을 바닥에 대고 기고 있다. 이 괴물은 서서 걷는 것보다 짐승처럼 기는 편이 자연스러운 것이다. 인간이 아니다. 히로코에게 기어가는 저 섬뜩한 몸놀림. 어찌 인간이라 하겠는가. 짐승이다. 짐승으로 볼 수밖에 없는 형상이다.

낮지만 괴물의 양 눈은 푸른 형광처럼 번뜩였다. 그가 얼마나 흥분했는지 알 수 있었다. 침으로 미끈거리는 입술은 숨을 쉴 때마다 찢어질 듯이 벌어져 징그럽게 순백의 치아를 드러냈다. 치아 사이로는 고양이속의 거무스름한 혀가 언뜻언뜻 보였다.

괴물은 고양이가 쥐를 희롱하듯 겁내는 히로코를 향해 이 방향 저 방향으로 기어 왔다. 다가왔다가 날쌔게 뒤로 물러나서 당장이라도 덤벼들 듯한 자세를 취하다가 또 물러나기를 반복했다. 괴물은 이 잔혹한 장난이 즐거운지 되도록 길게 끌고 싶은 모양이다.

두 마리의 야수

온다는 구겨진 검은 양복을 입고 있었다. 날렵한 네 다리에 바지가 딱 달라붙어 마치 한 마리의 거대한 표범처럼 보였다.

시뻘겋고 두꺼운 입술이 침으로 번들거리고 흰 치아 사이로는 짐승처럼 거무스름한 혀가 징그럽게 보였다.

창문이 작은 어두운 방이라 두 눈에서 형광처럼 발산되는 괴이한 광채를 똑똑히 볼 수 있었다. 푸른 빛을 띠며 노랗게 불타는 도깨비불은 그가 과격해질수록 광채를 더해가는 듯했다.

그 눈, 그 입, 그 사지로, 검은 인간 표범은 자신의 아름다운 먹이에게 달려들었다.

얼핏 흑백의 공처럼 보이는 두 육체가 넓은 흙바닥을 굴러다녔다. 검은 손과 흰 손이 격렬히 뒤엉켰다. 히로코는 강단 있게 비명도 지르지 않고 죽을힘을 다해 끈질기게 저항했다.

틈새로 뒤엉킨 두 사람을 들여다보던 가미야는 시야에서 그들의 모습이 사라질 때마다 심장이 멎는 줄 알았다. 자신이 위험해진다는 것도 잊어버리고 하마터면 몇 번이나 소리칠 뻔했다. 하지만 밀실에서 소리친들 무슨 소용이랴. 효과도 없을 뿐더러 그런 행동을 하면 오히려 사태만 악화시킨다. 그는 이를 악물고 진땀을 흘리며 판자벽 틈새에 달라붙어 있을 수밖에 없었다.

괴물은 아직 충분히 힘을 쓰지 않았다. 다만 고양이가 쥐 희롱하듯이 먹잇감의 하얀 신체에 드러난 공포의 표정을 즐기는 것에 불과했다. 하지만 가련한 히로코는 숨이 끊어질 듯이 힘겹게 싸웠다.

서로 움켜잡고, 밀어 넘어뜨리고, 나뒹굴 때마다 기모노뿐 아니라 속옷까지 갈기갈기 찢겨 결국 거의 몸에 걸치고 있는 것이 없었고, 드러난 살갗에는 가로세로로 긁히고 까진 찰과상으로 참혹한 무늬가 그려져 있었다.

그녀는 전혀 소리를 내지 않았다. 울부짖어도 소용없다는 걸 알기 때문일까, 아니면 공포와 피로 때문에 목이 바짝 말라 더 이상 소리칠 힘도 없었던 걸까.

이런 소동이 우리 안의 표범을 자극하지 않을 리 없었다. 야수는 크게 울부짖으며 일어서서 우리 안을 좌우로 뛰어다녔다. 야수의 흥분은 두 인간의 격투가 격렬해질수록 더 고조되었다. 우리에 달려들어 쇠창살을 타고 오르는 광기가 섬뜩했다.

입을 시뻘겋게 벌리고 뿜어내는 포효는 무시무시했다.

누런 표범, 검은 온다, 하얀 히로코. 지금 가미야의 눈앞에는 세 생명체가 굉장한 소용돌이를 그리며 서로 붙잡고, 맞부딪치고, 뛰어오르고, 때려 넘어트리고, 이리저리 나뒹굴며 광란의 춤을 췄다. 눈이 팽팽 돌 것 같은 색채의 교차에 머리가 마비되고 현기증이 나서 더 이상 공포를 느낄 힘도 없었다.

히로코의 하얀 육체는 온다 때문에 몇 번이나 나가떨어지고 도망치다 넘어져 마루에서 굴렀는데, 마지막에 내동댕이쳐진 곳이 우연히도 표범 우리의 문 앞이었다.

쇠창살에 매달려 몸을 일으키려 발버둥을 치던 중에 히로코의 하얀 손이 문의 걸쇠에 닿았다. 극도로 흥분했음에도 불구하고 걸쇠가 무슨 의미인지 알 수 있었다.

히로코는 얼른 뒤돌아서 또다시 덤빌 준비를 하는 온다를 노려봤다. 시뻘겋게 충혈된 눈, 잔뜩 커진 콧방울, 붕어처럼 벌린 입술, 너무 창백해져 죽은 사람처럼 시퍼레진 얼굴. 히로코는 그런 얼굴로 빙긋이 웃었다.

순간적으로 가미야는 그 웃음의 의미를 깨닫고 얼결에 눈을 감았다. 최후의 시간이 온 것이다. 모든 것이 끝날 때가 된 것이다.

찰칵. 이상한 소리가 들렸다.

그 소리에 몸이 부들부들 떨렸지만 가미야는 보지 않으려 해도 볼 수밖에 없었다. 눈을 떠보니 이미 우리 문이 열려 있었다. 히로코가 걸쇠를 푼 것이다.

표범은 어떻게 되었나 우리를 보니 이미 자취를 감췄다. 대신 한쪽 흙바닥에 뒤엉켜 있는 누렇고 검은 덩어리. 표범이 단숨에 사육사인 온다를 덮친 것이었다.

으아악악. 비통한 비명이 온다의 입에서 튀어나왔다. 아무리 괴물 같은 온다라도 기습 공격에는 극도로 경악했다. 하지만 그는 인간의 탈을 쓴 야수였다. 진짜 표범 앞에서도 위축되지 않았다. 상대가 되지 않았지만 그래도 싸웠다. 야수끼리의 싸움은 너무 끔찍했다.

서로 물어뜯는 붉은 입. 그들은 서로 물어뜯은 것이다. 인간인 온다도 입을 귀까지 쩍 벌리고 흰 치아를 드러내 같이 물어뜯었다. 도깨비불이 타는 건지 의심스러울 정도로 번쩍이는 네 개의 눈이 박명에 뒤섞여 날아다니고, 무시무시한 포효가 방 안의 네 벽을 뒤흔들었다.

하지만 온다는 진짜 맹수의 적수가 아니었다. 그는 서서히 방구석으로 몰렸다. 맹수의 날카로운 손톱은 온다의 양복을 할퀴어 찢더니 그의 어깻죽지를 깊숙이 찍었다. 온다는 온 힘을 다해 양팔로 표범의 턱을 받치고 있었지만 점차 힘이 약해졌다. 피에 굶주린 맹수의 엄니는 상대의 숨통을 끊으러 한발 한발 다가가고 있었다.

그대로 1분만 더 있으면 온다는 이 세상 사람이 아닐 것이다. 가미야와 히로코의 숙적은 틀림없이 사라질 것이다. 그러면 훗날 그토록 세상을 시끄럽게 하고 사람들이 생피를 흘리게 될 대참사도 미연에 방지할 수 있었을 텐데.

그런데 다행인가 불행인가. 아니, 실로 불행한 일이었다. 온다는 죽기 일보 직전에 목숨을 지켰다. 최후의 순간 구세주가 나타났다.

숨을 멈추고 사태를 주시하던 가미야의 고막에 돌연 이상한 충격이 전달되었다. 눈앞의 광경이 흔들리는 것 같았다. 총성이었다. 위급한 상황에 처한 온다를 구하려고 누군가 발포한 것이다.

피어오르는 흰 연기 아래, 박제 표범처럼 사지를 축 늘어트린 맹수가 한 번, 두 번, 세 번 구르더니 결국 기다랗게 뻗은 채 움직이지 않았다.

온다는 아슬아슬하게 목숨을 지켰지만, 녹초가 되어 얼른 일어날 힘도 없었다.

틈새를 들여다보던 가미야의 시야로 한 손에 총을 들고 나타난 자가 들어왔다. 그는 아까 이 밀실에 가미야를 가뒀던 백발노인, 즉 온다의 부친이었다. 아버지가 위급한 상황에 부닥친 아들을 구해준 것이다.

"누가 우리를 열었느냐. 설마 넌 아니겠지. 저기 저 아가씨냐."

그는 예리하게 번득이는 눈으로 우리 앞에 고꾸라져 있는 반나체의 히로코를 노려보며 물었다.

"그래요. 저 여자예요. 나를 표범에게 잡아먹히게 하려고 우리를 열었어요."

온다가 가쁜 숨을 내쉬며 점점 발악을 했다.

"흠, 그런가. 그렇다면 저 여자는 네 적인가 보군. 아니, 그보다

내 소중한 표범의 적이다. 표범을 쏠 때 얼마나 가여운 마음이었는지, 내가 얼마나 안타깝게 여겼는지 모른다."

표범의 사체 앞에 쭈그리고 앉은 노인은 슬픔을 견딜 수 없다는 듯이 표범의 등을 어루만지며 오랜 시간 묵도했다. 그러다가 갑자기 벌떡 일어나 격한 어조로 말했다.

"더 이상 너를 말리지는 않겠다. 이 여자를 최대한 괴롭혀라. 아예 죽여 버려도 된다. 내 소중한 표범의 목숨을 빼앗았으니 그 대가로 죽여도 된다."

그 말을 던지고 그가 시야에서 사라졌다.

괴이한 집의 도깨비불

이미 가미야의 기력은 거의 소진되었다. 그래도 틈새에서 눈을 뗄 수 없었다. 며느리를 위협하던 노파의 얼굴에 귀신의 낯짝이 달라붙은 것처럼 판자벽에 얼굴이 붙어 떨어지지 않았다.

온다는 잠시 후 기운을 차렸는지 입맛을 다시며 일어났다. 거무스름한 얼굴을 잔뜩 일그러뜨리고 등골이 오싹한 웃음을 지었다. 이제 이 가련한 먹이를 아무 거리낌 없이 마음껏 괴롭힐 수 있으니 즐거운 모양이었다.

히로코 쪽을 보니 다행인지 불행인지 그녀는 아직 실신하지 않았다. 하지만 심한 공포를 견디기 힘든 눈빛으로 온다를 보고 있었다.

괴물은 두 눈에 인광을 불태우며 이빨을 드러내고 그녀를 향해 한 걸음씩 다가갔다.

그 후 약 30분간 가미야는 무엇을 보고 들은 걸까. 지옥도 그런 지옥이 없었다. 세상의 온갖 음습한 것, 참혹한 것, 외설적인 것, 모든 색채와 동작과 음향이 그의 뇌수를 표백하고, 눈을 멀게 하며, 귀를 막았다.

마침내 지나치게 흥분한 온다가 격정의 여파를 해소하지 못하고 미친 듯이 뛰어다니다가 그의 시야에서 사라졌다. 그러자 그 뒤로 인간의 형태를 잃고 반짝거리는 빛이 어지러이 흩뿌려졌다. 한 여성의 혼이 유례없는 고통 속에서 승천한 것이다. 이로써 가미야는 연인의 혼과 육체를 모두 이 세상에서 완전히 떠나보내고 말았다.

그는 맥없이 밀실 마룻바닥에 쓰러진 채, 아주 한참을 죽은 사람처럼 움직이지 않았다. 몸이 온통 땀으로 젖어 구겨진 종이처럼 움직이지 않았다. 이윽고 그의 어깨가 물결치듯 떨렸다. 벌레 울음만큼 작게 흐느끼는 소리가 들리더니 서서히 소리가 커졌다. 그는 결국 몸부림치며 아이처럼 통곡했다.

어느덧 땅거미가 주위를 삼키고 그렇지 않아도 어두운 밀실은 형체도 분간할 수 없을 정도로 컴컴해졌다. 그런 암흑 같은 어둠 속에서 그의 울음소리는 끝없이 계속되었다.

정신을 차려보니 누군가 그를 부르고 있었다. 게다가 암흑인 줄 알았던 밀실 어딘가로 붉은빛이 들어왔다. 그는 반사적으로 방어 태세를 취하며 소리 나는 쪽으로 몸을 틀었다.

"이봐, 자네는 왜 울고 있나. 뭐가 그렇게 슬프지?"

소리와 함께 그 소리를 낸 자의 눈과 코가 사각 틀에 갇혀 공중에 떠 있는 것이 보였다.

온다의 부친이다. 출입구인 판자문에는 안을 들여다볼 수 있는 작은 사각형 구멍이 있었는데, 그가 덮개를 열고 촛불을 비추며 밀실 안을 살피고 있었다. 가미야는 노인의 얼굴을 보고도 일언반구 하지 않았다. 무슨 말을 해야 할지 몰랐다. 입을 열면 비참하게 떨리는 목소리가 나올 것 같았다. 뭔가에 압도당한 듯 생명의 불안이 느껴져 어쩔 수 없었다.

"뭐야, 왜 그런 얼굴인 거지?"

노인은 촛불 빛으로 표정이 돌변한 가미야의 얼굴을 확인했다.

"하아, 그럼 자네는 그걸 알고 있었던 거야? 대체 어떻게? 아, 그렇군. 판자벽에 틈새가 있지? 거길 통해 본 거야? 틀림없군. 말해 보라고. 자네, 본 거야 못 본 거야?"

가미야는 대답하지 않았다. 대답하지 않아도 그의 표정이 모든 것을 말해줬다.

"흠, 봤나 보군. 봤다면 안타깝게도 자네는 여기서 영원히 못 나가겠네. 왜 나갈 수 없는지는 굳이 설명하지 않아도 알겠지? 별수 없으니 이제 포기해. 하하하."

딸깍. 무자비하게 뚜껑이 닫히고 노인이 자리를 뜨는 기척이 들리더니 실내는 아까처럼 다시 암흑 같아졌다.

노인은 아들의 살인죄를 목격한 이상 가미야를 살려두지 않을 것이다. 당장이라도 아들인 인간 표범을 밀실로 들여보내 히로코처럼 처치할까, 아니면 구멍에 머리를 내민 노인의 총구가 그를 겨눌까. 그대로 방치하면 가미야는 곧 아사하고 말 것이다.

도망치려 해도 아무 도구도 없이 혼자 힘으로 두꺼운 판자벽과 튼튼한 판자문을 어찌 부술 수 있으랴.

어처구니없는 일을 저질렀다. 아무리 연인을 구하기 위해서라지만 자신의 능력을 고려하지 않고 다른 사람에게 알리지도 않은 채 마계에 혼자 발을 들이다니 돌이킬 수 없는 실책이다. 경찰에 신고부터 해야 했다. 힘 있는 자의 도움을 얻어 히로코를 구조하러 와야 했다.

아무리 그런 푸념을 해봐야 이제는 돌이킬 수 없었다. 설사 성공하지 못하더라도 이 밀실에서 탈출할 방법을 생각해야 한다. 그들의 악행을 경찰에 알리고 히로코의 적을 향해 총을 겨눠야 한다. 그것이 연인에게 예의를 차릴 방법이다. 그러기 전에 가미야가 죽으면 아무도 그들의 악행을 모른다. 그러면 저 무시무시한 반인반수의 괴물은 벌 받을 기회가 없어진다. 그건 너무 불합리하다. 그는 응분의 처벌을 받아야 한다. 무슨 수를 써서라도 여기에서 탈출해 연인의 무참한 죽음을 갚아줘야 한다.

하지만 무슨 수가 있단 말인가. 대체 무슨 수로 이 밀실에서 탈출해야 할까. 과연 가능할까.

그런 생각을 하며 가미야는 윗옷 주머니에 손을 넣는데, 갑자기 영감을 얻은 듯이 기발한 생각이 떠올랐다.

"내가 성냥을 가지고 있었네. 여기 성냥이 있다."

그는 주머니에서 성냥갑을 꺼내 성냥개비 수를 센 후 성냥 하나를 쓰윽 문질렀다. 홀연 어둠을 깨는 붉은 빛. 그 빛에 기대어 밀실 구석구석을 살피는 동안 생각이 점점 무르익었다.

"그러네, 이 방법밖에 없겠다. 죽든 살든 일단 저지르고 보자."

그는 서둘러 옷을 벗었다. 알몸으로 속옷과 와이셔츠, 넥타이 등 얇은 감으로 된 옷들만 골라내 한군데 모아놓고는 맨살에 다시 양복과 코트를 걸쳤다. 그리고 주머니란 주머니는 다 뒤져 손수건, 구겨진 종이쪽지, 휴지, 수첩까지 타기 쉬운 물건들을 전부 모아서 옷과 함께 뭉쳐 방 안쪽의 판자벽 옆에 놓았다.

거기에 불을 붙이려는 것이다. 그는 악마의 소굴을 태울 생각인가.

하지만 그렇게 되면 누구보다도 먼저 가미야가 불타 죽을 텐데 지나치게 무모한 계획 아닌가. 그는 계속되는 사건에 흥분한 나머지 제정신이 아닌 듯했다.

아니, 그렇지 않다. 그는 모험을 시도하려나 보다. 천 번에 한 번 성공할까 말까 한 위험한 곡예를 해보는 것이다.

성냥을 몇 개비나 부러뜨리고 나서야 겨우 종이에 불이 붙었다. 와이셔츠 소매로 불이 옮겨붙자 가미야는 별안간 발을 동동 구르더니 두 주먹을 불끈 쥐고 판자벽을 세게 쳤다. 뭐가 그리 우스운지 입을 크게 벌리고, 있는 힘껏 큰 소리로 미친 듯이 웃어댔다. 기분 나쁜 웃음소리가 방 안에 쩌렁쩌렁 울렸다.

한참 소란을 피우자, 예상대로 판자문 밖에서 발소리가 나더니 누군가 문 구멍을 열었다. 가미야는 그것이 신호라는 듯이 바로 입을 다물고 재빨리 구멍에서 보이지 않는 입구로 가서 주저앉아 판자문이 열리기를 학수고대했다.

역시나 온다의 부친이 그의 웃음소리에 의혹을 품고 상황을 살피러 왔다. 방 안에는 화염이 타오르고 있었다. 그대로 놔두자니 당장이라도 판자벽에 불이 옮겨붙을 것 같았다. 다급해진 노인은 생각할 겨를도 없었다. 그는 빗장을 풀고 판자문을 열더니 불을 끄기 위해 방 안으로 뛰어 들어갔다.

지금이다. 가미야는 노인의 옆구리 아래로 기어 질풍처럼 복도로 뛰어나갔다. 그리고 온 힘을 다해 노인의 등 뒤에서 판자문을 쾅 닫고 빗장을 채웠다. 이제 주객이 전도되어 노인이 감옥에 갇혔다.

그 상태로 놔두고, 가미야는 아까 지나온 복도를 지나 노인의 서재를 통해 재빨리 현관으로 나간 후 대문의 철창을 기어 올라가서 밖으로 뛰어내렸다. 그리고 암흑 같은 숲을 쏜살같이 벗어나 길도 없는 초원으로 들어갔다.

온통 흐린 하늘에는 별도 보이지 않고 차가운 바람에 수풀이 너울처럼 흔들렸다. 뒤돌아보니 시커멓게 눈앞을 가리는 마의 수풀, 그 속에서 깜빡거리는 수상한 집의 등불. 혹시 그건 그가 도망친 걸 알고 뒤쫓아 온 괴물의 눈에서 빛나는 인광 아닐까.

그런 연상을 하다 보니 가미야는 오금이 저릴 정도로 무서웠다. 바람도 불지 않는데 술렁거리는 수풀은 뱀처럼 기어 오는 괴물의 형상 같았다. 종국에는 눈 앞에 펼쳐진 어두운 수풀 여기저기서 번쩍번쩍 무수한 반딧불이처럼 인광이 부유하는 환각마저 보였다.

그는 달렸다. 머릿속이 하얗게 되어 그저 달렸다. 목이 마르고 혀는 돌처럼 굳었으며 심장이 목구멍까지 튀어 올라온 것 같았다.

길이건 아니건 방향도 상관없이 계속 달리는데 마침내 도로가 나왔다. 드문드문 가로등 불빛이 보이고 가로수 사이로 힐끗 외딴집이 보였다. 그는 막과자 가게 같은 초가집에 다다르자, 장지문을 열고 안으로 들어갔다.

* * *

그 일이 지역 경찰서에 전해졌다. 순경 몇 명이 겨우 기력을 회복한 가미야의 안내를 받아 숲속의 괴이한 집으로 갔을 때는 꽤 시간이 흐른 뒤였다. 각자 손전등을 들고 도로에서 샛길을 지나 잡목림을 빠져나가는데, 선두에 선 가미야가 뭔가 발견했는지 갑자기 멈춰 섰다.

"어떻게 된 거야, 뭐가 있는 거야?"

경찰이 큰소리로 물었다. 그들도 온다의 이야기를 들은 지라 이 체포극이 적잖이 꺼림칙했다.

"저기, 저기 좀 봐요. 저 불은 뭐죠?"

가미야의 말에 그쪽을 보니 숲속의 괴이한 집 주변에 커다란 활모양으로 불꽃이 활활 타오르고 있었다.

"뭐야, 불이 난 거 아냐?"

"그렇지, 자네가 도망칠 때 셔츠 뭉치에 불을 붙였다고 했잖아. 불이 더 번진 거 아냐?"

순경들이 저마다 그렇게 말했다.

"아니, 그럴 리가 없는데요. 기껏해야 천 뭉치예요. 분명 노인이 밟아서 껐을 겁니다. 만약 그게 원인이라면 불길이 더 빨리 퍼졌겠죠."

가미야는 의혹을 참을 수 없었다.

어쨌든 가보자고 해서 걷기 시작했는데 숲에 가까워지자 점점 불길이 더 크게 치솟았고, 그들이 도착했을 때는 이미 속수무책으로 화재가 커졌다.

뭔가 탁탁 터지는 소리가 났고, 창문이란 창문에서는 모두 혀 내밀듯이 검붉은 불길을 내뿜었으며, 검은 구름이 뭉게뭉게 떠올랐다. 이미 용마루 일부가 와르르 무너져 내리는 소리가 들렸고, 공중으로 불티가 튀었다. 숲 전체는 백주 대낮처럼 밝았으며 나무들은 줄기가 반쯤 붉게 물들어 공중에 떠 있는 것처럼 보였다.

"저들이 죄의 흔적을 지우려고 스스로 불을 냈나 보다. 지금쯤은 틀림없이 행방을 감췄겠지. 누가 경찰서로 돌아가 비상 수배를 요청해라. 그리고 우리는 불을 끄자. 이렇게 된 이상 우리가 나설 일이 아니다. 불을 끄는 것이 급선무다."

우두머리 경관의 명령을 듣고 한 순경이 대검 소리를 내며 달려갔다.

남은 사람들은 멀리서 불길을 포위해 집 주위를 빙글빙글 돌며 수상한 사람이 없는지 살폈다. 하지만 악당들이 그때까지 현장을 어슬렁거릴 리 없었고, 밝게 빛나는 숲속에는 수상한 기척도 전혀 없었다.

살인죄의 목격자가 달아난 상황이었기에 온다 부자는 궁여지책으로 스스로 소굴에 불을 질러 죄의 흔적을 인멸하고 자취를 감춘 것이다.

두말할 것 없이 그들은 처벌이 두려웠기 때문에 자취를 감춘 것이리라. 하지만 아무리 처벌이 두려워도 피에 굶주린 짐승 같은 인간이 손톱과 엄니를 숨긴 채 이대로 일생을 끝마칠까. 아니, 그보다 가미야가 자신들의 소중한 소굴을 전소시키고 경찰에 범죄를 신고했는데 그 깊은 원한을 그들이 과연 잊을 수 있을까. 야수 한 마리를 잃었다고 아무렇지 않게 히로코의 목숨을 끊은 자들이다. 이 원한은 그보다 몇 곱절이나 될 텐데 그저 가미야의 생명을 노리는 걸로 어찌 만족할 수 있으랴.

과연 가미야는 무사할 수 있을까. 설령 생명은 안전하더라도 그 이상으로 그에게 고통을 줄 일이 생기지 않을까.

또한 가미야 입장에서도 온다 부자는 증오해 마지않는 숙적이다. 그는 세상을 샅샅이 다 뒤져서라도 그들을 찾아내 이 원한을 해소하기를 기원했다.

끝없는 원한으로 점철된 대립, 그들의 앞길에는 대체 어떤 운명이 기다리고 있을까.

에가와 란코 江川蘭子

　가미야 요시오가 지금까지 그 누구도 경험치 못했을, 기괴하고 잔혹한 연인의 최후를 똑똑히 지켜봐야만 했던 그날로부터 1년쯤 지났다.

　당시의 충격이 너무 심해 본디 밝고 쾌활했던 그의 성격도 완전히 변한 듯했다. 낮에는 환각 속에서, 밤에는 꿈속에서 연인 히로코의 단말마 같은 형상이 인간인지 야수인지 모를 괴물의 얼굴과 중첩되어 온갖 지옥도를 그리며 그를 위협했다. 그 짐승 같은 부자가 보금자리를 빼앗긴 원한에 복수의 손톱을 갈고 있을 것 같아 그는 부단히 생명의 위협을 느낄 수밖에 없었다.

　하지만 시간의 힘은 놀라웠다. 세월이 흐르면 어떠한 슬픔이나 두려움, 분노도 부지불식간에 묽게 씻기는 법이다.

　그 후 경찰이 갖은 방법을 동원해 수색했음에도 불구하고 인간 표범 부자는 행방이 묘연했다. 외국으로 도망쳤다는 소문도 있어 더 이상 그들의 복수를 두려워하지 않아도 될 듯했다.

　야수의 기억은 가미야의 뇌리에서 나날이 희미해졌다. 아니, 그 기억만 희미해진 것이 아니었다. 그토록 열렬히 사랑했던 연인 히로코에 대한 기억과 연인을 잃은 비통한 마음조차 어느덧 희미하게 사라졌다.

그도 그럴 것이 가미야에게는 새로운 연인이 생겼기 때문이다. ……하지만 그의 박정함을 질책해서는 안 된다. 가미야가 그녀를 사랑한 것은 과거의 연인인 히로코를 잊어야 했기 때문이다.

그 무렵, 도쿄에서는 쌍벽을 이루는 두 레뷔[6] 극장이 여타 흥행물을 모두 압도하며 젊은이들의 인기를 독점했다. 그중 한 레뷔단에 여왕이라 칭송받는 미녀 가수 에가와 란코가 있었다.

일본인 취향의 요염한 목소리, 빼어나게 아름다운 얼굴, 전국의 청춘남녀를 무아지경으로 흥분시키는 불가사의하면서도 달콤한 미소, 봄처럼 성숙한 열아홉의 봉긋한 육체. 도시 전체가 추앙하는 인기 가수 에가와 란코가 가미야의 두 번째 연인이었다.

그때까지 가미야는 레뷔에 별 흥미가 없었지만 어느 날 무심코 연극 화보의 페이지를 넘기던 중 에가와 란코의 클로즈업 사진이 그의 눈을 사로잡았다. 잠시 죽은 히로코의 사진이 아닐까 착각할 정도로 가수의 얼굴은 과거의 연인과 판박이였다.

금세 레뷔 팬이 된 그는 매일 같이 다이토大都 극장의 특등석을 찾았다. 무대에 선 란코의 모습을 보는 일이 잦아지자 새로운

....

6. Revue. 19세기 프랑스를 시작으로 영국과 미국 등에서 인기를 끌었던 버라이어티 쇼. 춤과 노래, 시사 풍자 등을 엮어 구성한 가벼운 콩트다. 뮤지컬과는 달리 줄거리는 없지만, 주제가 있다는 점에서 보드빌과 구별된다.

정열은 가속도가 붙어 타올랐다.

가수 에가와 란코는 예전에 히로코가 가진 매력과 아름다움의 열 배는 갖추고 있었다. 가미야의 원초적인 이상형을 생각한다면 히로코는 그림자일 뿐 란코야말로 이제야 발견한 본체나 다름없었다.

수많은 중학생을 경쟁자로 둔 가미야는 란코를 불러내 함께 차 마시는 걸 즐겼다. 단둘이 드라이브도 여러 번 갔다. 더 이상 중학생들은 가미야의 적수가 아니었다.

가미야는 추남이 아니었다. 회사원이긴 했지만, 앞날이 보장된 중역의 아드님이었다. 주머니 사정도 넉넉했다. 게다가 그에게는 변치 않는 정열이 있었다. 란코가 그에게 상당한 호의를 보이는 것도 하등 이상하지 않았다.

가미야는 벌써부터 란코의 피앙세처럼 행동했다. 분장실을 방문해서 자택에 데려다주고 마중도 가는 사이가 되었다. 교외의 요정 같은 곳에서 은밀히 밤을 지새운 것도 한두 번이 아니었다.

가미야에게 현재의 란코는 이른바 과거 히로코의 환생이나 다름없었다. 그가 히로코를 잊지만 않는다면 다시 떠올릴 일도 없었는데, 동시에 인간 야수 온다에 대한 무시무시한 기억까지 한층 옅어진 것이 신기할 따름이었다. 그런 괴물이 이 세상에 있다는 사실조차 지금은 황당무계한 전래동화처럼 여겨졌다.

때는 꽃 피는 봄이었다. 사람은 사랑을 얻으면 마음이 공중에 붕 뜬다. 하지만 화려하게 핀 꽃일수록 그늘에는 소름 끼치게 불길한 흑풍이 기다리고 있는 법이다. 그 존재를 망각했을 때야 비로소 마성의 존재가 바로 뒤에서 서성인다. 어느 날, 가미야는 그 무서운 인간 표범의 눈을 다시 떠올려야만 했다.

"자기, 어젯밤에는 왜 나랑 만나지도 않고 귀가했지? 만나기로 약속했었잖아. 덕분에 분장실 남자한테 창피당했어."

다음날 가미야가 왜 약속을 어겼냐고 따지자 란코가 대답했다.

"당신, 날 놀리는 거야? 아니면 정말 생각이 안 나는 거야? 잘 데려다줘 놓고 왜 그래. 그건 그렇고 당신이야말로 어젯밤 차 안에서 왜 그렇게 말이 없었던 거야? 좀 이상한 분위기였어."

"뭐? 내가 데려다줬다고? 그게 정말이야? 그제와 착각한 것 아니고?"

가미야는 깜짝 놀라 반문했다.

"뭐야, 당신이 아니라고? 하지만……."

말 한마디 하지 않고 분위기도 좀 이상했다. 하지만 평소처럼 말을 걸면 상대는 가미야처럼 대답했고, 헤어질 때는 연인끼리 하는 긴 악수도 했는데. 그게 가미야가 아니라면 대체…….

"그런 말을 해서 나를 겁주려는 거야? 아니라고? 정말로 당신이 아니었다고?"

몇 번이나 확인해도 가미야의 대답은 변함없었다.

"뭐야, 그럼 그 사람은 대체 누구지?"

란코는 한없는 공포에 사로잡혀 얼굴이 사색으로 변했다.

그때 공포에 질린 란코의 표정을 처음 봤다. 당연하게도 그녀의 얼굴은 죽은 히로코와 판박이였기에 가미야는 소스라치게 놀랐다. 그리고 자연스런 수순으로, 히로코를 그런 표정으로 떨게 한 인간 표범의 무시무시한 형상을 떠올릴 수밖에 없었다.

"그 남자의 얼굴을 본 거야? 얼굴도 안 보고 나라고 확신한 거야?"

"응, 당신도 헤어질 때까지 얼굴을 마주 보지 않은 적 있잖아. 만약 조금이라도 의심했다면 그 사람의 얼굴을 확인했겠지만 난 당연히 당신이라고 생각했으니까."

어째서 별 시답지도 않은 레뷔 가면 같은 것이 유행이란 말인가. 그런 게 유행하니 이런 착오도 생긴 것이다. 평소에는 가미야도 레뷔 가면이 관람에 운치를 더한다고 생각해 찬사를 표했지만 이제는 그 가면을 저주할 수밖에 없었다.

가면 시대

레뷔 가면의 유행은 참으로 기이했다. 인간이란 족속은 예로 부터 타고난 맨 얼굴을 다른 사람 앞에 드러내는 걸 몹시 수줍어 하는 경향이 있다. 일본에서는 시대마다 머리쓰개, 삿갓, 두건 등으로 얼굴을 가렸다. 서양에서도 남자는 모두 수염을 기르고, 여자는 두꺼운 베일을 썼던 시대가 있었다. 가면무도회를 즐기 는 것도, 꽃놀이 철에 눈가리개가 잘 팔리는 것도 이 같은 인간 심리의 표출인 셈이다.

그런 인간의 약점을 파고들어 고안된 것이 레뷔 가면이다. 처음에는 불량 청년들이 장난감 가면을 쓰고 레뷔 극장의 객석에 몰래 들어간 것이 그 계기였다. 그걸 한 사람 두 사람 따라 하기 시작했고, 여기저기 가면을 쓴 관객들이 사람들의 눈길을 끌 즈음에는 눈치 빠른 상인들이 '레뷔 가면'이라는 이름으로 상표를 등록하고 셀룰로이드 가면을 출시했다.

젊은 관객들, 특히 중학생이나 가게 점원들은 얼씨구나 가면 뒤에 얼굴을 숨기고 무대의 무희에게 맘껏 야유를 날렸다. 여학 생들은 여학생대로 가면을 위장 도구 삼아 평소 동경하던 보이시 한 여자에게 자신의 육성으로 아낌없는 성원을 보냈으며, 끝내 는 성인 남녀까지 민망한 레뷔 관람을 감추려고 가면을 쓰는 경우가 속출했다.

레뷔 가면은 바야흐로 시대의 총아가 되었다. 극장 입구에는 가면 제작 업체의 출장소가 개설되었고, 관람객들은 티켓과 함께 10전짜리 셀룰로이드 가면을 사지 않고는 못 배겼다.

대극장의 관객석은 아래층 위층 할 것 없이 똑같은 가면을 쓴 군중들로 채워졌다. 관람객들의 천편일률적인 얼굴이 그 어떤 훌륭한 무대보다 훨씬 대단한 볼거리였다.

또한 레뷔 가면의 표정이 실로 교묘했다. 가구라神樂의 오다후 쿠[7] 가면을 좀 더 남성적으로 변형시키고 입을 가로로 길게 찢어 활짝 웃는 얼굴로 만든 단순한 가면이지만, 그 표정이

....
7. お多福. 얼굴이 둥글고 이마가 넓으며 코가 낮고 볼에 살이 많은 여성 가면.

꽤나 우스꽝스러웠으므로 너나없이 가면 쓴 옆 사람과 얼굴을 마주치면 서로 키득거리며 웃을 수밖에 없을 정도로 효과적이었다.

가면의 유행은 이례적으로 극장 분위기를 밝게 만들었다. 무대에 선 무희들의 얼굴에는 늘 웃음이 끊이지 않았다. 그에 호응하듯 수천 명의 관객이 같은 얼굴로 싱글벙글 웃었다. 무대나 관객석이 별천지처럼 활기로 가득 찼다. 레뷔를 싫어하던 사람들마저 소문에 이끌려 속속 극장으로 몰려들었다. 레뷔 공연만 하면 극장마다 관객이 넘쳐서 만원사례였다. 레뷔 가면은 어느덧 극장 경영자들의 마스코트나 다름없었다.

그뿐 아니었다. 극장 안의 레뷔 가면은 머지않아 길거리로 진출했다. 긴자 밤거리를 산책하는 사람 중 반 이상의 표정이 똑같았다. 전차나 지하철도 같은 표정을 짓는 남녀로 가득했다. 과장한다면 온 도쿄가 똑같은 셀룰로이드 가면을 쓰고 싱글벙글 웃었다.

그만큼 성행하니 일각에서는 부득이한 폐해가 발생하기도 했다. 뻔뻔한 자들이 가면 뒤에 얼굴을 숨기고 장난을 치는 것은 있을 법한 일이지만, 더 큰 문제는 가면이 공공연하게 악한들의 복면으로 활용된다는 점이었다. 가면 소매치기, 가면 빈집 털이, 급기야는 '가면 강도'라는 명칭까지 신문 사회면에 등장했다.

에가와 란코가 생면부지의 남자와 자동차에 동승하고 악수까지 나눈 것도 이렇게 가면이 유행하는 시기라서 가능한 사건이었다.

"쓸데없이 가면이 유행해서 그런 장난을 생각해 내는 놈도 생기는 거지. 자기, 정말 주의하지 않으면 큰일 나. 만약 그 자식이 나쁜 놈이면 악수 정도로 끝나지 않았을 거야. 앞으로는 내가 맞는지 확인하고 나서 차에 타."

어렴풋이 야수 같은 온다의 소행일지 모른다는 의심을 품었기에 가미야는 끈질길 정도로 장황하게 주의를 주었다.

란코도 꽤 위협을 느꼈으므로 그때부터는 충분히 주의했다. 하지만 설마 인간 표범 같은 괴물이 이 세상에 존재하리라고는 상상도 못 했을뿐더러 상대의 속임수가 몹시 교묘했으므로 어느 날 밤, 위장한 자동차에 또 타고 말았다.

"란코, 오늘 밤은 집에 가기 전에 잠시 다른 곳에 들렀다 가자."

가미야라고 생각했던 가면 쓴 남자가 어두운 차 안에서 감기 걸린 목소리로 말했다.

"응, 그런데 어디 들르려고?"

"바로 이 근처야. 당신을 좀 놀라게 해줄 것이 있어서. 물론 기뻐서 놀랄 거야."

"그게 뭘까. 알쏭달쏭하게 말하네."

"일부러 궁금해지라고. 하하하. 자기, 분명 놀랄 거야."

란코는 남자의 목소리가 평소와 다르다는 것을 눈치챘다.

"당신, 감기 걸렸어? 목소리가 달라."

"응, 봄바람 때문에. 날씨가 너무 좋아 감기에 걸렸지 뭐야.

"당신 누구야? 가미야 씨 맞는 거지?"

"하하하. 왜 이상한 말을 하고 그래. 당연한 거 아냐? 그럼 누구겠어? 나 말고 데리러 올 사람 있어?"

"그 가면 좀 벗어보지 않을래? 기분이 안 좋아. 싱글벙글 웃는 모습이."

"그래, 가면을 벗지 뭐. 상관없어. 하지만 잠깐 기다려 봐. 자기한테 보여줄 것이 있으니까. 이거, 자기한테 주려고."

남자는 말을 하면서 주머니에서 조그만 상자를 꺼내더니 뚜껑을 열어 란코 앞에 내밀었다. 어슴푸레한 전등 밑에서도 오색의 광채가 영롱한 1캐럿짜리 다이아몬드 반지였다.

"어머, 너무 예뻐. 이거 나한테 주는 거야?"

레뷔 걸은 사치에 익숙지 않았기에 적어도 천 엔은 넘을 듯한 고가의 선물을 보자 몹시 흥분했다.

"응, 주는 거야. 약혼반지거든. 받아줄 거지?"

"응, 받을게. 고마워."

란코는 벅찬 기쁨에 어느새 가면에 대해 잊고 말았다.

"나를 놀라게 해준다는 게 이거야?"

"아니, 이건 말하자면 전주곡 같은 거고. 진짜 자기를 깜짝 놀라게 해줄 건 다른 거야. 나중까지 소중하게 간직해 줘."

대화를 나누는 사이 어느덧 자동차가 극장에서 그리 멀지 않은 하마초浜町에 도착했다.

미리 말해두었기에 종업원은 가면 쓴 남자를 수상히 여기지 않고 안쪽 구석의 작은 방으로 안내했다.

근사해 보이는 칠기 원탁을 가운데 두고 두 사람이 마주 앉자마자 다과와 술이 차려졌다. 하지만 남자는 그때까지도 가면을 벗으려 하지 않았다.

"여기 요정인 거지? 좀 이상하잖아. 이런 옷을 입고 이런 데 오니까 이상하네."

단발머리 레뷔 걸과 요정의 다다미방이라니 아무래도 어색한 조합이긴 하다.

"응, 그게 뭐 어때서. 아까 반지 꺼내봐. 내가 끼워줄 테니."

"그럴게."

란코는 그가 말한 대로 반지를 상자에서 꺼내더니 갑자기 깨달았다는 듯이 말했다.

"아직 가면을 쓰고 있네. 방 안에서 그러고 있으니 이상하잖아. 좀 벗어줄래?"

"그건 됐고, 손 좀 내봐. 반지부터 끼워줄 테니."

남자가 불쑥 거무스름한 털로 덮인 손을 뻗어 란코의 왼손을 쥐더니 반지를 끼우려 했다.

그 손을 보자 깜짝 놀란 란코가 엉거주춤 뒤로 물러났다.

"이러지 마세요. 이 손 봐요. 당신 누구죠? 가미야 씨가 아니잖아요. 어서 그 가면을 벗고 얼굴을 드러내 봐요."

"하하하, 그렇게 재촉하지 않아도 이제 벗으려 했어. 봐, 당신은 결국 나랑 약혼한 거지."

한 손으로 반지를 낀 란코의 손을 꽉 쥔 채 다른 손으로 레뷔 가면을 잡아 뜯었다. 란코는 가면 아래 드러난 얼굴을 처음 봤겠지만 인간 표범 온다의 야윈 얼굴이 틀림없었다.

"하하하, 꽤 힘들었다고. 가미야와 똑같은 옷을 주문하고, 머리를 올백하고, 목소리를 변조했지. 하지만 네가 약혼반지를 받아줘서 그제야 안심할 수 있었어. 혹시라도 그 반지를 돌려준다는 말은 하지 마."

란코는 온다가 얼마나 무서운지 아직 몰랐다. 그저 불쾌한 남자라고 생각했을 뿐이다.

"다른 사람인 줄 알았어요. 반지는 돌려드릴게요. 그리고 이만 돌아갈래요."

란코는 반지를 빼서 탁상에 올려놓고 황급히 자리에서 일어나 나가려 했다.

"그러면 안 되지. 그 맹장지[8]에는 자물쇠가 달려 있어. 열쇠는 내가 갖고 있지. 원하면 주지 못할 것도 없다고. 하지만 조건이 있어."

"그럼 벨을 눌러 여기 여종업원을 부를 거예요."

"불러도 오지 않을 텐데. 네가 아무리 큰소리를 내도 아무도 안 와."

란코는 새파랗게 질린 얼굴을 찡그렸다. 금방이라도 울 것 같았다.

"그만하고 여기 앉아봐."

옆으로 다가온 온다가 란코의 어깨를 훑으며 억지로 방석

----

8. 襖. 방과 방 사이에 칸을 막아 끼우는 문.

위에 주저앉혔다.

여자의 찡그린 얼굴을 뚫어지게 쳐다보던 온다의 커다란 눈이 괴이한 인광으로 번뜩였다. 크게 벌어진 입은 한여름 개처럼 숨을 헐떡였다. 날카로운 흰 치아 사이로 가시 돋은 기다란 혀가 기분 나쁜 생명체처럼 꿈틀거리는 것도 보였다.

란코는 그때 비로소 이 남자가 평범한 인간이 아님을 깨달았다. 인간의 형상을 빌린 맹수였다.

너무 두려워 기력이 쇠진했으나 야수의 먹이가 되는 건 생각만 해도 모욕적이었다. 없는 힘까지 다 짜내도 위급한 상황을 피하기는 어려울 것이다.

"안 돼요. 난 어떻게든 돌아갈 거예요."

"하지만 나는 돌려보내지 않을 건데."

야수는 인간의 언어로 조소하면서 란코의 눈앞에 섬뜩한 얼굴을 들이댔다.

"이봐, 란코. 난 집념이 강해. 한번 마음먹으면 네가 아무리 도망치고 경계하더라도 결국 목적을 이루고 말 걸. 잘 생각해 봐. 목숨이 아깝지 않아?"

그의 뜨거운 볼이 그녀의 볼에 닿았다. 란코는 거미 같은 다섯 손가락이 자신의 등을 쓰다듬는 촉감이 느껴졌다.

소름이 끼쳐 온몸의 솜털이 곤두서고 혈관이 역류했다. 란코는 이미 제정신이 아니었다. 의미를 알 수 없는 괴성을 지르며 미친 듯이 온 힘을 쥐어짜 벌떡 일어서더니 곧바로 맹장지 앞으로 돌진했다.

우당탕. 어마어마한 소리가 나더니 맹장지에 구멍이 뻥 뚫렸다.

란코는 거기를 무리하게 통과해 고꾸라지듯 복도로 나갔다.

"누구 없어요? 살려주세요."

비명을 듣고 여종업원이 달려왔다.

사라진 꽃 파는 아가씨

결국 야수 인간 온다의 계획은 실패로 끝났다. 그는 레뷔 걸을 너무 만만하게 봤다. 다이아몬드 하나면 충분히 그녀의 정조를 살 수 있다고 착각한 것이다.

하지만 예상과 달리 란코의 기세는 맹렬했고, 급기야는 맹장지를 부수는 소동까지 일어나자 제아무리 온다라도 물러설 수밖에 없었다. 그는 하는 수 없이 뒷수습을 하고 란코를 무사히 귀가시켰다. 만약 소동이 더 커져 경찰이 출동하는 사건으로 발전한다면 온다 자신이 위험했다. 하지만 그다음 날, 란코에게 자초지종을 들은 가미야는 이 일을 경찰에 알려야만 했다. 온다는 경찰의 수배를 받는 가공할 만한 살인범이었다.

경찰이 재빨리 하마초의 요정을 수사한 건 두말할 필요도 없었다. 그러나 그 요정은 온다와 아무 관계가 없었다. 온다의 이름도 주소도 알지 못했다.

그로부터 닷새쯤은 별일 없이 지나갔다. 온다는 아무도 모르는 소굴에 숨어 있을 것이다. 온갖 수단을 동원했지만 경찰의 수색도 허사로 끝났다. 강단 있는 란코는 쉬지도 않고 무대에 섰다. 인기 가수의 신변을 염려해 극장 측은 건장한 남자를 경호원으로 붙여 출퇴근을 도왔다. 가미야도 매일 회사를 조퇴하며 란코의 분장실에 죽치고 앉아 주의를 게을리하지 않았다.

그렇지만 이 무슨 운명의 저주란 말인가. 가미야와 온다는 깨진 조각의 이가 딱 맞듯이 이성에 대한 취향이 일치했다. 그렇지 않다면 어떻게 서로 약속이라도 한 듯이 과거에는 히로코를, 지금은 란코를 동시에 사랑하겠는가.

아니, 그게 아닐지도 모른다. 온다 부자가 원수인 가미야를 노린 것은 의심할 여지가 없다. 그러니 란코의 경우는 그저 우연한 취향의 일치가 아니라, 일부러 가미야가 열렬히 사랑하는 여자를 빼앗아 괴롭히는 모습을 보여주며 한없는 고통을 느끼게 함으로써 은밀한 쾌재를 부를 심산 아니었을까.

가미야는 생각하면 할수록 깊이를 헤아릴 수 없는 인간 표범의 집념에 심장이 얼어붙을 것 같은 공포를 느껴야 했다.

틀림없이 그자는 언제라도 재기를 꾀할 것이다. 절대 란코에게 시선을 떼면 안 된다. 목숨을 걸고서라도 연인을 지켜야 한다. 원치 않는 일이었지만 그는 적의 습격을 늘 의심해야 했다.

결국 하마초 사건이 벌어진 지 엿새째 되는 밤, 인간 표범은 경호원의 예상을 완전히 벗어나 뜻밖의 수단으로 에가와 란코의 유괴를 시도했다.

그때 레뷔 극장의 무대에는 『파리의 꽃 파는 아가씨』의 한 장면이 펼쳐졌다. 협죽도夾竹桃가 흐드러지게 핀 화원에서 꽃 파는 아가씨들이 등장해 노래를 부르고 춤을 췄다.

　십여 명의 코러스 걸 중 눈에 띄게 아름다운 옷을 입은 아가씨는 목소리나 얼굴뿐 아니라 몸놀림도 출중했다. 이 장면의 주인공, 꽃 파는 아가씨로 분한 에가와 란코였다.

　앞서 말했듯이 바야흐로 가면의 시대였다. 관객석에는 좌석이 모자랄 정도로 많은 관중이 모두 판에 박은 듯이 완전히 똑같은 얼굴로 웃고 있었다.

　란코가 특히 자신 있어 하는 장면이었다.

　그녀는 사뿐사뿐 코러스 걸 대열에서 벗어나더니 무대 중앙으로 나와 손에 들고 있던 꽃바구니를 가볍게 흔들며 인기 많은 '꽃 파는 아가씨의 노래'를 부르기 시작했다.

　이 노래가 인기의 근간이었다. 란코의 달콤하고 요염한 육성은 관현악 반주와 절묘하게 교차하며 때로는 높게, 때로는 낮게, 어떤 때는 거친 파도에 부서지듯이, 또 어떤 때는 시냇물에 속삭이듯이 멜로디의 묘미를 살렸기에 수천 명의 관중을 매료시켰다. 그러던 중 별안간, 정말 느닷없이 '파리의 꽃 파는 아가씨'가 무대에서 사라지는 일이 벌어졌다. 에가와 란코가 연기처럼 사라진 것이다.

　너무 이상한 일이었기에 관객석에는 잠시 정적이 돌았다. 이게 무슨 의미인지 도저히 이해할 수 없었다. 마술사 덴카츠[9]의 무대가 아니라면 이런 불가사의한 일이 일어날 리 없다. '사라져

버린 꽃 파는 아가씨'가 마술이라면 가능할지 모르겠다. 하지만 레뷔 대본인데 노래가 끝나지도 않은 상황에서 가수가 증발하듯 사라지는 스토리라니 말도 안 된다.

'예삿일이 아니다.'

어쩐지 두려운 예감이 관객들의 뇌리를 스쳤다.

하지만 관객보다도 몇 곱절이나 놀란 건 에가와 란코 본인이었다. 노래에 열중했을 때 갑자기 딛고 있던 바닥이 발밑으로 사라지는 듯한 충격을 느꼈다. 그녀는 어질어질 현기증을 느끼며 옆으로 쓰러졌다.

정신을 차려보니 무대나 관객석이 주위에서 다 사라지고 어둑어둑한 지하실 같은 곳에 있었다.

그랬구나, 어쩌다가 회전 장치의 널빤지가 빠져 지하로 떨어진 것 같다. 여기는 무대 밑의 지하실이겠지. 아니, 저절로 널빤지가 빠질 리 없다. 분명히 누군가 장난친 것이다. 미리 널빤지가 빠지게 조작을 해놓고 자연스럽게 그녀가 거기로 올 때까지 기다리고 있다가 도르래를 반대로 돌려 엘리베이터를 타고 내려오듯 그녀의 몸을 무대에서 사라지게 한 것이다.

대체 누가 그런 쓸데없는 장난을 했을까.

란코는 문득 그 사실을 깨닫고 공중에 매달린 네모난 널빤지 위에 쓰러진 채 고개를 살짝 들고 지하실 안을 살펴봤다. 예상대로 꿈지럭거리는 그림자 세 개가 보였다.

· · · · · · · ·

9. 松旭斎天勝. 1900년대 초반에 도쿄 흥행계에서 활약한 여성 마술사.

널빤지가 지하실 바닥까지 완전히 내려오자 그 중 한 사람이 유령처럼 그녀의 주위로 다가왔다. 그자다. 어둠에도 번뜩이는 두 개의 인광, 짐승 같은 숨소리. 온다다. 인간 표범 말이다. 엄중한 경계 때문에 란코 주변에 접근할 틈이 없었으므로 이런 어처구니없는 유괴 수단을 고안해 낸 것이다. 뭉친 손수건 같은 흰 천이 그의 오른손에 쥐어져 있는 걸 보니 란코를 마취시켜 의식을 잃게 한 뒤 그녀를 업고 지하실을 빠져나가려는 심산이 틀림없다.

회전 장치가 필요 없는 레뷔 공연이었기에 그때 담당자는 지하실에 코빼기도 보이지 않았다.

관객들은 무대 밑에서 이런 비극이 일어난 줄도 모르고 미동도 없이 침묵을 지켰다. 다음 장면에서는 얼마나 무서운 일이 일어날까 손에 땀을 쥐고 쥐 죽은 듯이 가만있었다.

예상한 대로 어디선가 들리는 비단 찢어지는 듯한 비명이 장내에 울려 퍼지더니 끝내는 실처럼 아주 가느다란 소리를 내며 사라졌다. 란코가 엄청난 봉변을 당한 것이다.

관객석에서는 아래층 위층 할 것 없이 관객들이 모두 일어섰다. 거품으로 변한 파도처럼 웅성거리는 소리가 들렸다. 그런데 이 무슨 기괴한 광경인가. 이토록 두려운 순간, 심장은 마구 떨리는데 기립한 관객 수천 명의 표정이 하나같이 웃는 얼굴이다. 셀룰로이드 레뷔 가면이 즐겁게 웃고 있었다. 에가와 란코의 끔찍한 운명이 우스워 죽겠다는 듯이 수많은 웃는 얼굴들이 하나같이 포복절도하는 것처럼 보였다.

암흑 극장

그날 밤, 다이토 극장의 관객들은 과거 그들을 극락에 이르게 했던 레뷔 못지않게 화려하고 광적이면서도 약동적인 전대미문의 연극을 손에 땀을 쥐고 관람했다. 설레는 가슴으로 폭풍 같은 격정을 안고 구경했다.

이 초호화 연극의 주인공은 인간 표범과 에가와 란코, 조연은 란코의 연인 가미야 청년, 코러스 걸은 위엄 있는 제복 차림의 순경들이 맡았다.

피의 그랜드 레뷔, 그 서곡은 에가와 란코가 분한 꽃 파는 아가씨가 독창 중에 무대 바닥의 하강으로 돌연 무대에서 사라지는 아주 기이한 장면이었다.

관객들은 저 멀리 지하에서 울려오는 란코의 소름 끼치는 비명을 들었다. 협죽도가 흐드러지게 핀 무대는 잠시 영사기의 회전이 멈춘 것처럼 쥐 죽은 듯이 조용해졌다. 십여 명의 코러스 걸은 배경 앞에 횡렬로 선 채 인형처럼 움직이지 않았다. 오케스트라는 소리를 멈췄다. 불길하게도 악마의 입처럼 무대 바닥 한가운데 뻥 뚫린 구멍이 눈에 띄었다.

관객석과 무대에 심상치 않은 정적이 감도는 동안, 무대 밑에서는 야수 한 마리가 마취약에 취한 미녀 가수를 겨드랑이에 끼고 암흑 같은 지하를 미친 듯이 내달리고 있었다.

지하실에는 출입구가 몇 개 있었는데, 온다는 극장 뒤편의 공터로 나가는 통로를 노리고 있었다. 그는 도구 담당을 매수해 그 문의 열쇠를 입수했다. 바깥에는 부하의 자동차가 어두운 곳에서 대기하고 있을 터였다.

온다는 콘크리트 바닥에 란코의 발을 질질 끌면서 한참을 뛰어간 끝에 문 앞에 도착했다. 그는 문을 빼꼼 열어보더니 화들짝 놀라며 다시 닫았다.

이럴 수가. 대체 무슨 일이 일어난 걸까. 평소에는 한적하던 곳이었건만 사람들이 벌 떼처럼 모여 있는 것 아닌가. 그중에는 제복 경찰도 끼어 있었다. 온다가 문을 살짝 열었을 때 눈앞에 경찰복이 보여 멈칫했는데, 문소리가 수상했는지 경찰이 뒤돌아봤다. 나중에 안 사실이지만 하필 그때 문밖에서 주정뱅이들이 싸우다가 그 중 한 사람이 피를 흘리며 쓰러졌다고 한다.

온다는 왔던 길을 다시 뛰어갔다. 전동실 앞까지 가니 어슴푸레한 전등 아래 그가 매수한 도구 담당자가 서 있었다.

"어떻게 된 거죠? 어디 가시는 겁니까?"

혼비백산이 된 온다의 모습을 보고 놀란 도구 담당자가 물었다.

"낭패다. 저쪽으로는 못 나가."

온다가 숨을 헐떡였다.

"이런, 할 수 없네요. 저 발소리를 들어보세요. 사람이 왔어요. 한두 사람이 아니에요. 빨리 도망쳐야 합니다."

"하지만 어디로? 어디로 도망쳐야 하지?"

"소용없어요. 빠져나갈 길이 없습니다. 뒷문 밖은 어디로 가든 사람이 많아서."

"그럼 부탁하지. 자네가 저 위 배전실로 가서 전등을 꺼주게. 이 건물을 암흑이 되게 만들어달라고. 그동안 나는 관객들 틈에 섞일 테니. 약속한 사례금의 세 배다."

최후의 수단이었다.

"좋습니다. 받아들이죠. 빨리 저쪽으로 도망치세요. 무대 뒤로 가는 지름길이니."

도구 담당은 자기 할 말만 하고 먼저 뛰어갔다. 온다는 집요하게 연인을 안고 뒤따라갔다.

무대에는 꽃 파는 아가씨로 분한 코러스 걸 무리가 한곳에 모여 공포에 떨고 있었다. 관객석의 관중들은 모두 자리에서 일어나 불안한 듯 웅성거렸다.

"막이다, 막."

어디선가 어렴풋이 외침이 들려왔다. 하지만 무슨 연유인지 커튼은 내려오지 않았다.

그리고 갑자기 무대가 깜깜해졌다.

'막 대신 조명이 꺼진 건가.'

그런 생각을 하기 무섭게 다시 주위가 밝아졌다. 하지만 이번에는 객석의 전등이 일시에 다 꺼지고 말았다.

내용은 알 수 없었지만 무대 뒤에서 여러 사람의 분노 어린 음성이 웅성웅성 들렸다.

순식간에 객석이 낮처럼 밝아졌다. 무대 효과를 위해 꺼두었던 전등까지 모조리 다 켜졌기 때문이다.

곧이어 섬뜩하게 건물 전체의 전등이 번개처럼 깜빡이기 시작했다. 관객들의 불안한 심장 박동 소리에 장단을 맞춰 눈이 핑핑 돌게 빛과 어둠이 교차했다.

쥐 죽은 듯 조용하던 관객석에서 엄청난 소동이 일어났다. 극장 관계자에게 퍼붓는 고함이 합창처럼 울려 퍼졌다. 남자 호통 소리, 날카로운 여자 목소리, 아이들 비명.

갑자기 전등이 켜졌는데 수천 명이 모두 똑같이 웃는 얼굴이었다. 그 얼굴 뒤에서 분노하고, 호통치고, 울고, 비명을 지르는 등 천차만별의 격정이 마구 분출되었다.

이윽고 귀신같은 빛의 명멸이 멈추더니 긴 암흑이 찾아왔다. 무대, 객석, 복도 할 것 없이 거대한 극장이 온통 죽음 같은 암흑으로 둘러싸였다.

관객석의 함성은 한층 격렬해졌다.

불안을 못 견디는 심약한 사람이나 아녀자들은 어둠을 헤치고 해일처럼 출입구로 쇄도했다. 짓밟혀 비명을 지르는 소리, 넘어져 울부짖는 소리, 의자 넘어지는 소리, 물건 부서지는 소리.

하지만 잠시 후 소동이 절정에 이르자 장내가 다시 대낮처럼 밝아졌다. 그리고 더 이상 불길한 빛의 명멸은 되풀이되지 않았다.

문득 전등 빛으로 밝혀진 무대를 보았더니 괴이한 인물이 버티고 서 있었다.

헝클어진 머리카락, 거무스름한 얼굴, 이상한 광채를 띠는 두 눈, 시뻘건 입술 사이로 보이는 엄니 같은 하얀 치아, 주름투성이의 검은 양복.

"저자다. 저자가 범인이다. 저 남자가 란코를 유괴했다."

돌연 관객석에서 귀청을 찢는 듯한 외침이 들렸다. 가면을 쓴 한 청년이 객석 통로를 바람처럼 달려 무대로 돌진했다. 그는 달리면서도 계속 소리를 질렀다.

"여러분, 저자가 그 유명한 인간 표범입니다. 웨이트리스를 살해한 악마요."

관객들 사이에서 애인 에가와 란코를 지켜보고 있던 가미야 청년이었다. 전에는 히로코, 지금은 새 애인 란코를 짐승에게 빼앗겨 반쯤 정신이 나간 가미야 요시오다.

꽃보라

어디서 시간이 지체되었는지 어둠을 틈타 객석에 섞이려던 계획은 실패로 돌아가고 예상보다 빨리 조명이 켜지는 바람에 온다는 무대에서 오도 가도 못하고 있었다. 그는 남사스럽게도 흉측한 야수의 몰골을 만천하에 드러낼 수밖에 없었다.

게다가 그의 눈앞에는 손가락질하며 그의 정체를 들춰내고 악행을 성토하면서 달려오는 가면 쓴 남자가 있었다.

당황한 인간 표범은 올가미에 걸린 야수처럼 비참하게 무대 위를 우왕좌왕 뛰어다녔다. 무대 뒤로 다시 들어가지도 앞으로 나가지도 못했다. 무대 뒤는 젊은 직원이 양팔을 벌려 가로막고 있었고, 무대 앞은 관중들로 인산인해였다.

앞뒤로 빠져나갈 수 없으면 위로 도망칠 수밖에 없다. 결국 그는 표범의 본성을 드러내며 엄청난 기세로 무대와 객석 사이의 칸막이 기둥을 기어올랐다.

인간의 힘으로는 할 수 없는 동작이었다. 회칠이 된 원기둥이라 달리 발 디딜 곳이 없는데도 어느새 한 마리 고양이처럼 민첩하게 천장으로 모습을 감췄다.

무대 위쪽을 일자로 가로지르는 막 아래에는 사방팔방 온갖 장치들이 설치되어 있었다. 남색 막을 매단 두꺼운 대나무 장대, 조명용 전구를 달아놓은 가로대, 비를 뿌리는 수도관, 종이 눈을 담은 바구니. 인간 표범은 가로대와 장대를 타고 무대 중앙의 천장까지 나갈 수 있었다. 조명이 달린 가로대에 웅크리고 있으니 고전 연극의 바케네코[10]와 꼭 닮은 형상이었다. 그는 발톱을 갈면서 이를 드러낸 채 인광으로 불타는 두 눈을 번뜩이며 저 아래 모인 사람들의 기세를 살폈다.

"누구라도 저놈 좀 잡아주세요. 저놈은 분명 또 란코를 죽였을 겁니다. 살인마죠."

가미야가 무대 위로 뛰어 올라가 비통한 목소리로 외쳤다.

감찰석에서 경찰 두 명이 달려 나왔지만 나무를 타기에는 역부족이었다.

....
10. 化け猫. 마력을 가져 사람으로 변신할 수 있는 고양이.

"저기 올라갈 수 있는 사람 없을까."

도구 담당자 중에서 완력이 셀 것 같은 청년이 민첩하게 뛰어나왔다.

"제가 가죠. 저쪽 사다리로 올라가면 되는 거죠. 가서 놈을 끌어내리겠습니다."

그는 인파를 헤치고 사다리 쪽으로 달려갔다. 역시 숙련자는 달랐다. 그는 인간 표범 못지않은 민첩함으로 사다리를 올라가더니 천장에 달린 좁은 가로대를 성큼성큼 뛰어 순식간에 온다 옆으로 다가갔다.

막에 가린 탓에 객석에서는 이 엄청난 활극을 구경할 절호의 기회를 놓쳤지만, 인정사정없이 폭풍처럼 막이 흔들리는 걸 보니 안에서 일어나는 투쟁이 얼마나 격렬한지 생생히 느낄 수 있었다.

천장에서 종이 눈을 담은 바구니가 흔들릴 때마다 무대 위로 오색 눈이 어지러이 내렸다. 죽 늘어선 협죽도 조화 위에도, 우왕좌왕 도망치는 꽃 파는 아가씨들 머리 위에도, 무대를 올려다보는 관객들의 가면 위에도, 경관의 모자와 견장 위에도, 아름다운 오색 눈이 펄펄 내렸다.

눈뿐 아니었다. 레뷔의 피날레를 위한 넓은 금은 색 테이프가 반짝거리며 천장에서 한 장, 두 장, 세 장 드리우더니 어느새 줄기차게 내리는 거센 빗줄기처럼 수십 장, 수백 장의 금색 띠가 나부끼며 무대 위로 떨어졌다.

배경도, 무대 위를 우왕좌왕하는 사람들까지도 다 덮어버릴 듯한 금은 색 비와 오색 눈. 그렇게 휘황찬란한 무대 천장에서는 꽃비를 흩뿌릴 듯한 대혈투가 맹수의 포효를 반주 삼아 끝없이 이어졌다.

펄펄 내리는 눈이 무대 위에 산더미같이 쌓여갔다. 문득 정신을 차려보니 눈 더미 위로 비처럼 똑똑 떨어지는 물방울이 있었다. 시뻘건 피다. 핏방울이 떨어질 때마다 종이 눈은 점차 핏빛으로 물들었다.

"이런, 당했다. 피다, 피."

사람들은 질겁하여 소리쳤다.

천장에서는 표범의 발톱이 용감한 도구 담당 청년의 목을 파고 들었다. 그 상처에서 솟구치는 핏방울이 붉은 비처럼 내려 종이 눈을 물들였다.

청년은 이미 반죽음 상태였다. 그대로 있으면 목이 졸려 죽을 것이다. 어차피 죽을 목숨, 그는 이 괴물을 길동무 삼아 생사의 운명을 건 모험을 해보기로 결심했다.

목이 졸려 곧 숨통이 끊길 것 같았지만 필사적으로 상대의 몸에 매달려 지금까지 딛고 있던 가로대에서 발을 떼고 공중으로 몸을 날렸다.

아무리 괴물이라 한들 이렇게 제 한 몸 희생하는 기습에는 저항할 수 없는 듯했다. 말로 표현할 수 없는 비통한 포효가 천장에서 메아리치는가 싶더니 두 사람은 서로 뒤엉킨 채 끊임없이 내리는 종이 눈과 함께 회전하며 무대 위로 추락했다.

하지만 야수는 날렵한 신체를 타고났다. 엄청난 소리에 추락

한 줄 알았지만 그는 놀란 관객들 앞에 서 있었다. 언제 썼는지 흉측한 얼굴은 가면으로 가려져 있었다.

한편, 공을 세운 청년은 불행히도 날렵한 짐승의 적수는 아니었다. 그는 밑에 깔려 가로누운 채 꼼짝하지 못했다. 그의 시체 같은 몸과 처참하게 피로 물든 목 언저리는 점차 종이 눈에 파묻혔다.

"저런, 놓치면 안 돼."

무대에 있던 사람들은 기력을 되찾은 온다를 향해 떼로 몰려갔다.

이루 말할 수 없는 혼란, 한 사람이 쓰러지면 그 위로 열 명 스무 명이 쓰러질 듯한 인산인해의 인파, 그중 반 이상이 셀룰로이드 가면을 쓴 상태다. 웃는 얼굴로 벌이는 축구 대항전 같았다.

"잡았다. 이놈이다, 이놈. 경관, 이놈을 포박하시오."

누군가의 외침에 떼로 모여 있던 대열이 흩어졌다.

그쪽을 보니 오색 눈 더미 속에서 가면 쓴 한 남자가 또 다른 가면 쓴 남자를 압박하며 깔고 앉아 있었다.

깔고 앉은 사람이 가미야, 깔린 사람이 인간 표범임에 틀림없다. 하지만 인간 표범치고는 좀 약해 보이는 모습이다. 천하의 인간 표범이라도 방금 치른 격투로 녹초가 되니 힘없는 가미야 청년이 공을 세운 건가.

"가면! 얼른 가면을 벗기시오."

양손을 쓰지 못하는 가미야가 주변 사람들에게 소리쳤다.

"그래, 내가 벗겨주지."

한 청년이 밑에 깔린 남자에게 덤벼들어 얼굴에서 웃는 가면을 벗겨냈다.

"으악……."

곧이어 그가 아연실색해서 외쳤다.

"아니다, 이 사람은 온다가 아니다."

가미야 청년은 벌떡 일어나 이리저리 주위를 둘러봤다.

도구 담당자나 코러스 걸을 빼면 하나같이 가면을 쓴 사람들뿐이다. 의도한 바는 아니겠지만 그 가면들이 가미야의 실패를 조소하듯 웃고 있다.

"여러분, 가면을 벗으세요. 범인은 여러분들 틈에 끼어 있습니다. 얼른 가면을 벗으세요."

가미야의 외침에 사람들은 서둘러 손을 얼굴에 가져갔다. 가면만 벗어버리면 다 끝난다. 인간 표범은 틀림없이 무대 앞의 군중들 틈에 섞여 있을 테니까. 하지만 바로 그때, 괴물을 발견해서 막 체포하려는 바로 그때, 또다시 장내가 암흑처럼 캄캄해지고 말았다. 배전실에 잠입해 있던 온다의 아군이 위기일발의 순간에 그를 구해준 것이다.

무대 뒤의 미스터리

"여러분 가면을 벗으세요. 수상한 자가 관객석에 있을지도 모릅니다."

극장 직원이 큰 소리로 외쳤다. 수천 명이나 되는 관객들의 얼굴에서 천편일률적인 웃음이 바로 사라졌다. 가면을 벗어던지자, 그 뒤에 있던 남녀노소의 맨얼굴이 각양각색으로 드러났다.

관객들은 심히 의심스러운 눈으로 서로 옆 좌석을 쳐다봤다. 짐짓 점잖은 표정을 짓는 저 남자가 혹시 인간 표범 아닐까. 나를 보고 빙긋 웃는 저 녀석도 어딘가 수상하다. 너나없이 바로 옆에 무서운 살인마가 숨어 있는 듯한 기분이었다.

죽음의 정적이 극장을 완전히 점령했다. 당장이라도 외마디 소리를 지르며 도망치고 싶은 심정이었지만 도망칠 기력이 없어 꼼짝없이 선 채로 있었다. 수천 명의 눈, 오직 눈만이 극심한 공포에 질려 서로 물끄러미 쳐다보고 있었다.

하지만 객석과 무대는 물론 무대 뒤 소품실에서조차 온다의 그 특징적인 얼굴은 보이지 않았다.

이윽고 근처 경시청에서 급파된 십여 명의 경찰관이 극장 직원들의 협력을 얻어 분장실과 무대 뒤, 천장부터 지하 구석구석까지 다 수색했지만 결국 야수의 모습은 발견되지 않았다. 온다만이 아니었다. 어디로 데려갔는지 에가와 란코도 흔적조차 없었다.

레뷔 공연은 도중에 중단될 수밖에 없었다. 경찰들이 출입구마다 서서 검문하는 바람에 객석을 꽉 채웠던 관객들은 모두 투덜대며 돌아갔다.

단 한 명도 남김없이 관객들이 모두 돌아간 후 또다시 수색이 시작되었지만 역시나 아무 소득도 없었다. 어느 출입구로 도망쳤는지 짐작조차 할 수 없었다.

한 시간 넘게 수색했지만 헛수고였다. 경찰들은 일단 철수했고, 레뷔 걸과 극단 직원들도 귀가를 허락받았다. 결국 묘지처럼 적막한 건물에 불안하게도 고작 일곱 명만 남아 숙직해야 했다.

그런 사건이 일어난 다음이라 힘센 도구 담당자를 비롯해 일곱 명을 선발해서 불침번을 서게 한 것이다.

그들은 분장실 문과 가까운 다다미방에 모여 데우지도 않은 차가운 술을 호리병째 들이키며 쓸데없는 말을 지껄였다.

"난 아무래도 그놈이 아직 이 건물 어느 구석에 숨어 있는 것 같아."

"그걸 말이라고 하냐. 놀라게 하지 마. 그렇게 찾았는데 없었잖아. 지금까지 숨어 있을 리가 없어. 안 그래?"

그러자 세 번째 남자가 고개를 갸웃하며 말했다.

"그렇지, 하지만 꼭 그러리란 법은 없잖아. 연극 무대 뒤나 지하실, 쓰레기장 같은 데는 모르지. 숨으려면 한 사람쯤은 어디라도 숨을 수 있잖아."

또 한 사람이 말했다.

"만약 숨어 있다면 지하실이겠지. 그때 모두 그놈을 압박한 줄 알았는데 이미 어디론가 사라진 거잖아. 하지만 이상하단 말이야. 아무리 빨라도 그렇게 빨리 도망칠 리가 없는데. 놈은 그때 기계실과 통하는 장치 구멍으로 들어간 게 틀림없어. 그놈 지금쯤 여기 바닥 아래에서 안절부절못하고 있지 않을까."

논쟁은 쉽게 끝나지 않았는데, 이야기하면 할수록 인간 표범이 아직 극장 안에 숨어 있을 거라는 생각이 지배적이었다.

텅 빈 극장이야말로 바깥 어떤 건물보다 더 스산했다. 수천 개의 좌석이 놓인 관객석에 단 한 사람도 없는 상황은 생각만 해도 오싹했다. 하물며 심야였다. 그런 괴이한 사건이 일어난 뒤라 모두 절멸해 버린 듯한 커다란 건물 안에 살아 있는 사람이라고는 단 일곱 명밖에 없었다. 아무리 힘이라면 자신 있는 청년들이라도 결코 유쾌할 리 없었다.

"그건 그렇고 그자가 아직 이 건물에 있다면 란코는 어떻게 된 거지?"

"물론 함께 있지 않을까?"

"살아 있을까?"

아무도 대답하지 않았다. 식겁했는지 모두 입을 다물고 불안한 눈길만 주고받을 뿐이다.

그렇다. 그런 짐승이 아름다운 여배우를 살해하지 않았으리라는 보장이 없다. 그들 주위의 어두운 곳에서 피투성이가 된 란코의 시신이 나뒹굴고 있을 수도 있다.

"몹쓸 노릇이다. 모두 그런 이야기는 그만두는 게 낫지 않아?"

누군가 아주 큰 소리로 말했다.

"쉿, 좀 조용해 봐."

구석에 있던 한 사람이 갑자기 공포에 질린 눈을 번득이며 나머지 사람들을 제지했다.

"저게 뭐지? ……이봐, 자네들한테는 안 들리나? ……저

소리.”

무심결에 귀 기울여보니 어딘가 멀리서 여자 비명소리가 희미하게 들렸다.

“뭐야. 저 소리, 란코 아냐.”

“응. 그런 것 같아. 어디일까?”

이미 성질 급한 청년들은 일어나 있었다.

“지하실 같은데.”

“아니, 무대 뒤인지도 모르겠군.”

“다들 한번 가보자.”

사람들은 신발 신는 시간도 아깝다는 듯이 앞다투어 복도로 뛰쳐나갔다. 대부분 지하실로 내려갔지만, 두 명은 무대 뒤를 둘러봤다. 젊은 도구 담당자와 그 친구인 톰비 입은 남자였다. 결코 지하실의 어둠이 두려워 여기 남은 것이 아니다. 그들은 좀 전의 비명이 무대 뒤에서 나는 것이라 확신했다.

장치가 설치된 무대는 광야처럼 넓었다. 높은 천장에는 알전구 몇 개가 아래로 늘어뜨려져 있다. 공연 때와는 달리 공원 상야등처럼 어스레해서 도움이 되지 않을 듯했다.

회전 무대의 거대한 이중 원형 장치가 겉으로 드러나 있었다. 양옆의 도구 보관실은 좁은 통로 몇 개를 제외하고는 정돈되지 않은 배경 그림과 다양한 무대 장치, 대숲 배경 장치 같은 걸로 빼곡히 채워져 있었다.

회전 무대 정중앙에 서서 어디를 찾아볼까 잠시 망설이다가 두 사람은 또다시 이상한 외침을 들었다.

"으아아아아……."

뭔가 입을 막고 있는 듯 카랑카랑한 소리가 그림자로 가득한 무대의 광활한 빈 공간에 메아리쳤다.

"이봐, 역시 무대 뒤가 맞지."

"그래, 저쪽에서 들리는 것 같아."

두 사람은 발소리를 죽이고 도구 보관실의 좁은 통로에 발을 디뎠다.

대숲 배경 장치를 휘젓고 배경 그림을 치워가며 빠짐없이 살피면서 한 바퀴 돌았지만, 어느 구석에서도 사람은 보이지 않았다.

"이거 봐라, 아무래도 요상하네. 분명 이 근처에서 들렸지?"

"가만있어 봐. 저놈이 들으면 안 되잖아. 잠시 여기서 기다려 볼까."

두 사람은 좁고 어둑어둑한 통로에 쪼그리고 앉아 속삭였다.

그들 바로 앞에 대숲 배경 장치가 있고, 숲속에는 일본 무용 무대 장치로 쓰던 커다란 석가모니 좌상이 오뉴도처럼 우뚝 서 있다.

"지금 뭔가 부스럭거리는 소리가 들리지?"

"생쥐겠지."

"생쥐일까. 왠지 이 주변이 수상한데."

그들은 갑자기 숨을 참으며 서로 눈을 마주쳤다. 아주 가까운 곳에서 묘한 신음 소리와 함께 발로 툭툭 차는 소리도 들렸기 때문이다.

"이거 봐, 저 가운데가 수상한데."

"그러네. 준비됐지?"

"해치우자!"

그들은 눈짓으로 그런 말을 주고받으며 호흡을 가다듬었다. 그리고 일어나기 무섭게 맹렬한 기세로 저쪽의 종이 불상에 달려들었다.

가벼운 종이 석가상은 한방에 옆으로 쓰러졌다. 동시에 불상 안에 숨겨진 것이 눈앞에 드러났다.

검은 그림자가 벌떡 일어나더니 도망칠 생각도 하지 않고 이쪽만 노려봤다.

그자의 얼굴 언저리에는 미동도 하지 않은 채 강한 인광을 뿜는 두 개의 둥근 물체가 있었다. 표범의 눈이다. 온다는 결국 거기 숨어 있었던 것이다.

온다의 발치에는 꽃 파는 아가씨가 살갗을 다 드러낸 채 쓰러져 있었다. 두말할 것도 없이 에가와 란코였다. 맹수는 분명 아까부터 가련한 먹이와 함께 이 불상 안에 숨어 있었던 것이다.

온다는 너무도 태연자약했다. 도구 담당자와 톰비 입은 남자는 불길해서 손도 대지 못한 채 그저 서 있었다.

한참을 말없이 서로 노려보기만 했다.

"당신들, 둘뿐인가?"

특유의 음흉한 목소리가 들렸다. 인간 표범이 말을 한 것이다.

"뭐냐!"

톰비 입은 남자가 허세를 부리며 저음으로 응수했다.

"네놈들은 내 힘을 모르는가 보군."

어스름한 어둠 속에서 엄니 같은 새하얀 이빨이 눈에 띄었다. 두 개의 인광이 기름 부은 듯이 활활 타올랐다.

괴수는 양손으로 허공을 헤집으며 앞으로 다가왔다.

"어서 저놈을 해치우자."

톰비 입은 남자는 에라 모르겠다는 듯이 소리치며 검은 그림자에게 덤벼들었다. 도구 담당도 지체하지 않았다. 허점을 노리고 괴물의 발을 걸었다.

"이 봐들, 빨리 와서 저놈을 잡자."

그들은 몸싸움을 하면서도 지하에 내려간 사람들에게 큰소리로 지원을 요청했다.

호랑이

인간과 짐승의 격투였다. 끔찍한 포효와 뜻 모를 울부짖음이 어우러지는 가운데 세 개의 몸이 소용돌이치며 바닥 위를 마구 굴렀다.

2대 1이었지만 인간은 짐승의 적수가 아니었다. 어느새 온다의 날카로운 발톱이 청년들의 목을 짓눌렀다.

"어디야? 어디?"

"아, 저쪽이다. 저쪽에 서로 뒤엉켜 있다."

우르르 몰려오는 발소리가 점차 가까워졌다. 지하실에 있던 청년들이 조금 전 외침을 듣고 달려온 것이다.

아무리 맹수라도 일곱 명의 청년과 대적해 싸울 힘은 없을 것이다. 위험을 감지한 온다는 움켜쥐고 있던 두 사람을 풀어주고 돌연 도구 보관실 안으로 도망쳤다. 그리고 거기 세워져 있던 배경 그림의 표면을 타고 올라가 순식간에 어두운 천장 위로 자취를 감췄다.

"도망쳤다. 출입구를 조심해라."

"아무나 경찰에 전화해."

한 명은 전화실로 달려가고 남은 사람들은 사다리를 가져와서 첩첩이 쌓인 배경 그림 위로 올라갔는데, 어디 숨었는지 코빼기도 보이지 않았다. 무대 뒤의 수색전이 또다시 시작되었다. 일부는 무대 장치 틈에서 우왕좌왕했고 일부는 세워둔 쇠사다리에 올라가 천장에서 아래를 살폈다. 이 기괴한 쥐잡이는 언제 끝날지 예측할 수 없었다.

"뭐야, 모두 어디론가 사라진 거 아냐?"

톰비 입은 남자와 도구 담당자만 원래 있던 도구 보관실에 남아 있었다.

"고작 몇 명이서 이 넓은 건물 안을 찾는 건 무리다. 이제 관두자. 뒷일은 경찰에 맡기고."

"그런가. 우리는 란코를 저쪽 방에 데려다 놓으면 어떨까. 가엾게도 기절해서 바닥에 널브러져 있잖아."

"그러는 게 좋겠어."

그들은 배경 그림들 사이를 거슬러 가서 축 늘어져 있는 란코의 몸을 양쪽에서 끌어안고 보관실에서 나오려 했다.

"뭐야, 이상한 게 떨어져 있잖아. 대체 누가 이걸 여기 가져다 놓은 거지?"

도구 담당 청년이 발치에 깔린 커다란 호랑이 가죽을 발견하고 중얼거렸다.

"이건 1막에 입고 나온 건가. 분장용으로 쓴 건가 보네. 항상 여기 두는 거 아냐?"

톰비 입은 남자가 대답했다.

"아니, 그런 게 아니야. 의상부에 있어야 할 게 왜 이런 곳에 있는지 이상하다고."

"오늘 밤 난리 통에 누가 엉겁결에 들고나온 거 아냐?"

"그럴 수도 있겠군."

두 사람은 호랑이 의상을 지나쳐 분장실과 통하는 어두운 복도로 기신기신 걸어갔다.

그런데 실로 기묘한 일이 일어났다. 대숲 장치 쪽에서 부스럭거리는 소리가 나더니 조금 전까지 바닥에 깔려 있던 호랑이 의상이 슬금슬금 움직이는 것 아닌가.

무생물인 의상이 스스로 움직일 리 없다. 움직이는 걸 보니 안에 사람이 들어가 있다. 주변이 꽤 어두운 데다가 대나무 밑이라 의상 안에 뭔가 들어 있으리라고 생각지 못했지만, 실제로는 그 안에 누군가 들어가 있는 것이 틀림없다.

잠시 후 분장용 호랑이 의상이 몸을 일으켜 어슬렁어슬렁

저만큼 앞서가는 두 사람 뒤를 따라갔다.

의상은 진짜 모피를 사용해 고급스러웠다. 그 의상이 네발로 기어 어두운 복도를 지나는 모습은 영락없이 살아 있는 호랑이였다.

두 사람이 아까 있던 다다미방으로 가서 주변을 정리하고 란코가 누울 자리를 마련하고 있는 틈에 그 문을 지나친 호랑이는 배우들의 신발장이 늘어선 곳으로 가서 그늘에 납작 엎드렸다. 그러고 있으니 얼핏 보면 분장용 의상이나 진배없었다.

잠시 후 분장실 문밖에 여러 명의 구둣발 소리가 들리더니 문을 두드리며 무슨 말인가 했다. 그 소리를 들은 도구 담당 청년이 분장실로 뛰어갔다.

"누구십니까? 혹시 경찰이시면……."

큰 소리로 물으니 밖에서 경시청이라는 대답이 들렸다. 청년은 걸쇠를 풀고 문을 열었다.

"그 녀석을 발견했나 보군. 어디 있나? 어서 안내해라."

열 명쯤 되는 경찰이 우르르 들어와 청년에게 다급하게 물었다.

"일단 저쪽으로 가시죠."

청년이 앞장서 란코가 누워 있는 방으로 안내했다. 경찰들이 우르르 그 뒤를 따라갔다.

"이런 곳에 호랑이가 있다니 위험한데."

한 경찰이 신발장 구석에 길게 엎드려 있는 의상을 재빨리 발견하고는 농담을 했다.

"뭐야, 누가 또 떨어뜨렸나, 별일이네. 이거 무대에서 쓰는 분장용 의상입니다. 덤비지는 않을 거예요."

청년도 농담으로 되받았다.

하지만 그 말이 끝나기 무섭게 분장용 의상이라 생각했던 호랑이가 돌연 네 발로 일어섰다.

"으악."

경찰들조차 놀라 비명을 지를 수밖에 없었다. 그들은 복도 구석에 떼 지어 꼼짝도 하지 못했다.

"하하하하하하, 꼬락서니들 좀 봐라."

어디선가 비웃는 소리가 들렸다.

호랑이는 아직 열려 있는 분장실 문을 통해 질풍처럼 한달음에 밖으로 나갔다.

"그놈이다. 분장용 의상을 훔쳐 얼토당토않게 변장을 한 거다. 빨리 뒤쫓아 가세요. 저놈이 범인입니다."

청년이 큰 소리로 외쳤다.

경관들은 우당탕 문으로 달려갔다.

문밖에는 달빛이 물처럼 넘실거렸다. 그 달빛 아래 평평한 아스팔트 길을 사나운 호랑이 한 마리가 마치 기괴한 신기루처럼 달려가고 있었다.

경관들은 고함치며 그 뒤를 쫓았다. 하지만 도망가는 호랑이는 엄청나게 발이 빨랐다. 쫓는 자와 쫓기는 자는 점점 거리가 멀어졌다. 결국 달빛 아래 구불구불한 길을 쫓아가던 중 야수의 모습을 놓치고 말았다.

"이런. 저건 진짜 호랑이 아냐? 사람이 네발로 기는데 어떻게 저렇게 빨리 달릴 수 있지?"

경찰들은 신비한 꿈을 꾼 것처럼 망연자실하게 달빛 아래서 있었다.

악마의 발자국

그날 밤, 가미야 후시오는 관객들이 모두 돌아간 후에도 다이토 극장에 남아 경찰 수색이 다 끝날 때까지 손에 땀을 쥐며 결과를 기다렸다. 하지만 인간 표범 온다는 물론 에가와 란코조차 어디로 도망쳤는지 흔적도 없이 사라졌다는 걸 깨닫고 낙심하여 몽유병자처럼 흐느적거리며 극장을 나왔다.

실망스러운 마음에 정신이 혼미해져 어디로 어떻게 걸어왔는지 알 수 없었지만 그래도 무사히 집으로 돌아갔다. 그는 문을 열어준 하녀에게 아무 말도 하지 않고 가족들에게 인사도 하지 않은 채 별채 다다미방으로 가서 준비된 침상에 기어들었다.

대체 이게 무슨 일인가. 어째서 악마는 또다시 그의 연인을 빼앗는 것인가. 란코도 언젠가는 과거의 히로코와 마찬가지로 끔찍한 꼴을 당할 것이다. 어쩌면 이미 살아 있는 사람이 아닐지도 모른다.

팔다리가 다 잘려 피투성이가 된, 그래서 한층 더 소름 끼치게 아름다운 환영이 눈앞에 생생히 떠올랐다.

'난 대체 어떻게 해야 하지. 제기랄, 어떻게 하지.'

그는 피가 배어 나올 정도로 입술을 꽉 깨문 채 어찌할 바 모르는 분노로 번민했다.

'그놈이라면 경찰도 손쓸 방도가 없을 텐데. 내가 뭘 할 수 있다고. 상대는 인간이 아니라 난폭한 짐승이다. 그런 야수가 내 연적이라니. 쳇, 내가 한 여자를 두고 짐승을 상대로 싸우는 군.'

그는 이불 속에서 이리저리 뒤척이며 헛된 상심에 빠졌다.

그러다가 너무 피곤해서 깜빡 졸았는데 무시무시한 악몽이 기다리고 있었다. 그의 눈앞에서 란코의 하얀 육체와 뼈만 앙상한 인간 표범의 육체가 온갖 자태로 광란의 춤을 췄다. 종국에는 꿈의 세계가 선명한 핏빛으로 칠갑을 했다. 그는 시뻘건 꿈을 꿨다. 시뻘겋게 살인이 벌어지는 꿈을 꾼 것이다.

똑똑 똑똑 똑똑. 멈추지 않는 묘한 소리가 그를 잠에서 깨웠다. 바람인가. 아니, 바람이 아니다. 누군가 정원에서 창문의 빈지 문[11]을 두들기고 있다.

"누구냐."

호통을 쳤으나 대답은 없고 소리만 계속 들렸다.

가미야는 벌떡 일어나 잠옷 바람으로 장지문을 열어봤다. 설마 그런 것을 볼 거라고는 꿈에도 생각하지 않았다. 혹시 처마에 매달린 것이 빈지문을 쳤나 살펴보려고 문을 연 것이다.

....
11. 雨戶. 비바람을 막기 위해 설치한 덧문으로 한 짝씩 끼웠다 뺄 수 있다.

하지만 빈지문을 올리고 바깥을 보니 너무 놀란 나머지 저도 모르게 이불 위에서 펄쩍 뛰었다.

환히 내리쬐는 달빛을 등지고, 상상도 못한 무시무시한 존재가 그를 물끄러미 쳐다보고 있었다.

달빛 때문에 윤곽의 털은 은색으로 빛났다. 전신이 털로 뒤덮여 있었다. 본디 네발로 길 것 같은 놈이, 마치 먹이를 먹어도 된다는 명령이 떨어지기를 기다리는 개처럼 앞발을 허공에 올리고 꼼짝하지 않았다. 커다란 호랑이였다.

가미야는 전혀 예상치 못한 동물의 출현에 두려움을 느끼기보다는 맥이 빠졌다. 언젠가 동물원 우리를 빠져나온 호랑이 이야기를 들은 적 있다. 지금 그런 지극히 드문 변고가 일어난 건가. 그래서 이 마을 저 마을 떠돌던 맹수가 우연히 내 방 창문 앞에서 기다린단 말인가.

하지만 희한하게도 이 호랑이는 사람처럼 빈지문을 두들겨 노크하는 방법을 알고 있었다. 더구나 어떻게 뒷다리로 서 있을까.

"아하하하……, 놀랐나 보네."

호랑이가 돌연 말을 했다.

가미야는 그 말을 듣고 혼비백산하는 줄 알았다. 아무리 꿈이라도 너무 괴이한 꿈 아닌가.

"가미야 군, 이 목소리를 잊었는가. 잊을 리 없을 텐데. 1년 전쯤 카페 아프로디테에서 들었던 목소리 생각 안 나나?"

호랑이가 음흉한 목소리로 주절거렸다.

아, 기억난다. 이자가 인간 표범 온다. 아무리 그렇다 해도 어느새 사나운 호랑이로 변했단 말인가. 그렇다면 지금까지 호랑이가 인간으로 변신한 거였나.

"아무 말 못 하네. 내 이름을 입에 올리는 것도 무서운가 보군. 그렇다면 내가 말해주지. 나는 온다다. 자네 애인을 빼앗으려던 온다지."

가미야는 거기까지 들으니 상황을 전부 이해할 수 있었다. 이놈이 연극용 호랑이 의상을 입은 것이다. 그런 변장을 하고 수색의 눈을 피해 극장을 빠져나온 것이 틀림없다.

"이놈, 란코를 어딘가 숨긴 거지?"

가미야는 온 힘을 다해 말했다.

"숨기지는 않았어. 란코는 지금 자기 집에 있을 거야. 호위까지 받으며 돌아갔지. 자네는 그 뒤에 어떤 일이 일어났는지 아직 못 들었나 보군. 내가 실수를 했지. 숨어 있다가 들켰어. 그래서 란코를 다시 돌려주고 말았지. 하하하하하. 하지만 별일 아냐. 잠시 실패한 것뿐이니."

"그게 정말인가?"

"아무렴, 정말이고말고. 그러니까 자네에게 경고하기 위해 찾아온 거지. 또 올 거니까 걱정 말라고. 여기서 자네를 맨손으로 때려죽일 이유가 없으니까. 하지만 너무 아쉬운 기분이 드는걸. 자네를 계속 살려두지는 않을 거지만, 그건 훨씬 더 고통을 준 다음이겠지. 하하하하하."

호랑이는 달빛에 목덜미 털을 휘날리며 방약무인하게 웃었다.

본채의 가족들이 들을까 봐 오히려 가미야가 조마조마해할 지경이었다.

"하지만 그보다 좀 조심하는 게 좋지 않겠어? 만약 내가 살려달라고 소리 지르면 당장 네가 위험해질 텐데."

가미야는 점점 대담해졌다.

"으하하하하하, 소리를 지른다고? 너는 그런 짓 못 해. 가족들의 목숨이 아깝지 않다면 모를까. 만약 누군가 여기로 온다면 무자비하게 때려죽여 버릴 거니까."

"네놈은 대체 내게 무슨 용무가 있는 거냐."

"옳지, 그래. 까맣게 잊었나 보네. 란코 일 말이야. 한 번 실패한 이상 내가 그 여자를 포기하는 일은 없다고, 절대 포기하지 않겠다고 말해주러 온 거야. 아마 자네는 방어하기 위해 온갖 수단을 다 쓰겠지. 자네가 그렇게 안간힘을 쓰는 거야말로 내가 바라는 바 아니겠어? 그럼 다 된 거지 뭐. 네가 그렇게 죽기 살기로 지키려는 애인을 빼앗아서 너를 실컷 괴롭히고 싶다는 거지. 하하하하하, 그럼 단단히 주의하라고."

말이 끝나자, 그는 돌연 네발로 달빛을 가로질러 갔다. 진짜 호랑이처럼 어슬렁어슬렁 걷다가 한발 도약하더니 단숨에 담을 뛰어넘어 위협적인 모습을 감췄다.

가미야는 식은땀으로 온몸이 흠뻑 젖은 채 무시무시한 짐승을 환송하고 나서 이미 늦은 걸 알면서도 경찰에 전화를 걸어 그 일을 알렸다.

그날 밤은 한숨도 자지 못한 채 날이 밝기를 기다렸다가

에가와 란코의 집으로 찾아갔다.

란코는 무사했다. 앓아눕지는 않았지만 어젯밤 소동 때문에 열이 있었다.

가미야는 그녀를 위로하면서 툇마루 너머 작은 마당을 보고 있었다. 그러는 사이 그의 눈이 갑자기 휘둥그레졌다.

거기서 끔찍한 걸 발견하고 말았다. 마당 흙 위로 세 군데쯤 그의 집 마당에 남아 있던 것과 한치도 다르지 않은 커다란 짐승의 족적이 또렷이 찍혀 있었던 것이다.

지붕 위의 숨결

마당을 바라보는 6조 다다미방에서 란코와 란코의 어머니, 가미야는 수상한 족적에 놀라 서로 얼굴을 쳐다봤다.

"가미야 씨가 없으면 어머니와 둘만 있잖아. 너무 무서워 견딜 수 없어."

어젯밤 격동 때문에 병든 사람처럼 파리해진 란코가 고양이 앞에서 혼비백산한 생쥐처럼 위축되어 불안정한 시선으로 주변을 두리번거리며 하소연했다.

"걱정 마, 나는 당분간 회사를 쉬며 자기 호위를 맡을 거야. 그건 그렇고 별일이 다 있네. 그 자식, 일부러 여기까지 와서 아무것도 안 하고 돌아간 거잖아. 어머니, 어젯밤 뭐 이상한 점 없었습니까?"

가미야가 물으니 란코의 모친은 비밀을 이야기하듯 나지막한 음성으로 주뼛주뼛 대답했다.

"전혀 몰랐어요. 하지만 형사 두 분이 줄곧 이 방에 대기하고 계셨어요. 방금 낮에는 위험하지 않을 거라고 하면서 돌아가셨죠. 아무리 그래도 형사님이 계신 걸 알면서 쉽사리 해칠 수는 없었겠죠."

"그렇군요. 만약 형사가 없었다면 돌이킬 수 없는 사건이 생겼을 수도 있겠네요. 그럼, 그자가 빈지문 밖에 서서 엿듣기만 하고 맥없이 철수한 거네요."

마당을 바라보며 대화를 하던 중 뭘 발견했는지 별안간 가미야의 안색이 확 변했다.

"어머니, 잠깐 저것 좀 보세요."

그는 바로 옆에서 인간 표범이 엿듣기라도 하듯 두려움에 떨며 소곤거렸다.

"저 발자국을 잘 보세요. 분장용 의상인 것 같지만 앞뒤 발자국을 분간할 수 있네요. 저 발자국, 모두 이쪽을 향하고 있지 않습니까? 반대 방향은 하나도 없어요."

"그러네요. 어떻게 저럴 수 있죠?"

란코의 어머니는 그게 얼마나 무서운 의미인지 알지 못했다.

"그러니까 저자는 담을 넘어 툇마루 쪽으로 와서는 다시 나가지 않았다는 거죠. 여기로 온 발자국만 있지 돌아간 발자국이 없어요."

"어머!"

란코와 어머니는 깜짝 놀라 서로 얼굴을 쳐다봤다.

"나 무서워. 가미야 씨, 얼른 경찰에 연락해 줘. 그자는 분명이 집 어딘가에 숨어 있다고."

"당황하지 마. 굳이 따지자면 이웃에도 사람이 있잖아. 가령, 그자가 여기에 숨어 있다 해도 이런 대낮에는 나와서 어슬렁거리지 않을 테니 걱정 마."

가미야는 툇마루로 나가 머뭇거리며 마루 밑을 들여다봤다. 그리고 곧바로 낮은 비명을 지르며 엉덩방아를 찧었다.

"있어? 툇마루 밑에?"

란코는 반쯤 일어나 시퍼레진 얼굴로 도망칠 준비를 했다.

그렇다. 툇마루 밑의 어두운 구석에 사나운 호랑이 한 마리가 축 늘어져 있었다.

가미야는 잠시 주저했으나 울컥 끓어오르는 증오심에 이성을 잃고 마당으로 뛰어 내려가 태세를 갖추고 마루 밑을 들여다보며 호통쳤다.

"온다, 나와라. 비겁한 짓 하지 말고 어서 나와라. 오늘은 도망치지 말아라."

가미야의 의기충천한 모습을 보고도 호랑이는 대답은커녕 미동도 하지 않았다.

잠든 건가. 아니다, 그럴 리 없다. 이상하다. 아, 그런 건가. 만약 그렇다면…….

가미야는 주위에 떨어져 있던 나무 막대기를 주워 마루 밑의 호랑이를 사정없이 찔러봤다. 움직이지 않는다. 막대기 끝의 촉감이 이상하다.

"뭐야, 가죽만 있는 거야? 이 자식, 이런 곳에 호랑이 의상만 벗어놓고 간 거야? 괜찮아요, 도망치지 않아도 돼요."

그는 방에 있는 두 사람을 안심시키고 나서 호랑이 가죽을 마루 밑에서 끌어냈다.

"이겁니다. 보세요."

목덜미를 잡으니 아래로 축 늘어져 커다란 호랑이 사체처럼 보였다.

"하지만 가미야 씨, 그자는 그걸 벗어놓고 대체 뭘 한 거죠? 역시 어딘가 숨어 있는 거예요? 그리고 밤이 되길 기다리는 거 아니에요?"

란코는 더 이상 그대로 있을 수 없다는 듯이 안절부절못했다.

밖에서는 보이지 않는 마루 밑의 안쪽 구석에 그자가 숨죽이고 엎드려 있을지도 모른다. 아니면 천장 위 어두운 곳에서 가만히 기회를 엿보고 있을 수도 있다. 혹시 방 안 벽장 안에 있는 건 아닐까. 벽장 문을 열면 쌓여 있는 이불 틈에서 인광처럼 불타는 그자의 기분 나쁜 눈이 우리를 노려보고 있을 수도 있다.

"가미야 씨. 미안하지만, 가까운 곳에 공중전화가 있으니까 이 일을 경찰에 알려주세요."

란코의 모친이 말하기 전에 가미야도 막 그 생각을 했다. 그는 공중전화로 달려가 경찰청과 다이토 극장 사무실에 자초지종을 알렸다.

잠시 후 수사과에서 란코의 집에 출동해 마루 밑에서 천장 위까지 엄중히 수색했는데, 호랑이 가죽과 발자국 외에는 어떤 단서도 발견할 수 없었다. 인간 표범은 어디에도 숨어 있지 않다는 것이 확인되었다.

경관이 철수하자 그 뒤에 다이토 극장 관계자와 란코의 친구들이 우르르 문병을 왔다. 사람들의 떠들썩한 이야기 소리에 란코는 잠시나마 조금 전까지의 공포를 잊을 수 있었다.

오후가 되자 사건 이후 극장으로 오갈 때 란코를 경호해 주던 직원이 도착했다. 그는 유단자로 이름이 구마이熊井라고 했다. 그때 마침 즐겁게 떠들던 사람들이 돌아가서 나중에는 란코 모녀와 가미야, 구마이, 네 사람만 남았다.

분위기가 휑해지자 란코의 마음에는 감당할 수 없는 불안이 또 싹텄다. 이제 곧 땅거미가 질 시간이다. 해가 저물어 이 세상이 어둠에 갇히면 괴물이 활개를 치리라. 오늘 밤도 분명 오겠지. 아니, 오지는 않더라도 이 집 어딘가에 있을지도 몰라. 경찰들은 아무도 없을 거라고 단언했지만 상대는 괴물이잖아. 사람들 눈을 피해 어떤 예상치 못한 구석에 숨어 있을지도 몰라.

그녀는 대화 중간에도 창백한 얼굴로 여러 번 귀를 쫑긋 세웠다. 그뿐 아니었다. 종국에는 일부러 자리에서 일어나더니 까치발을 한 채 구석 쪽에 서서 귀를 기울이기도 했다.

"너 뭐 하는 거니. 기분 나쁘잖아."

모친이 나무라자 란코는 쉿 하며 입술에 손가락을 대더니 슬그머니 제자리로 돌아와 몹시 두려운 기색으로 말했다.

"들어봐요. 거친 숨소리가 들려요. 분명 그자는 저 천장 판자 위에 숨어 있을 거예요. 나 어쩌면 좋아. 이 집에 있는 게 무서워요. 어디 딴 데로 갈까요. 저자가 어떻게든 쫓아올 것 같으니 멀리멀리 도망쳐요."

"무슨 말 하는 거냐. 기분 탓이야. 천장 위에서 숨소리 같은 것이 들린다고? 말도 안 돼. 그럴 리 없잖아."

가미야는 란코에게 엄살 부리지 말라고 면박을 주긴 했지만, 생각해 보니 이대로 그녀를 이 집에 두기에는 위험했다. 그는 란코 곁에서 한시도 떨어지지 않고 지켜줄 생각이었다. 그리고 경찰에 경호를 의뢰할 수도 있다. 그러나 상대는 인간이 아니다. 자유자재로 변신할 수 있는 괴물이다. 다이토 극장에서 몇천 명이나 되는 군중을 앞에 두고 싸웠던 놈이다. 보나 마나 어떤 경호라도 그자에게는 무력하다.

"가장 좋은 건 자기가 감쪽같이 행방을 속이는 거야. 그자의 손이 닿지 않는 곳으로 도망치는 거지. 하지만 란코의 친척이나 친구 집은 그자가 금방 알아낼 테고, 그렇다고 내 지인 중에 자기를 숨겨줄 만한 사람이 있을지 영 떠오르지 않는데……."

가미야가 곤혹스러워하자, 유도 유단자인 구마이 청년이 입을 뗐다.

"갑자기 생각났는데요, 좋은 수가 있어요. 이러면 될 것 같아요. ……가미야 씨, 좀 들어보세요."

그는 소곤소곤 말하며 슬며시 천장을 쳐다봤다. 그 역시 인간 표범이 아직 어딘가에 숨어 있을지 모른다고 생각하는 것이다.

"괜찮을 것 같은데, 번화한 길가를 걸으며 이야기해 볼까?"

가미야도 만일의 사태를 염려하고 있었다.

"그게 좋겠네요. 그럼, 어머니께 집을 봐달라고 하고 셋이 거리로 나가죠."

구마이도 바로 찬성하고는 재촉하듯 자리에서 일어났다.

란코의 하녀살이

란코의 집에서 나와 좁은 길을 반 정쯤 걸으니 번잡한 전찻길이 나왔다. 가미야와 구마이, 란코, 세 사람은 큰길의 인도를 나란히 걷고 있었다.

"란코 씨, 시골 처녀가 되어 보실래요? 메이크업을 잘하시니 갓 상경한 시골 처녀로 변장할 수 있으시겠죠?"

구마이 청년은 실로 엉뚱한 말을 꺼냈다.

"못할 건 없는데 왜 그래야 하지?"

란코는 매일 함께 출퇴근을 하며 이 호걸 청년과 친해졌다.

"아주 딱 맞는 자리가 있어서요. 사실은 제 어머니께서 시골 처녀를 구해 달라고 부탁하셨어요. 좀처럼 적당한 사람이 나타나지 않네요. 좀 유별난 하녀살이라."

"뭐? 나보고 하녀살이를 하라고?"

"네. 좋은 생각이죠? 지금 아는 사람 집에 가면 결국 온다는 당신을 찾아낼 거예요. 그걸 역이용하는 거죠. 적의 생각이 미칠 수 없게 비약적인 사고를 하는 거죠. 시골 처녀로 변장해 생판 모르는 남의 집에서 하녀살이를 하는 겁니다. 가미야 씨는 어떻게 생각하세요?"

가미야는 무릎을 탁 칠 정도로 탄복했다. 레뷔 극장의 직원답게 기상천외한 착상이었다. 그런 만큼 적의 눈을 속이기에 나무랄 데 없었다.

"재미있네. 란코 씨가 하녀살이를 할 거라고는 전혀 생각지 못할 거야. ……하지만 하녀가 되면 심부름을 다녀야 할 텐데 그게 좀 걱정되는걸."

"아뇨, 담 밖으로는 한 걸음도 나가지 않아도 됩니다. 그 집이 또 아주 유별나서요. 딱 적당한 곳이죠. 집 주위는 높은 콘크리트 담으로 둘러싸여 있고, 그 위로 맥주병 조각이 바늘산처럼 꽂혀 있어 경계가 삼엄한 구조예요. 주인은 1년 내내 방에 틀어박혀 있거든요. 집에서 한 발짝도 나가지 않아요. 그 주인 옆에서 말 상대나 잔심부름 같은 걸 하면 돼요."

"별난 주인이네. 나이가 많아?"

란코도 기묘한 이야기에 이끌려 점차 마음이 동했다.

"그런데 젊어요. 란코 씨와 비슷한 연배죠. 하지만 걱정하지 마세요. 주인이 여자예요. 게다가 몸이 성치 않아요. 얼굴에 무슨 상해를 입었는지 언제나 검은 복면을 쓰고 아무에게도 맨얼굴을 보이지 않아요. 극히 내향적인 아가씨죠. 그런 생활을 하니 말 상대가 필요한가 봐요. 집사가 함께 사는데 노인이라

제대로 말 상대를 못하니까요."

"부자인가 봐?"

"네, 아실지 모르지만 다카나시高梨라는 고리대금업자의 외동
딸이요. 2~3년 전에 양친이 다 돌아가시고 지금은 혼자 사는
가엾은 장애인이죠. 결혼은커녕 사람들에게 얼굴을 보이기도
싫어해서 그런 고독한 생활을 한답니다. 방금 말했다시피 아버
지가 고리대금업자라 도둑에 대한 대비를 철저히 해둔 집이에
요. 란코 씨의 은신처로 딱 좋죠. 아무리 인간 표범이라도 커다란
철문을 부수고 바늘산 같은 담을 넘지는 못할 테니까요."

이보다 적절한 경우는 없을 터이다. 호걸 청년답지 않게 훌륭
한 지혜를 내놓았다.

"어머, 가엾어라. 왠지 그 아가씨와 이야기해 보고 싶은 마음이
드네. 가미야 씨, 나, 눈 딱 감고 다카나시 씨 집에서 하녀살이
한번 해볼까?"

고독한 아가씨에 대해 호기심이 발동했는지 란코는 점점
적극적인 태도를 보였다.

"나도 참 묘안이라 생각해. 좀 엉뚱하긴 한데, 그 정도쯤
되어야 그자의 눈을 피할 수 있겠지. 온다가 잡힐 때까지 자기는
거기 숨어 있자."

가미야도 이 기묘한 계획에 일종의 매력을 느꼈다.

"그렇게 하죠. 그자가 잡히면 사정을 털어놓고 일을 그만두면
되니까요. 어머니가 적적하실 것 같은데 친척분이 와 계시면
어떨까요? 인간 표범이 어머니께 어떤 짓을 할지 모르니까요."

구마이도 계속 권하는지라 결국 과감히 실행에 옮기기로
이야기는 귀결되었다.

　"제가 모시고 가도 좋지만 그러면 상대가 눈치챌 위험이
있어서요. 가미야 씨도 가지 않는 게 좋겠죠. 걱정되지만 그러지
않아도 감시할 방법이 있긴 하니까요. 시골 지인의 딸이라고
제가 편지를 쓰죠. 란코 씨는 변장을 하고 그 편지를 가져가시면
돼요. 틀림없이 그 집에서 고용해 줄 거예요. 저희 어머니께
말해둘게요."

　구마이가 구체적인 방법을 알려줬다.

　세 사람은 일단 집으로 돌아가서 란코의 모친에게 조용히
귓속말로 상황을 설명했다. 처음에는 모친이 마음에 내켜 하지
않았지만, 그것 말고는 괴수의 습격을 피할 방법이 없다고 설득
하자 마지못해 승낙했다. 신뢰해 마지않던 가미야 청년의 권유
를 물리칠 수 없었다.

　이야기가 일단락되자마자 구마이는 긴 소개장을 써서 란코에
게 건네줬다. 란코는 입은 옷 그대로 아무것도 챙기지 않고
가미야와 함께 집을 나섰다.

　도중에 자동차를 몇 번 갈아타고 란코의 친구 S라는 레뷔
걸의 아파트에 들러 친구가 헌 옷 가게에서 가져온 옷으로
변장을 마쳤다. 인기 여배우 에가와 란코는 이 세상에서 홀연히
사라졌다. 대신 경대 앞에는 싸구려 메이센[12] 줄무늬 옷에 모슬린

....
　12. 銘仙. 꼬지 않은 실로 거칠게 짠 비단으로 질기고 값이 싸다.

띠를 매고, 트레머리나 다름없는 촌스러운 서양 머리를 한 여자가 있었다. 까무잡잡한 얼굴에 양쪽 볼만 불그스름하게 칠한 탓에 조슈上州쯤에서 갓 상경한 시골 처녀 같았는데 그럼에도 꽤 귀여워 보였다.

"대단하네. 이 정도면 누가 봐도 못 알아봐. 역시 메이크업의 대가야."

"귀엽네. 가미야 씨, 란코 씨의 이런 모습도 꽤 괜찮죠?"

가미야와 S가 란코의 변장을 두고 농담을 섞어 가며 감상을 이야기했다.

"나랑은 여기서 헤어지자. 자기 혼자 이 아파트 뒷문으로 나가 시골에서 상경한 사람처럼 택시를 잡아. 그리고 몇 번 차를 바꿔 타며 되도록 큰길로 해서 쓰키지築地의 다카나시 씨 집으로 가. 발각되지 않게 시골 말씨 잘 쓰고."

가미야는 구석으로 란코를 불러 은밀히 속삭였다.

"나 떨려. 괜찮을까."

"당연히 괜찮지. 나는 다른 차로 자기를 쫓아 그 집 앞에 갈게. 자기가 무사히 들어가는지 똑똑히 보고 돌아갈게. 앞으로 급한 용무가 생기면 우리 집에 전화해. 곧바로 달려갈 테니."

잠시 후 아파트를 나온 귀여운 시골 처녀는 가미야가 말한 대로 차를 타고 내리기를 몇 번이나 반복하면서 쓰키지의 다카나시 저택에 도착했다. 두말할 것 없이 가미야도 다른 차를 타고 별난 미행을 했다.

복면 쓴 아가씨

시골 처녀가 된 에가와 란코는 하녀살이를 할 다카나시 가보다 1정쯤 앞에서 차에서 내리더니 준비한 작은 보자기를 옆구리에 끼고 종종걸음으로 문 앞에 다가갔다.

구마이 청년이 말한 대로 그 집의 구조는 마치 성곽처럼 삼엄했다. 집을 둘러싼 높은 콘크리트 담에는 날카로운 유리 조각이 빽빽이 꽂혀 있고, 위로는 화강암 문주가 보였으며 문장이 부조로 조각된 철문은 굳게 닫혀 있었다.

대체 어디로 들어가야 하나 주위를 둘러보다가 문 옆의 콘크리트 담의 작은 출입구를 발견했다. 하지만 거기에도 동판을 붙인 미닫이문은 단단히 문단속을 해놓았는지 손으로 밀어 봐도 열리지 않았다.

겨우 작은 호출 벨을 찾아 힘껏 버튼을 누르자 잠시 후 정원에서 발소리가 들리고 문에서 이상한 소리가 났다.

문이 열린 줄 알았는데 그게 아니었다. 문 상부에 뚫린 작은 구멍의 뚜껑이 열린 것이다. 한 면이 3치[13]쯤 되는 정사각형 구멍으로 눈 하나가 나타나 란코를 빤히 쳐다봤다.

"저는 요시자키吉崎라고 하는데요, 구마이 씨가 써준 편지를 가져왔다고 말씀 전해주세요."

....
13. 약 12cm. 1치寸=3.03cm

란코가 시골 억양으로 순박하게 말했다. 그러자 구멍에서 쓱 나온 노인의 손이 편지를 잡아챘다. 잠시 후 안에서 들려오는 목소리는 의외로 친절했다.

"알았다. 네가 하녀로 들어오는 거냐. 요시자키라고? 그래, 안으로 들어와라."

드르륵 미닫이문이 열리고 안쪽에는 백발에 흰 수염이 성성한 노인이 빙그레 웃으며 서 있었다. 구마이가 말했던 다카나시 가의 집사인 듯했다.

노인의 뒤를 따라 다마가와玉川산 자갈이 깔린 정원 길을 걸어 현관으로 들어가니 어두운 복도가 나왔다. 노인은 거길 몇 번이나 돌더니 가장 안쪽의 양실로 안내해 주었다. 드넓은 집에 노인만 있나 싶을 정도로 실내는 쥐 죽은 듯이 조용했다.

"편지를 보니 대강 알겠는데 평민 출신이더구나. 그리고 여학 교를 3학년까지 다니다 중퇴했다고? 좋아, 나무랄 데 없군. 그런데 이 집 주인님은, 너도 들었겠지만, 젊은 아가씨야. 좀 신경질적인 병자란다. 지금 만나 뵈러 갈 건데, 아가씨 눈에 들면 오늘부터 높은 급료를 받으며 일할 수 있을 거야."

노인은 긴 복도를 걸으며 요시자키 하나코로 변장한 란코에게 차근차근 설명해 주었다. 그는 민무늬 명주 기모노에 검정 하오 리를 걸치고 허리에 뒷짐을 짚은 채 구부정한 자세로 걸었다.

"여기다. 아가씨는 침대에 누워 계시는데 절대 얼굴을 보지 말아라. 검은 두건을 쓰고 계시니 보고 싶어도 못 볼 테지만, 가능한 그쪽을 보지 않는 게 좋아."

노인은 주의를 주고 조용히 문을 열었다.

"아가씨, 구마이에게 부탁해 둔 시골 출신 하녀가 뵈러 왔습니다. 잠시 들어가도 되겠습니까."

노인이 공손히 묻자, 방 안에서 피리 소리처럼 높은 목소리로 대답했다.

"들어와."

이런, 목소리를 들으니 너무 딱하다. 후두나 구강이 안 좋은가 보다. 란코는 호기심에 사로잡혀 노인을 따라 방에 들어갔다.

15조 크기의 양실 중앙에 원형 테이블과 부인용 장식 의자 두 개가 놓여 있다. 안쪽 벽 끝에는 캐노피 달린 고풍스러운 침대가 장엄하게 놓여 있다. 침대는 얇은 비단 장막이 씌어 있었는데 그 비단을 통해 순백의 시트와 사람의 형상이 희미하게 보였다.

"누워서 말해 미안한데 이해해 줘. 할아범, 그 사람한테 의자에 앉으라고 해."

아가씨의 피리 같은 목소리가 얇은 비단 너머에서 아름답게 울렸다.

란코는 아가씨의 말대로 노인 맞은편 의자에 얌전히 앉았다.

"할아범, 저 사람에게 그 일에 대해 잘 말해."

아가씨는 노인에게 테스트를 맡기고 옆에서 관찰할 요량인 듯했다.

"우선 첫째로."

노인은 위엄 있게 말했다.

"여기서 하녀살이 할 때 일하는 동안은 집 밖으로 한 발짝도 나가면 안 된다는 걸 알아야 해. 욕실은 집에 있고, 물건은 심부름하는 하녀가 따로 있으니 그때 부탁하면 된단다. 그런 생활을 참을 수 있겠어?"

"네, 할 수 있어요. 전 밖에 나가고 싶지 않으니까요."

"그런가. 외출을 싫어하다니 다행이네. 그런데 네가 할 일은 아시다시피 아가씨 수발이야. 아까도 말한 것처럼, 아가씨는 아프시니까 무슨 말씀을 하셔도 말대꾸하면 안 돼. 모든 걸 말씀하시는 대로 해야 해. 알았지?"

"난 제멋대로야. 그래서 억지도 많이 부려."

피리 같은 목소리가 조롱하는 투로 덧붙였다.

"네, 무슨 말씀을 하셔도 따르겠습니다."

란코는 끝까지 다소곳하게 말했다.

"할아범, 난 이 아이가 마음에 들어. 아주 유순하네. 게다가 얼굴도 귀엽잖아."

아가씨는 란코가 마음에 쏙 드는 모양이다.

"그럼 결정하신 거죠?"

"응, 좋아. 빨리 처리해. 급료도 듬뿍 주고."

"들은 대로지? 부모님께는 나중에 편지로 소상히 말씀드리기로 하고 너는 오늘부터 여기 머무르기로 하자. 그래도 별 지장 없을 것 같은데. 이제 됐나? 좋아. 그런데 급료 말이야, 아가씨의 말씀도 있고 하니 전례를 깨고 월 오십 엔으로 하지. 불만은 없겠지?"

란코가 받아들이지 않을 이유가 없었다. 오십 엔이면 대단히 높은 급료다. 이 금액만 봐도 철부지 아가씨를 돌보는 일이 얼마나 호될지 상상이 가지만 그 외의 조건은 모두 더할 나위 없다. 무엇보다 외출을 금한다는 것이 사람들 눈을 피해야 하는 그녀에게는 안성맞춤이었다. 아무리 제멋대로라 해도 상대는 동년배 아가씨다. 목소리는 피리 같지만, 성격은 그리 매정해 보이지 않는다. 어린아이 같긴 해도 악의는 없는 철부지로 보인다. 란코는 이런 조건이라면 당분간 이 일을 지속할 수 있을 것 같았다.

"된 거지? 그럼 그렇게 결정한다. ……네가 쓸 방은 이 방 옆의 작은 양실이야. 고용인에게는 과분한 방이지만 늘 아가씨 가까이 있어야 하니까. 짐을 옆방으로 옮기는 게 좋겠네."

노인이 시키는 대로 란코는 작은 방으로 가서 책상 위에 보자기를 놓고 화장대 앞에서 잠시 옷매무시를 가다듬은 후 다시 침실로 돌아왔다.

"아가씨, 그럼 저는 물러가겠습니다. 이 아이에게 시키실 일 있으십니까?"

노인이 일어서서 묻자, 아가씨는 침대에서 부스스 일어나 얇은 캐노피 비단을 헤치더니 드디어 잠옷 입은 모습을 드러냈다.

그녀의 옷차림은 실로 희한했다. 서양식 침대를 쓰면서도 잠옷은 순 일본식으로 화려한 긴소매 나가주반[14]에 광택 있는 띠를 매고 있었다. 그리고 머리에는 혼례용 모자 같은 형태의 검은 비단 두건을 턱까지 내려쓰고 있었다.

"나 목욕하고 싶은데 저 아이한테 미리 가서 준비해 놓으라고 해."

"네, 알겠습니다. …… 얘야, 나를 따라오너라. 욕실이 어딘지 가르쳐줄 테니. 물은 데워놨으니 너는 온도가 맞는지 보고, 수건 같은 거 준비해 두면 된다."

노인은 그렇게 지시하며 복도를 지나 근사한 욕실로 데려갔다.

욕조와 세면장이 전부 타일로 된 욕실이었는데, 채광이 좋지 않은지 낮인데도 아름다운 장식등이 휘황찬란하게 빛났다.

노인이 돌아가자 란코는 소매를 걷고 타일 바닥으로 내려가서 욕조 뚜껑을 들어 올리고 물 온도를 확인한 뒤 나무통에 물을 길어 조절하면서 바지런히 목욕 준비를 했다.

잠시 후 옆 방 탈의실 문이 슬그머니 열리더니 검은 복면을 쓴 아가씨가 들어왔다.

"온도 맞춰놓았습니다."

란코는 손을 닦으면서 탈의실로 올라가 아가씨 앞에서 허리를 살짝 굽혔다.

"그래, 너도 옷 벗어. 나랑 같이 목욕하자. 그리고 내 몸을 씻겨줘."

아가씨는 역시나 특이했다. 몸종과 함께 목욕을 하다니 별난

....
14. 長襦袢. 기모노 속에 입는 일본 전통 내의.

취미도 다 있다. 그건 그렇고 저 복면 두건은 어쩔 셈인가. 그대로 물속에 들어갈 건가. 란코가 당황해 가만히 서 있었더니 곧바로 철부지 아가씨의 짜증스러운 목소리가 울려 퍼졌다.

"기모노를 벗으라고. 왜 멍청히 서 있는 거야. 얼른 벗어."

이게 월급 오십 엔의 의미란 말인가. 어떤 억지를 부려도 뜻을 거슬러서는 안 된다는 게 이런 의미였나 보다. 란코는 하는 수 없이 띠를 풀기 시작했다. 시골 처녀의 몸이 너무 흰 건 아닌지 걱정하며 띠를 하나씩 풀었다.

"아가씨는 옷을 벗지 않으십니까?"

그냥 서 있기만 해서 그렇게 물으니 아가씨는 화난 목소리로 명령했다.

"그건 됐고, 너나 벗어. 그리고 먼저 욕조에 들어가."

이 아가씨는 불구의 몸을 부끄러워하는구나. 그런 거면 몸종과 목욕을 같이 하지 않으면 될 것 아닌가.

란코는 지시대로 알몸이 되었다. 서둘러 욕조에 들어가려는데 또 아가씨의 목소리가 들렸다.

"어머, 아름다운 몸이네. 너 시골에서 막 상경했다고? 거짓말이지? 원래는 다이토 극장 레뷔에 나오지 않았어?"

란코는 벼락 맞은 것처럼 얼어붙었다. 세상 물정 모르는 아가씨치고는 몹시 예리한 눈을 가졌다.

"에가와 란코. 그렇지? 확실해."

신기하게도 아가씨의 목소리가 이상해졌다. 피리 같던 높은 음색이 어느새 허스키한 굵은 목소리로 변했다.

"죄송해요. ……사정이 좀 있었어요. 절대 악의가 있어서 그런 게 아니에요."

란코는 벗은 몸으로 코르크가 깔린 탈의실 바닥에 앉아 순순히 사과를 했다. 그럴 수밖에 없었다.

"사과할 일이 아니야. 그 사정이란 게 뭐야? 혹시 온다라는 무서운 남자의 눈을 피하려고 그런 거야?"

기습적으로 정곡을 찌르자 란코는 할 말을 잃었다.

"하하하……. 란코, 놀랐나 보군. 가엾게도 얼굴이 창백해진 걸 봐. 신기해할 것 없어. 나는 너에 대해서라면 지나치리만치 많이 알거든."

분명 남자 목소리였다. 아가씨가 남자 목소리로 말을 한다.

란코는 숨이 막히는 것 같아 꼼짝할 수 없었다.

꿈을 꾸는 건가. 정신이 나간 건가. 어찌 이런 기이한 일이 일어날 수 있나. 아니면 혹시, 혹시…… 생각이 거기에 미치자 란코는 울상이 된 채 죽을힘을 다해 목소리를 쥐어짰다.

"누구세요? 당신은 누구시죠?"

"누구겠어. 네가 만나고 싶었던 남자지."

그리고 두건을 획 벗어 던졌다. 그 아래로 거무죽죽한 피부, 뼈만 앙상한 얼굴 윤곽, 인광처럼 빛나는 두 눈, 붉은 입술, 엄니 같은 흰 치아. 온다다. 인간 표범 말이다.

란코는 한눈에 그를 알아보고 비명을 지르며 문 쪽으로 도망치려 했다.

"하하하……, 란코, 소용없어. 이미 여기 문은 다 잠가놨어.

열쇠는 여기 있지. 이걸 원하지? 그렇게 원하면 줄 수도 있어. 다만 약소한 조건이 있기는 해."

정체를 드러낸 인간 표범은 붉은 입술을 날름날름 핥으며 아주 고소하다는 듯이 이죽이죽 웃었다.

벌거벗은 란코는 부끄러워 몸 둘 바를 모르겠다는 듯이 구석에 손발을 오그리고 있었다. 어린아이처럼 울상을 지으며 두려운 눈으로 온다의 모습을 살폈다.

인간 표범은 이제야 비로소 먹잇감의 전신을 마음껏 감상할 수 있었다. 그는 란코를 빤히 응시했다. 긴 시간 옴짝달싹하지 않고 쳐다보기만 했다. 이윽고 상반신을 먹이 쪽으로 내밀더니 양손을 서서히 구부렸다. 그리고 마침내 표범이 먹이에 달려들려 할 때의 끔찍한 자세로 변했다.

아케치 고고로 明智小五郎

란코는 알몸을 결박당해 공 같은 형태로 탈의실 구석에 웅크린 채 마치 눈에 보이지 않는 실로 시선을 묶어놓은 듯이 눈도 깜빡하지 않고 시시각각 다가오는 괴물의 무시무시한 형상을 응시했다.

"으하하하……."

괴물은 긴 엄니를 드러내고 침으로 번들거리는 붉은 입술을 떨며 몸부림치듯 크게 웃었다.

"란코, 지금 내가 어떤 기분일지 너는 알까? 엄청 유쾌해. 드디어 너를 잡은 거지. 이젠 무슨 일이 있어도 놓치지 않을 거야. 하지만 네 덕분에 꽤나 고생했지."

화려한 긴소매 차림의 온다는 두 손으로 공기를 움켜쥐는 시늉을 하며 거대한 짐승처럼 란코를 위에서 덮치려 했다.

"악……, 살려줘요……."

란코는 있는 대로 입을 크게 벌리고 필사적으로 비명을 질렀다.

"우하하하하……."

괴수는 상대가 두려워할수록 더 환희에 불타 추악하게 웃음을 터뜨렸다.

손톱이 긴, 앙상한 손가락이 란코의 어깨에 닿으려 했다. 그녀는 아직 기력을 잃지는 않았다.

"악……."

란코는 당장이라도 죽을 것처럼 비명을 지르며 상대의 손에서 스르르 빠져나와 공처럼 굴러 흰 타일이 깔린 욕실로 들어갔다.

"우하하하……, 이젠 독 안에 든 쥐네. 알았나. 이 욕실에는 창문이 하나도 없어. 다시 말해 너는 내 주문에 걸려든 거야."

야수의 벌거벗은 검은 육체가 네발로 기어 어슬렁어슬렁 타일 계단을 내려왔다.

어느새 란코는 욕조에 머리까지 담그고 있었다.

인간 표범은 쥐를 희롱하는 고양이처럼 바로 습격하지 않고 타일 세면장에 웅크려 고개를 숙인 채 푸른빛이 발산되는 눈으로 아주 흥미롭다는 듯이 물속의 먹이를 노려봤다.

* * *

저택 밖에서는 란코의 연인 가미야 요시오가 유리 조각 꽂힌 콘크리트 담 주위를 빙빙 돌며 서성였다.

그는 다른 자동차에서 하녀살이 하러 가는 란코를 배웅했다. 란코가 저택 안으로 들어가는 모습을 지켜본 후에도 왠지 신경 쓰여 30분가량이나 저택 앞을 서성이며 혹시 빈틈이 없는지 뒤쪽까지 살폈다. 떠나기 싫었지만 계속 거기 있을 수는 없었기에 어쩔 수 없이 지나가는 자동차를 불러 세웠다.

그가 막 자동차에 탔을 때 저택에서는 욕실의 비극이 시작되었는데, 넓은 저택의 밀폐된 욕실 안이라 란코가 아무리 큰소리쳐도 그 소리가 담 밖에서 들릴 리 없었다. 가미야는 그런 줄도 모르고 인간 표범의 눈에 띄지 않게 연인을 꼭꼭 숨겼다고 안심하며 귀갓길에 올랐다.

하지만 이상한 조짐이 들었는지 달리는 자동차 안에서는 묘하게 마음이 불안했다. 이대로 괜찮을까. 이러니저러니 해도 상대는 마성의 인간 표범이다. 후각이 예민한 야수니 오래지 않아 란코의 은신처를 찾아낼지 모른다. 란코의 안전을 위해 그녀를 숨기는 것보다는 인간 표범을 하루빨리 잡는 것이 최선의 방안이다. 인간 표범을 감옥에 처넣고 사형에 처하면 란코뿐 아니라 온 세상이 안도할 것이다. 동물원 우리를 빠져나온 맹수 같은 놈이 유유히 거리를 활보하면 도쿄 시민들이 두 발 뻗고 잠잘 수 없다.

이에 대해 가미야는 며칠 전부터 생각한 것이 있었다. 경찰력이 미덥지 않으면 다른 방법이 없다. 한 올의 희망이라곤 유능한 민간 탐정의 힘을 빌리는 것뿐이다. 사립 탐정, 하면 바로 떠오르는 사람이 아케치 고고로다. 아케치 탐정이라면 경찰이 감당 못 하는 어려운 사건도 척척 해결한다는 이야기를 누차 들었다. 특히 인간 표범 같은 기괴한 범인에게는 아케치 고고로가 적격 아닐까.

"저기, 목적지를 좀 바꾸지. 아자부麻布의 류도초龍土町. 류도초의 아케치 고고로 집으로 가세."

"알았습니다. 사립 탐정댁이네요."

운전사가 힘차게 대답했다.

"자네도 잘 아는군."

"유명하시니까요. 얼른 그 선생님이 등장하셨으면 좋겠어요. 저도 애타게 기다렸습니다."

"무슨 일로 등장하시는데?"

"아시잖습니까. 다이토 극장 건이요. 란코 씨를 노린 짐승 말입니다. 빨리 아케치 탐정이 나타나서 인간과 표범의 혼혈 같은 그놈을 혼내줬으면 좋겠습니다. 전 에가와 란코의 광팬이니까요."

"아, 그런가. 이제 그렇게 될 거야."

이 일과 관련 없는 운전사조차도 그런 생각을 했구나. 왜 더 빨리 아케치 탐정을 찾아가지 않았을까. 가미야는 한층 든든한 기분이 들었다.

아케치 고고로는 『흡혈귀』 사건 이후 혼자 거주하던 개화 아파트를 떠나 조수였던 후미요文代라는 미인과 아자부의 류도초에 신혼집을 꾸렸다. 그 집은 탐정사무소로도 썼다. 부부가 탐정광이고 모험광이라 가정과 사무실을 따로 쓸 필요가 없었다.

나즈막한 화강암 문주에 '아케치 탐정사무소'라고 쓰인 작은 놋쇠 간판이 걸려 있었다. 문주를 통과해 가장자리에 대추나무가 심어져 있는 조약돌 길을 돌아 들어가니 자그마한 흰색 서양식 건물이 있었다. 현관의 벨을 누르자 곧바로 능금 같은 볼을 가진 교복 차림의 귀여운 소년이 문을 열고 얼굴을 드러냈다. 그는 『흡혈귀』 사건에서 어른 못지않게 활약했던 소년 조수 고바야시小林다.

다행히 아케치는 집에 있었다. 가미야는 응접실로 안내되어 명탐정과 기분 좋게 첫 대면을 할 터이다. 그런데 그가 응접실로 안내되었을 때 문 앞에는 이미 자동차가 세워져 있고, 차 안에는 놀랍게도 다카나시 가의 집사라고 했던 백발에 흰 수염이 성성한 노인이 있는 것 아닌가.

가미야는 눈치채지 못했지만 상대는 문 앞에서 서성이는 청년을 놓치지 않고 봤다. 아니, 노인은 그 이상을 알고 있을지도 모른다. 그는 가미야를 뒤쫓아 와서 아케치 탐정사무소로 들어가는 모습을 지켜본 것이다.

노인은 차를 멈추고 잠시 생각에 빠졌다. 이윽고 그는 품에서 수첩을 꺼내 종이를 찢더니 거기에 연필로 뭔가를 끄적여 운전사에게 건네며 지시했다.

"이 편지를 이 집 현관문 틈에 슬쩍 넣으시오. 무슨 말인지 알겠죠. 다른 사람이 보지 않게 주의하시오."

운전사는 예사 사람이 아닌지 수상한 지시에도 의심하지 않고 묵묵히 차에서 내려 발소리를 죽이고 안으로 사라졌다.

명탐정의 우려

집 안 응접실에서는 가미야 청년이 안락의자에 기대어 앉은 아케치 고고로에게 인간 표범 온다와 희한한 해후를 한 이후에 일어난 일을 전부 상세히 설명했다.

아케치는 젊은 시절 버릇대로 부스스하게 자란 곱슬머리에 오른쪽 손가락을 넣어 빗처럼 빗으면서 때때로 맞장구를 쳐가며 열심히 이야기를 들었다. 이야기는 꽤 길어졌다. 아케치의 아름다운 부인 후미요가 손수 음료수를 가져오느라 세 번이나 방에 들어올 정도였다.

"사정이 그러합니다. 란코는 한동안 안전하겠지만 결코 방심할 수 없습니다. 게다가 놈은 제게 깊은 원한을 가지고 있습니다. 저조차도 신변의 불안을 느껴요. 그래서 경찰과는 별개로 선생님께서 온다의 은신처를 조사해 주십사 부탁드리려 방문했습니다."

가미야의 말이 끝나자 아케치는 근심스러운 얼굴로 묘한 질문을 했다.

　"구마이라는 유도 유단자 말입니다. 다카나시 가에 란코를 보내줬다는, 그 사람 주소를 아십니까?"

　"압니다. 아사쿠사浅草 센조구초千束町에 모친과 둘이 세 들어 살죠."

　"전화를 걸 수 있습니까?"

　"아마 이웃집에 전화해서 연결하면 될 것 같은데요. 다이토 극장 사무실에 물어보면 알 수 있을 것 같아요. ……그런데 구마이에게 무슨 용무가 있으십니까?"

　가미야 청년은 명탐정에게 기벽이 있다고 들었으나 이번에는 너무 엉뚱하다고 생각했다.

　"자세한 건 나중에 이야기합시다. 아주 다급합니다. 실례지만 그 전화로 다이토 극장에 연락해 주시겠습니까?"

　아케치는 탁상전화를 가리키며 재촉했다.

　"구마이를 호출하라고요?"

　"네, 그렇습니다. ……어쩌면 구마이 모자는 이미 어디론가 이사했을 것 같군요. 만약 아직 거기 있으면 다행이겠지만……."

　탐정은 대체 무슨 생각을 하고 있는 걸까. 구마이와는 오늘 오전에 헤어지지 않았는가. 그때 이사 이야기는 전혀 나오지 않았다. 게다가 구마이와 일면식도 없는 아케치 탐정이 그의 이사를 예상하다니 여우에 홀린 듯한 이야기 아닌가.

　가미야는 의심스러워 견딜 수 없었지만 아케치의 예리한

눈이 거듭 재촉하는 탓에 반문도 못 하고 시키는 대로 수화기를 들어 다이토 극장에 문의했다.

"아셨죠? 그럼 당신이 거기로 전화를 걸어 구마이와 그의 모친을 호출해 보세요."

"용무가 있으신가 보죠?"

"네, 확인할 것이 있습니다."

아케치는 귀 기울여 들었다.

가미야는 하는 수 없이 방금 전해 들은 가나기야라는 술집에 전화를 연결해 구마이 집에 찾아가 달라고 부탁했다.

"여보세요 구마이 씨 말입니까? 아, 그 유도하는 구마이. 그 사람은 오늘 오후에 급히 이사 하셨는데요."

"뭐라고요? 이사라고요? 정말요?"

"네, 거짓말을 왜 하겠어요. 뭔가 몹시 급한 사정이 있다고 하던데요. 장롱이나 부엌 가재도구 같은 건 대부분 고물상에 처분하는 모양이더군요."

"고향으로 갔나 보죠? 그 사람 고향이 어딘가요?"

"그건 잘 모르겠네요."

그렇게 전화가 끊겼다.

가미야 청년은 간이 떨어지는 줄 알았다. 아케치가 희대의 명탐정이라고 들었지만, 점쟁이도 아니고 생판 모르는 사람이 오늘 이사한 것을 대체 어떻게 예상했단 말인가.

"고향으로 갔다고 합니까?"

"네. 그렇답니다. 그런데 선생님은 그걸 어떻게 아셨습니까?"

"자세한 건 나중에 말하겠습니다. 저는 당신 이야기를 듣고 마음에 걸리는 것이 있었습니다. 일부는 적중했네요. 나머지는 현장을 검증해 볼 수밖에 없습니다. 그럼 함께 가볼까요. 이야기는 자동차 안에서 하고요."

아케치는 몹시 급한지 의문투성이인 가미야의 표정을 보고도 아무 대답 없이 고바야시 소년에게 자동차를 부르라고 지시했다.

"실은 아까 이야기하던 중 화장실에 갔습니다. 그때 현관을 지나가다가 이런 걸 발견했습니다. 물론 누군가 가미야 씨가 온 걸 보고는 넣어놓고 간 것이 분명합니다."

아케치는 그렇게 말하며 수첩 귀퉁이를 찢은 종이 한 장을 보여주었다. 거기에는 연필로 흘려 쓴 글이 있었는데 내용이 무시무시했다.

아케치 군, 자네는 가미야 요시오가 의뢰한 사건에 절대 손을 담가서는 안 되네. 아름다운 부인과 신혼을 즐기는 처지 아닌가. 모험은 그만두게나. 혹시 내 충고를 저버리고 자네가 사건의 소용돌이에 뛰어들면 아무리 후회해도 소용없는 큰 불행을 맞이할 거야.

"온다의 소행이죠?"
가미야가 놀라서 아케치의 얼굴을 쳐다봤다.
"물론입니다. 가미야 씨는 온다 패거리에게 미행당한 겁니다.

당신이 내 집에 들어오는 걸 보고는 미행하던 자가 이런 협박 문구를 쓴 겁니다."

"그런데 큰 불행이란 대체 뭘 의미하는 걸까요?"

가미야는 이런 사건을 의뢰한 걸 후회한다는 투로 말했다.

"하하하하하, 걱정하실 것 없습니다. 저는 그 의미도 대충 알고 있습니다. 하지만 그런 일을 두려워해서는 탐정 일을 할 수 없지요. 나는 협박장에는 이골이 나서 이젠 거의 무감각할 지경입니다."

아케치는 별일 아니라는 듯이 말했다.

자동차가 집 앞에 도착했다는 말을 듣고 두 사람은 서둘러 방을 나섰다.

"고바야시, 너도 함께 가자. 어쩌면 버거운 적과 부딪칠지도 모르겠구나."

아케치는 현관으로 전송 나온 미소년의 어깨를 두드리며 말했다.

"네, 함께 가겠습니다."

고바야시 소년은 똑 부러진 말투로 대답하고는 기다렸다는 듯이 달려 나가 자동차 문을 열었다.

"쓰키지로 갑시다."

모두 좌석에 앉은 후 아케치가 행선지를 말했다. 차는 즉시 달리기 시작했다.

"쓰키지라면……."

재촉당하는 통에 가미야는 어디로 가는지도 몰랐던 것이다.

"물론 다카나시의 집이지요. 이제 아시겠습니까. 아까 저희 집에 올 때 어디에서 출발하셨나요. 쓰키지의 다카나시 가 앞에서 오신 것 아닙니까. 가미야 씨를 미행한 남자가 있었습니다. 그가 반대 방향에서 오던 중에 자신을 지나쳐 가는 가미야 씨를 보고 뒤를 밟으면 의심받지 않겠지요. 그 남자는 다카나시 가부터 뒤쫓아왔다고 생각할 수밖에 없어요. 가미야 씨는 의식하지 못했겠지만, 상대는 당신의 거동을 감시했을지도 모르니까요."

"다카나시 가 사람이 저를 말입니까?"

가미야는 아케치의 생각이 너무 비약적이라 혼란에 빠졌다. 그래서 나중에 생각하면 부끄럽기 짝이 없을 질문을 했다.

"그렇습니다. 당신은 구마이라는 남자를 완전히 신뢰하실 수 있습니까? 그럴 수도 있겠네요. 그 남자는 란코 씨의 경호를 맡을 정도였으니. 하지만 악마의 유혹은 어디라도 뻗칠 수 있습니다. 다이토 극장의 배전반 담당자가 온다에게 매수당하기도 했으니까요. 구마이 역시 같은 역할을 하지 말란 법도 없지요. 무엇보다 이상한 건 그의 갑작스러운 이사 아닐까요. 란코 씨에게 하녀살이 자리를 알아봐 주고는 그날 오후에 이사하다니요. 유도 유단자 청년이 하녀살이를 제안한 것부터가 이상하지 않으십니까? 그 점을 의심하지는 않으셨겠지요."

날아가듯 달리는 자동차 안에서 아케치는 사려 깊게 설명했다.

거기까지 들으니 아무리 혼란에 빠졌다 한들 아케치가 걱정한 연유를 깨달을 수밖에 없었다. 깜짝 놀란 가미야 청년은 엉겁결에 아케치의 옆얼굴을 노려봤다.

"그러면 설마 다카나시 가에 온다가 손을 뻗치기라도……."

"그렇습니다. 가봐야 실상이 어떤지 알 수 있지만 협박장이나 구마이가 이사한 걸 보면 아무래도 그런 것 같습니다. 구마이는 다카나시 가 아가씨가 장애가 있어 언제나 얼굴에 복면을 쓴다고 말했다지요. 그 말을 들었을 때 저는 깜짝 놀랐습니다. 어쩌면 제 생각이 과한 것인지도 모릅니다. 부디 그랬으면 좋겠지만 그런 수법은 교활한 범죄자가 자주 사용하거든요. 저는 예전에 그것과 똑같은 수법을 본 적 있습니다."

"그럼 혹시 그 복면 쓴 아가씨가……."

"네, 온다가 변장하지 않았을까 생각했습니다."

"젠장! 그러네. 분명하네. 난 왜 이리 멍청할까. 고심 끝에 란코를 짐승의 올가미 속에 빠트린 거네……."

얼굴이 새파랗게 질린 가미야가 자동차에 앉아 발을 동동 굴렀다.

"운전사 양반. 요금은 얼마든지 더 드릴 테니 더 빨리 가주시오. 사람 목숨이 달린 일이라서. 빨리, 더 빨리 가주시오."

그는 미치광이처럼 소리쳤다.

"하지만 아무리 빨리 가도 우린 이미 늦었을지도 모릅니다."

아케치는 몹시 우려하는 기색을 보이며 말했다.

"어떻게 안 될까요. 란코가 다카나시 가에 간 지 아직 2시간 남짓입니다……."

"일반적이라면 걱정할 일이 아니지만 당신을 미행한 자가 있으니까요. 그는 저를 두려워하고 있습니다. 두려우니 그런 협박장을 남기고 갔겠지요. 뭘 두려워할까요. 바로 제 상상력이겠지요. 제가 다카나시 가를 의심할지도 모른다. 그게 두려운 것입니다. 그자는 우리를 앞질러 다카나시 가로 돌아가서 언제 습격당해도 지장 없게 준비를 해놓았을지도 모르지요."

"준비를 해놓았다고요?"

"저는 어떤 준비를 해놓았을지 그 방법이 몹시 두렵습니다. 물론 가보면 알겠지만요. 기우였으면 좋겠지만 잘못하면……."

"란코가……."

"네, 그렇습니다. 상대는 인간이 아니니까요. 전에도 보셨듯이 육식 동물이나 다름없는 자입니다."

아케치는 그렇게 중얼거리며 불안한 기색을 보이더니 침묵에 빠졌다.

기괴한 선물

길을 아는 가미야 청년의 지시대로 자동차가 적당한 장소에 멈추자 세 사람은 서둘러 내렸다. 아케치는 차 안에서 미리 써둔 명함을 고바야시 소년에게 건넸다.

"넌 앞에서 기다려라. 손목시계는 있지? 정확히 10분간이다. 우리가 다카나시 가로 들어가 10분이 지나도 나오지 않으면 얼른 인근 파출소로 가서 그 명함을 건네고 경시청에 전화를 걸어달라고 해라. 즉시 수배를 내려 우리를 구하라고 부탁해.

알았지?"

"네, 알겠습니다."

"아마 그런 일은 일어나지 않을 것 같지만. 만일의 사태에 대비해야 하니."

다카나시 가의 문 앞에 가보니 정문 옆에 숨겨진 문이 반쯤 열려 있었다. 아케치는 개의치 않고 거기로 들어가서 현관 벨을 눌렀다.

하지만 아무리 눌러도 반응이 없었다. 격자문을 손으로 밀어보니 드르륵 큰소리가 나며 쉽게 열렸다.

"미안합니다. 아무도 안 계신지요."

여러 번 크게 말했으나 아무도 나오지 않았다.

"내가 부를 때까지 여기서 기다리세요. 나는 이런 일에 대비가 되어 있어 괜찮지만 혹시라도 가미야 씨에게 무슨 일이 생기면 안 되니까요."

아케치가 주머니에서 소형 권총을 꺼내 보였다. 가미야가 알았다는 손짓을 하니 탐정은 구두를 벗고 혼자 어두운 집으로 들어갔다. 그 후 5분도 안 되어 얼굴에 실망의 빛을 띤 채 돌아왔다.

"역시 내 상상이 맞았습니다. 아무도 없어요. 욕실이며 창고 안까지 다 살펴봤는데 인기척도 없고 허물 벗은 껍질 같습니다. 원래 빈집이었던 모양입니다. 온다가 빈집을 빌려 필요한 방에만 장식을 해놓았네요. 응접실과 안방 침실 같은 양실에만 가구가 있고 다른 방은 텅 비었습니다. 하지만 이상한 건 누가 방금까지 목욕을 했는지 욕조 물이 아직 따뜻합니다."

아케치가 자세히 설명했다.

"어디 숨은 것 아닐까요. 결국 이 집 주인이 온다였습니까?"

가미야는 포기하지 않고 물었다.

"그건 틀림없습니다. 여기 보세요. 이건 그가 침실 작은 테이블 위에 남겨놓은 편지입니다."

역시 수첩을 찢은 종이에 "아케치 군, 한발 늦었네. 아쉽군."이라고 마구 갈겨 써놓았다.

"그럼, 그자는 선생님이 여기 오실 것을 알고 있었단 말입니까?"

가미야가 놀라며 물었다.

"그렇습니다. 대적하기에 부족함이 없는 상대이지요. 하지만 정말 걱정입니다. 이 정도로 지략이 있는 자이니 아무리 찾아도 어디로 도망쳤는지 실마리를 남겨 놓았을 리 없을 테니까요. 우리가 선수를 칠 수밖에 없습니다."

"하지만 란코는 대체 어떻게 된 거죠? 설마 조용히 데려갔을 리 없을 텐데요."

"제가 아까부터 걱정한 게 그겁니다. 하지만 일이 이렇게 된 이상 우리 같은 개인의 힘보다는 조직적인 경찰력에 의지할 수밖에 없습니다. 지금 저 차로 경시청을 방문해서 수사 제1과장을 만납시다. 쓰네가와恒川 과장과는 잘 아는 사이입니다."

그들은 다카나시 가를 나와 대기시켜 놓은 자동차를 타고 급히 경시청으로 갔다.

그 결과, 경찰은 갑자기 긴장한 기색을 보이며 쓰키지 현장 부근을 샅샅이 뒤졌다. 그뿐 아니라 구마이 청년의 고향도 조사하고, 그밖에 조금이라도 관련 있는 사람은 빠짐없이 수사했지만, 아무런 단서도 잡을 수 없었다. 온다에게 집을 빌려준 주인도 당연히 조사했다. 하지만 다카나시라는 백발에 흰 수염을 기른 노인이 정식 절차를 밟아 거액의 집세를 내고 그 집을 빌렸다는 사실밖에는 알 수 없었다.

그렇게 하룻밤이 지나고 다음 날 아침이 되자 결국 아케치가 두려워했던 일이 사실로 드러났다.

그날 아침, 가미야의 집에 기묘한 선물이 도착했다. 누가 보냈는지도 알 수 없었다. 새벽이 밝을 즈음, 운송회사 앞에 자동차 한 대가 멈춰서는 가미야의 주소를 보여주며 거기로 배달해달라고 의뢰했다는 것이다.

선물은 대형 중국 가방을 세로로 두 개쯤 연결한 크기의 커다란 나무 상자로, 뚜껑 위에 엄청나게 큰 장식이 붙어 있고 중간쯤에는 아주 화려한 염색 끈으로 묶여 있었다.

"커다란 화병 같은 것 아닐까요?"

운송 기사가 그렇게 말하고 돌아갔기에 방심했다. 서생에게 선물을 전해 받고, 누군지는 모르지만 회사 관련 인물이 보낸 선물이라 생각하고 열어봤으나…….

우선 눈을 휘둥그렇게 만든 것은 상자 표면을 온통 뒤덮은 꽃다발이었다. 그걸 보자 가미야 청년은 모종의 예감 때문에 심장이 빠른 종소리처럼 두근거렸다. 그렇다고 그걸 안 볼 수도 없었다. 살짝 꽃다발을 밀어내니, 이럴 수가, 결국은 명탐정의 예언이 적중했다. 거기에는 벌거벗은 에가와 란코의 시신이 밀랍 인형처럼 아름답게 누워 있었다.

그 하얀 밀랍 같은 몸에서 단 하나 아름답지 않은 부분이 있었다. 바로 란코를 죽인 자의 흔적이었다. 목에 떡하니 입을 벌리고 있는 검붉은 상처. 란코는 맹수의 날카로운 엄니에 물어뜯긴 듯했다.

문득 시신의 가슴 위에 편지 봉투가 놓여 있는 걸 발견했다. 가미야는 정신없이 봉투를 뜯었는데 거기에는 어젯밤 아케치의 집에서 본 편지와 똑같은 필적으로 몹시 꺼림칙한 문구가 쓰여 있었다.

가미야 군, 자네는 너무 생각 없이 경솔한 짓을 했군. 자네가 아케치 탐정을 찾아가지 않았다면 이런 일은 벌어지지 않았다. 그리고 아케치 군이 어젯밤 경고에 따라 손을 뗐으면 란코는 무사했을 거야. 자네는 돌이킬 수 없는 실수를 한 거야. 아케치 군에게도 잘 전해주게. 언젠가 사례는 톡톡히 하겠다고.
이른바 제군들의 '인간 표범'

제2의 관

관 배달 사건은 피해자가 도쿄 흥행계의 스타인 에가와 란코인

데다가 살인자가 세상 사람들을 전율시킨 괴물 인간 표범으로 밝혀졌기에 여간 큰 소동이 아니었다. 그날 석간은 2면 전체가 온갖 격정적인 형용사가 남발된 사건 보도로 메워졌다. 피해자 란코의 사진, 아케치 고고로의 사진 등이 구경거리처럼 큼지막하게 게재되었다.

사건의 중심이 된 가미야의 집에서도 당연히 소동이 일어났다. 가미야의 집에 출입하던 사람들은 우왕좌왕했고, 란코의 친척들과 다이토 극장 직원들이 달려왔으며 경찰들도 우르르 몰려왔다. 경찰 조사를 받은 후 가미야 청년은 부친에게 호되게 야단맞았고, 모친은 눈물을 흘렸다. 그는 아픈 사람처럼 하루 종일 방에 틀어박혀 있었다. 마침내 소동이 잠잠해지고, 오후도 지나 저녁이 되었다. 마음이 차분해지자 비로소 연인을 잃은 비통함과 원수 인간 표범에 대한 분노가 그의 가슴을 마구 쥐어뜯었다. 무슨 일이 있어도 이대로 울다가 잠들 수는 없다. 풀뿌리까지 다 헤쳐 보더라도 어떻게든 온다 부자를 찾아내 그간 쌓인 원한을 갚아줘야 한다. 그는 더 이상 가만있을 수 없었다. 의논 상대는 아케치 고고로밖에 없었다. 아케치에게 오늘 아침 일도 보고해야 했다. 서둘러 외출 준비를 한 가미야는 집안사람들에게는 알리지 않고 집을 빠져나갔다.

택시를 타고 급히 아케치 사무소로 가는 중에 번화한 큰길 모퉁이마다 신문팔이의 벨소리가 들리고, '에가와 란코 살인사건'이라는 벽보가 보였다. 하지만 가미야는 차를 세워 석간을 살 용기도 나지 않아 얼굴을 돌리고 붉은 잉크로 큼직하게

원이 그려진 벽보 앞을 지나갔다.

아케치는 한시도 기다리지 못하겠다는 듯이 얼른 그를 응접실로 들였다. 테이블 위에는 석간신문 몇 장이 펼쳐져 있었다. 거기에는 란코의 생전 사진이 실렸는데 다양한 포즈로 미소 짓고 있었다.

"저는 당신에게 사과드려야겠습니다. 일이 이렇게 된 것은 제가 그자를 얕봤기 때문입니다. 경고장을 묵살하고 쓰키지 집을 기습한 탓입니다. 뭐라 드릴 말씀이 없습니다."

아케치는 순순히 사과의 말을 전했다.

"아뇨, 선생님 실책은 아닌 듯합니다. 이 경우 달리 방법이 없었습니다. 선생님이니 그들의 간계를 간파하신 거죠. 란코는 언젠가 이런 일을 당할 운명이었습니다. 선생님이 안 도와주셨으면 죽음이 좀 지연되었을 수는 있겠죠. 하지만 그건 고통을 오래 끌 뿐입니다. 결국은 살아남지 못했을 겁니다. 그보다 저는 란코의 원수를 갚고 싶습니다. 선생님의 힘으로 온다 부자의 은신처를 찾아주십시오."

가미야 청년은 결코 아케치를 원망하지 않았다. 오히려 감사할 뿐 원망할 까닭이 없었다.

"그런 말씀은 하시지 않아도 됩니다. 저는 아침부터 그 일과 관련해 이런저런 활동을 했습니다. 당신한테 전화가 와서 경시청의 지인에게도 자세히 사정을 알렸습니다. 그뿐 아니라 살인마가 또 제게 도전했습니다. 저 자신을 보호하기 위해서라도 저는 가만있지 않을 것입니다."

"그래요? 그럼 그자가 또 도전장을 보냈습니까?"

"그렇습니다. 이것 보세요."

아케치가 주머니에서 봉투 한 장을 꺼내 안에 있는 편지지를 펼쳐 보여줬다.

아케치 군, 자네의 놀란 얼굴이 보이는 것 같군. 내 위력을 알겠지. 나는 약속한 것은 반드시 실행한다네. 주의하게. 나는 네게 사례를 하겠다고 약속했네. 어떤 사례일지 알겠는가. 명탐정 선생의 울상을 보고 싶다네.

"점심때쯤 현관에 몰래 넣어놓았더군요. 그자는 이미 우리 집 주위에서 망을 보고 있는 거지요. 이렇게 말하는 것도 어느 구석에서 다 듣고 있을지도 모릅니다. 하하하하하하."

아케치는 태연하게 웃었다.

"하지만 사례라는 건 대체 뭘 의미할까요. 뭐라도 저는 몹시 면구스럽게 되었지만요."

꺼림칙한 도전장을 읽자 가미야는 마음이 뒤숭숭했다.

"전혀 예상 못 하는 바는 아니지만 조금도 걱정하실 것 없습니다. 제가 적의 지략에 대비해 이런저런 준비를 해놓았으니까요. 아이들 장난처럼 우스운 수법을 쓰는 놈에게는 저도 그보다 더한 트릭으로 대항할 수밖에 없지요."

아케치는 왠지 즐거워 보이기까지 했다. 가미야는 직업 탐정의 신경에 놀라움을 금치 못했다.

"하지만 그자는 저를 원망하지 않을까요. 그들이 소굴을 태워버리고 소중한 표범을 총살한 것도 모두 제 탓인데요. 이번에 선생님께 사건을 의뢰한 것도 저잖아요. 그런 저를 놔두고 선생님께 복수를 하겠다니 이상한데요."

"물론 당신한테도 원한이 있겠지만 그들이 악행을 저지를 때 첫 번째 방해꾼은 저겠지요. 우선 방해꾼부터 처리하는 겁니다. 게다가 제 거처에는 그자가 그냥 지나칠 수 없는 유혹물도 있을 테니까요."

아케치는 그렇게 말하고 때마침 차를 들여온 후미요의 얼굴을 보더니 뭔가 의미심장한 미소를 주고받았다.

그렇다면 인간 표범은 어느새 아케치의 아름다운 부인을 다음 포획물로 삼았다는 건가. 명탐정의 어린 부인을 유괴하기라도 한단 말인가.

가미야는 너무 놀라 후미요의 얼굴을 예의 없게 빤히 쳐다보다가 아무 말도 못 하고 입을 다물었다.

"그렇습니다. 좀 엉뚱하지만 짐승에게는 인간의 상식이 통하지 않으니까요. 지극히 단순하게 감정대로 움직이는 거지요. 이 도전장의 문구는 달리 해석할 수 없습니다."

듣고 보니 말 그대로였다. 어찌 그런 기막힌 발상이 다 있나. 짐승이 자신의 정욕을 만족시키는 것이 명탐정에 대한 더할 나위 없는 복수 방법이라니. 그놈다운 생각이다.

"만약 그렇더라도……. 저는 어쩐지 두려워집니다. 괜찮으십니까. 저는 지금까지의 경험으로 그자의 위력을 잘 알고 있습니다. 그놈은 인간이 아닙니다. 악마죠. 악마의 지략과 힘을 가지고 있습니다."

부인, 그렇게 태평한 얼굴로 계실 때가 아닙니다. 가미야는 그렇게 말하려다가 아무래도 무례한 것 같아 말을 삼켰다.

"그런 상대라면 흥미롭죠. 이이는 요즘 큰 사건이 없다고 불평했거든요."

후미요는 그렇게 말하고 귀여운 덧니를 드러내며 웃었다.

겉모습과는 달리 아주 대담한 여자다. 가미야는 기가 막혔다. 후미요가 '흡혈귀' 사건에서 아케치의 조수로 얼마나 용감하게 일했는지 알지 못했기 때문이다.

"무엇보다 그놈의 은신처를 찾아내야 합니다. 선생님은 뭔가 짚이는 곳이 있으시지요?"

가미야가 묻자 탐정은 태연자약하게 대답했다.

"찾아낼 것도 없습니다. 그놈이 오겠지요. 저는 그걸 기다리고 있습니다."

"언제요?"

"아마도 오늘 밤. 이미 이 주변을 어슬렁거리고 있을지도 모르겠네요. 들어보십시오. 우리 집 개가 심하게 짖고 있지 않습니까."

어느덧 해가 지고 창밖은 컴컴해졌다. 어느 집에서 흘러나오는 피아노 소리만 들릴 뿐 주변에 저택이 많아 몹시 적막했다. 그런 와중에 매우 소란스럽게 개 짖는 소리가 났다. 그 소리가 급격히 가까워졌다고 생각한 찰나 총알처럼 응접실로 달려

들어온 사람이 있었다.

"S, 어떻게 된 거야!"

후미요가 늠름한 애견을 안아 올리자 양손이 피로 흥건해졌다.

S는 여주인의 팔에 안겨 심상치 않은 울음소리를 한 번 내더니 그대로 축 늘어졌다.

똑똑 떨어지는 핏방울이 금세 융단을 붉게 물들였다.

"대체 어떻게 된 거야, 이 상처는?"

다소 창백해진 후미요가 의미심장하게 아케치 탐정의 얼굴을 쳐다봤다.

아무래도 이상한 상처였다. 등이 온통 군데군데 쥐어뜯긴 것처럼 상처가 나 있고 목덜미에 치명상을 입은 듯했다. 결코 물어뜯긴 것이 아니다. 뭔가 날카로운 손톱이 할퀸 듯한 상처다. 하지만 인간은 아니다. 인간의 손톱이 저렇게 예리할 리 없다.

"그놈이다! S는 그놈에게 당한 것이다. 후미요, 조심해."

벌떡 일어선 아케치의 손에는 재빨리 주머니에서 꺼낸 소형 권총이 쥐어져 있었다. 그러자 약속한 듯이 아름다운 후미요도 어디 숨기고 있었는지 오른손에 권총을 들었다.

"당신은 거실에 숨어 있어. 문을 잠그고 절대 열어주지 말고."

아케치는 단호히 그 말만 남기고 문밖으로 달려 나갔다. 후미요는 아케치가 시키는 대로 2층 거실로 뛰어 올라갔다. 그런데 어디서 나타났는지 고바야시 소년이 아케치 뒤를 쫓아 다람쥐처럼 재빨리 복도로 뛰어나가는 모습이 보였다. 가미야도 가만있을 수 없었다. 머뭇머뭇 현관문을 나가보니 아케치와 고바야시 소년은 사립문 울타리를 돌아 뒤뜰로 간 듯했다. 문밖이 적막하기는 해도 가끔 택시가 지나다닌다. 설마 문 주위에 숨어 있을 리 없으리라 생각한 가미야는 일부러 안전한 방향을 골라 천천히 걸어갔다.

하지만 돌이 깔린 길을 대여섯 걸음 걷다 보니 무서워서 더 이상 걸을 수 없었다. 길 양쪽에 심어놓은 대추나무의 어두운 그림자 때문인지 심상치 않은 기운이 느껴졌다. 보이지는 않아도 정체를 알 수 없는 요상한 기운이 시선을 그쪽 방향으로 이끌었다. 나무들 사이의 가장 어둡게 그늘진 곳, 지상 3척 높이쯤에서 푸르게 불타는 두 개의 반딧불이 가미야를 빤히 쳐다보고 있는 것 아닌가.

가미야는 그걸 본 순간, 나중에 생각하면 부끄러울 정도로 괴상한 비명을 지르며 도망쳤다. 한달음에 현관으로 도망치는 와중에도 뒤를 돌아보니 괴물도 놀랐는지 검은 그림자가 바스락 소리를 내며 신통한 바람처럼 나무를 스쳐 문 쪽으로 사라진 듯했다.

"가미야 씨, 어떻게 된 겁니까?"

비명소리를 듣고 아케치와 고바야시가 현관으로 되돌아왔다.

"놈이 있었습니까?"

"저기요, 저기."

가미야는 손가락으로 문밖을 가리키며 쉰 목소리로 소리쳤다. 용감한 두 사람은 그 말을 듣고 화살처럼 문밖으로 달려

나갔다. 하지만 잠시 후 그냥 돌아왔다.

"아무것도 없습니다. 착각 아닙니까?"

그리고 가미야의 창백한 얼굴을 의심스레 바라봤다.

"착각이 아닙니다. 분명 그놈이었습니다. 아직 그 주변 골목에 숨어 있을지도 몰라요. 얼른 경찰에 전화하는 게 어떨까요?"

"아뇨, 그럴 필요 없습니다. 경찰이 오더라도 잡힐 놈이 아닙니다. 지금까지 몇 번 경험했으니 잘 아시겠지요. 여기로 경찰이 출동하면 오히려 일을 망치게 됩니다. 기다려 보세요. 내게도 생각이 있으니까."

아케치는 더 수색하지 않고 별일 아닌 듯이 말하며 제 격 집 안으로 들어갔다. 가미야도 하는 수 없이 뒤따라가 막 현관을 오르려던 참이었는데, 안으로 들어오는 사람 발소리가 들리더니 커다란 짐이 안으로 옮겨졌다.

"괜찮으십니까. 상자 안에 뭐가 들었는지 아세요?"

가미야는 당장이라도 끔찍한 일이 일어날 것처럼 혼비백산이 었다.

"네, 알다마다요. 지금 볼 겁니다."

아케치는 침착했다. 아무래도 이상했다. 이 남자는 정말 아케 치 탐정인가. 혹시 그 짐승이 어느새 마술을 써서 아케치로 변신한 건 아닐까. 그게 아니라면 이런 엄청난 관을 빙글빙글 웃으며 집 안에 들여놓을 리 없을 텐데.

아케치는 운전사들이 돌아가자 밖에서 들여다보이지 않게 응접실 창문의 블라인드를 하나하나 다 내리고 나서 커튼까지

친 뒤 준비한 도구로 상자 뚜껑을 열었다.

끼익, 끼익. 듣기 싫은 소리를 내며 못이 하나씩 빠지자 뚜껑 한쪽이 들어 올려졌다. 그리고 그 틈으로 서서히 그림자가 드리운 내부가 드러났다.

관 속에는 대체 어떤 것이 들어 있었을까. 가미야 청년이 그걸 보고 얼마나 놀랐을까. 아니, 그가 놀란 것은 그뿐만이 아니었다. 그날 밤 아케치 사무소에는 실로 괴이한 일이 연달아 일어났다. 가미야는 여우에 홀린 것처럼 입을 떡하니 벌린 채 명탐정이 연출하는 기묘한 연극을 지켜볼 수밖에 없었다.

반인반수 대 반인반수

그로부터 1시간 후쯤 아케치 탐정사무소 문 앞에 빈 자동차 한 대가 잠시 정차한 사이 누군가 어두운 건물 안에서 종종걸음으로 나왔다. 문을 열어놓고 기다리던 운전수의 도움을 받으며 말없이 차에 탔다. 운전수가 황급히 운전석으로 돌아가 차 안의 등을 켰다. 그 어스레한 빛 아래 눈에 익은 양장 차림이 보였다. 아케치의 부인 후미요였다. 그녀는 몸을 숨기려는 듯이 좌석 구석에 앉아 고개를 숙이고 있었다.

한창 뒤숭숭한 때이기도 하거니와 8시가 넘은 시간에 무슨 급한 용무가 있기에 저러는 걸까. 아무리 당찬 탐정이라도 모험이 좀 지나친 것 아닌가. 집념 강한 인간 표범은 아직 그 일대에서 어둠에 몸을 숨기고 있을지도 모른다. 만약 그녀가 조심성 없이 외출한 걸 그놈이 알아차리기라도 한다면······.

아니, '만약'이 아니다. 이미 알고 있다. 아니나 다를까, 짐승이 매복하며 기다리고 있었다.

차가 지나가자마자 기다리기라도 했다는 듯이 돌연 소리도 없이 흑풍처럼 날아와 자동차 뒷부분에 매달리는 것 아닌가. 말할 것도 없이 그놈이었다. 멀어지는 자동차의 붉은 미등과는 별개로 도깨비불처럼 불타는 두 개의 반딧불이 불길한 신호처럼 거기에 달라붙어 떨어지지 않았다.

하지만 언제까지 그런 상태로 매달려 있을 수는 없으리라. 조만간 자동차는 밝은 길가로 나갈 것이 틀림없다. 파출소 앞으로 지나갈 것이다. 그러면 후미요도 별 피해를 받지 않고 일이 무마될 것이다. 빨리 밝은 큰길로 나가기만 하면 된다.

그런데 이게 웬일인가. 얄궂게도 일부러 한적한 길만 골라 가던 자동차가 점차 교외로 빠지는 것 아닌가.

자동차 뒤가 클로즈업된 것처럼 보였는데, 인간 표범의 흉측한 얼굴이 어둠 속에서 거무죽죽한 혀를 내밀고 징그럽게 웃고 있었다.

이미 구시가지를 벗어나 한적한 변두리다. 정비되지 않은 마을 사이에 커다란 숲이 보인다. 과거 그 일대가 시골이었을 때 사당 자리의 숲이 그대로 남아 있는 것이다.

그런데 후미요의 자동차가 뜻밖에도 그 어두운 숲을 향해 무서운 기세로 돌진하는 것 아닌가. 마치 살인마의 주문대로 움직이는 듯했다.

자동차가 멈춘 곳은 신전 앞의 벌판이었다. 거대한 삼나무와 노송나무가 주위를 둘러싸고 있어 가뜩이나 어두운 밤하늘이 한층 더 어두웠다. 소름이 끼칠 것 같은 정적 속에 가련한 후미요가 옛날이야기 속 공양물처럼 버려져 있다.

이렇게 되면 이야기가 너무 찰지지 않나.

하지만 정욕에 불타는 짐승은 그런 생각을 할 여유가 없었다. 온다는 거대한 원숭이처럼 어느새 지상으로 내려와 뒷좌석 문을 열고 괴상한 신음 소리를 내며 차 안으로 뛰어들었다.

좌석 구석에는 아름다운 후미요가 여전히 고개를 숙인 채 앉아 있었다. 아마 놀라서 비명을 지르고 연약한 팔로 저항을 시도하리라. 온다는 잔인한 기대를 불태우며 후미요를 끌어안으려 했지만 상대는 소리를 지르기는커녕 미동도 하지 않았다. 뭐야, 기절한 건가. 하지만 그런 것 치고는…….

온다는 양손을 뻗어 후미요의 어깨를 꼭 움켜잡았다. 하지만 무엇에 놀랐는지 그가 마치 비명 같은 분노의 고함을 질렀다. 게다가 후미요를 난데없이 밖으로 끌어내더니 분노에 찬 듯이 바닥에 내동댕이치고는 사정없이 짓밟는 것 아닌가.

후미요가 아니었다. 아니, 살아 있는 여자가 아니었다. 후미요의 옷을 입힌 차가운 밀랍 인형에 불과했다.

"이런, 제기랄!"

온다가 자포자기로 후미요 마네킹을 마구 짓밟은 것도 무리는 아니었다.

그런 것이었나. 아까 아케치 사무소로 운반된 관 같은 나무 상자 안에는 가미야가 두려워하던 시체가 아니라 마네킹이 들어 있었던 것이다.

술수는 술수로 되갚아 주는 아케치는 이미 이런 일을 예상하고 낮에 마네킹을 주문해 두었던 것이다. 그의 과감한 트릭은 주효했다. 인형이 차를 타고 외출하다니, 아무리 악마라도 생각이 거기까지 미치지 못했으리라.

"후후후……. 수고하셨습니다."

검은 그림자가 온다 뒤에서 돌연 말을 걸었다.

제아무리 괴물이라도 이런 기습에는 화들짝 놀랐는지 태세를 갖추고 뒤를 돌아봤다.

"네놈은 운전사냐."

"그렇다. 널 여기까지 모셔 온 운전사다."

검은 그림자는 팔짱을 끼고 차분하게 말했다.

"넌 내가 무섭지도 않은가?"

온다가 음침하게 나직한 목소리로 윽박지르듯이 말했다.

"후후후……. 무서워하는 건 오히려 그쪽이겠지. 이봐, 동료, 내 얼굴을 잘 봐둬라. 내가 누구 같은가."

운전수가 푹 눌러쓴 모자를 벗고 자동차 창으로 얼굴을 내밀었다.

온다가 몸서리치는 것도 무리는 아니었다.

거기에는 또 한 명의 온다가 있었던 것이다. 뼈가 앙상한 검은 얼굴, 부스스한 곱슬머리, 시뻘건 입술, 그 입술 사이로 보이는 야수의 엄니 같은 흰 치아, 구겨진 검은 양복, 하나부터 열까지 판박이인 인간 표범이 한 마리 더 어두운 밤중 숲속에 나타난 것이다.

두 마리의 반인반수는 차 안에 켜진 어슴푸레한 전등불 앞에서 한 치도 다르지 않은 얼굴을 맞대고 엄니를 드러내며 적의가 불타는 눈으로 서로 노려봤다.

온다의 얼굴에는 거울 앞에 선 짐승처럼 경악하는 표정이 비쳤다. 도깨비라도 본 듯한 공포의 기색이 역력했다.

"넌 대체 누구냐?"

위협을 느끼는 목소리로 물었다.

"네 형제다."

"말도 안 되는 소리 말고 진짜는 누구냐?"

"맞춰 보든가."

온다는 마음을 가라앉히려는 듯 잠시 침묵했으나 갑자기 무시무시한 형상으로 외쳤다.

"네놈, 변장한 거군. 알았다. 네놈이 아케치렸다. 아케치 고고로 맞지?"

"하하하……. 이제야 알았나? 네 예상대로다. 너를 이런 봉변에 빠뜨릴 인간은 나밖에 없을걸. 그런데 내 변장은 어떠냐? 누가 봐도 너와 똑같겠지? 이 변장으로 네 아버지의 눈을 속일 수 있을 것 같나? 네 생각은 어때?"

"뭐? 내 아버지?"

"그래, 네 아버지. 너만 체포하기에는 성이 안 차거든. 이

기회에 부자를 함께 꽁꽁 묶어 경찰에 인도하려고."

"너 혼자서?"

힘이라면 열 명도 대적할 수 있는 인간 표범이라 일대일 대결에는 눈도 깜짝하지 않을 것이다.

"아니, 나 혼자라고는 할 수 없지."

"그럼 너, ……주변에 네 패거리가 매복하고 있다는 거네."

갑자기 험악한 얼굴이 된 온다가 양팔을 벌리며 덤벼들려 했다.

"그러면 안 되지. 정당방위라는 의미에서 나는 너를 총살할 결심이거든. 손을 올려라."

아케치의 행동이 재빨라 상대는 준비한 권총을 꺼낼 겨를도 없었다. 제아무리 야수라 할지라도 아케치의 지시대로 행동을 멈출 수밖에 없었다. 하지만 틈만 나면 덤벼들 기세로 방심하지 않고 살폈다.

"여러분 이제 그만 나오셔도 됩니다. 빨리 와서 이놈을 체포하죠."

아케치가 말하자 어두운 수풀 여기저기서 네다섯 명의 사복 경찰이 뛰어나왔다.

"온다, 얌전히 있어."

그중에서 우두머리가 온다 뒤쪽에서 옛날식 구호를 외치며 달려들자 곧바로 경찰 두 명이 포승줄로 인간 표범을 포박해 꼼짝달싹 못 하게 했다.

"그러면 이자는 여러분께 맡기겠습니다. 저는 아직 한 놈을 더 찾아야 합니다."

아케치는 권총을 주머니에 넣으며 조용히 말했다.

"알겠습니다. 과장님께서 인사 전한다고 하십니다. 그럼 우린 서둘러야 해서 이만."

사복 경찰 한 명이 급히 자동차 운전석에 올라타자 정지했던 엔진에 시동이 걸렸다. 남은 사람들이 인간 표범을 쿡쿡 찔러가며 좁은 차 안에 밀어 넣었다.

자동차는 아케치 앞을 지나 조용히 왔던 길로 되돌아갔다.

철관의 미로

그로부터 또 한 시간쯤 지나 아케치 탐정사무소 앞의 컴컴한 도로에는 환영처럼 서성이는 사람이 있었다.

그는 사람들 눈을 피하려는 듯이 처마 밑 헌등을 피해 발소리를 죽이고 어두운 담 그늘에서 일정 거리를 오갔다. 검은 양복 차림의 마른 남자다. 어쩌다 헌등에 가까워졌을 때 자세히 보니 추악한 얼굴이 인간 표범과 똑같다. 변장한 아케치가 분명했다. 그는 왜 이런 미심쩍은 모습으로 자신의 집 앞을 서성이는 걸까.

'내 오산이었나. 이미 올 시간이 지난 것 같은데. 그 부친은 아들이 돌아오지 않으면 염려되어 분명 아들을 찾으러 이 근방에 나타날 거로 생각했는데 예상이 빗나갔나.'

아케치는 그런 생각으로 연신 어둠 속을 살폈다.

그는 온다로 변장하고 온다의 부친이 찾으러 올 때까지 기다리는 것이다. 출발할 때부터 이런 별난 변장을 한 것도 사실은 그 목적 때문이다. 아무리 부자지간이라고 해도 이런 어둠 속에서 변장을 눈치챌 리 없다. 게다가 변장술이라면 충분히 자신 있었다.

'집으로 전화가 온 건가.'

아케치는 귀를 기울였다. 집 전화벨 소리가 확실했다.

'누구지. 후미요는 문을 잠그고 2층 거실에 틀어박혀 있을 테니 틀림없이 고바야시가 전화를 받겠지. 뭔가 급한 용무인가.'

아케치는 집에 들어갈 수 없었다. 그새 온다의 부친이 올지 모른다. 만약 자신이 집에 들어가는 모습이 그의 눈에 띄면 일을 망친다.

그때 아케치가 멀리서 집 안의 전화벨 소리에 주의를 기울인 것은 어떤 예감 때문이었다. 그 전화는 그에게 몹시 치명적이었다. 만약 그 소리를 못 들었다면 예상치 못한 실책을 범했을지 모른다. 하지만 그건 나중 이야기이다.

인내심을 갖고 어둠 속을 배회하던 중에 비로소 느낌이 왔다. 어둠 속에서 거지처럼 맨발에 너덜너덜한 기모노 차림의 남자가 나타나 잠시 아케치를 빤히 바라보더니 갑자기 성큼성큼 다가와 종이쪽지를 건넸다.

이자와 함께 와라, 급히 의논할 일이 생겼다.

종이쪽지를 헌등에 비춰보니 그런 내용이 연필 글씨로 큼지막하게 쓰여 있었다. 눈에 익은 필적이다. 온다의 부친이 틀림없었다.

"틀림없지? 당신 온다라는 사람 맞지?"

거지 차림을 한 남자가 재차 확인했다. 보아하니 이자는 온다의 얼굴을 알지 못한다. 설사 얼굴을 모르는 자라도 착각하지 않을 만큼 온다의 얼굴에는 분명한 특징이 있다. 그 특징을 알려준 것이 틀림없다. 아케치는 더 이상 흠칫거릴 이유가 없었다.

"그렇다, 틀림없다. 그런데 우리 아버지는 지금 어디 계신가, 집에 계신가?"

"집인지 어딘지 모른다. 나는 시바우라芝浦에서 부탁받았으니까."

그들의 소굴이 시바우라 근처에 있나 보다.

"시바우라라면 꽤 멀 텐데 걸어왔나?"

"당연하지. 내 다리는 전차보다 빠르거든."

"나는 걸어가지 않을 거다. 내가 엔 택시[15] 값을 치르지."

"난 엔 택시 같은 건 싫다. 하지만 네가 힘들면 타주지."

온다의 부친은 왜 이런 심부름꾼을 보냈을까. 수하에 눈치 빠른 부하가 없단 말인가.

아케치는 얼굴을 가리려고 모자를 푹 눌러쓰며 엔 택시를

....
15. 시내 어디를 가든지 요금이 1엔 균등인 택시.

146

잡았다. 그리고 거지와 나란히 차 안에 앉았다. 거지가 말한 대로 자동차는 시바우라 방향으로 질주했다.

"네게 편지를 부탁한 사람은 확실히 내 부친인가? 그 사람의 풍모를 말해봐라."

아케치는 혹시 몰라 확인해 봤다.

"잘은 모르겠지만, 내게 가끔 심부름을 시키는 친절한 노인이지. 흰 수염에 눈이 부리부리한, 깡마르고 키 작은 노인."

"틀림없네. 그런데 그 사람은 시바우라에서 나를 기다리고 있는 건가?"

"그렇다. 철관 나가야[16]에서 기다린다."

"철관 나가야라고?"

"모르나 보네. 노인은 가끔 철관 나가야에 놀러 와. 저기 굴러다니는 수도 철관 말이야. 난 그 철관 나가야에서 오래 살았지."

부랑자들이 수도용 대형 철관을 보금자리로 삼는 것은 주지의 사실이다. 그렇다면 온다 부자가 그 철관을 임시 은신처로 삼고 있다는 말인가.

그런 이야기를 주고받는 동안 차가 어두운 시바우라에 도착했다.

"어디로 가는 겁니까. 더 가도 마을이 없는데요."

운전사가 의아한 얼굴로 묻는 바람에 거기서 내렸다.

....

16. 長屋. 긴 건물을 수평으로 구분하여 각각 출입문을 만든 일본의 전통 다세대 주택. 에도시대 영세 상인들의 거주지였다.

하차해서 끝없는 어둠 속을 더듬어 갔다. 앞장선 부랑자는 이런 길에 이골이 났는지 앞이 잘 보이지 않는데도 성큼성큼 걸어갔다. 점차 눈이 적응되니 구름 낀 하늘이 희미하게 보이기 시작했다. 그 어스름한 반사광이 지상의 사물을 묵화처럼 아련히 드러나게 했다.

"여기다. 노친네를 찾게."

부랑자의 말에 자세히 보니 이게 웬일인가. 무수히 많은 철관의 행렬 아닌가.

지상을 가르는 새까맣고 거대한 원통이 시야가 미치는 저 멀리까지 쭉 펼쳐져 있다.

"어이, 노친네, 지금 없나? 내가 돌아왔어."

부랑자가 큰 소리로 부르니 여기저기서 "시끄러", "조용해" 같은 호통이 빗발쳤다. 인기척을 느낄 수 없었지만, 많은 사람들이 철관 안에서 하루의 휴식을 취하고 있었던 것이다. 그들의 편안한 수면을 방해한 것이나 다름없었다.

하지만 부랑자는 무신경하게도 또 큰 소리로 불렀다.

"어이, 노친네, 없는 거야?"

이윽고 어딘가 먼 곳에서 대답이 희미하게 들려왔다.

"어이."

"꽤 안쪽인가 보군. 머리를 부딪지 않게 조심하게. 내 뒤를 따라와."

부랑자는 안내를 하며 철관 안으로 기어들어 갔다. 아케치도 어쩔 수 없이 부스럭거리며 그 뒤를 따랐다. 차가운 쇳내가 났다.

긴 철관을 빠져나가니 또 다른 철관 입구가 있었다. 그걸 몇 개씩이나 기어가는 동안 실로 난감한 일이 생겼다. 어느새 안내자가 안 보였다. 아니, 아무것도 보이지 않는 어둠 속이라 안 보이는 것이 아니라 기척을 느낄 수 없었다.

"어디 있는 거야?"

작은 소리로 그를 찾았지만, 자신의 목소리만 철관에 메아리칠 뿐 대답이 없다. 난감하게도 부랑자의 이름을 물어보는 걸 잊었다. 부르려 해도 부를 방법이 없었다. 천하의 명탐정도 철관 나가야가 이토록 기묘한 장소일 거라고는 생각지 못했다.

귀를 기울이니 멀리서 코 고는 소리가 들렸다. 무인 지대가 아니다. 사람이 있긴 했다. 하지만 방향 감각을 잃었다. 모든 철관이 나란히 놓인 건 아니라서 이리저리 몇 번 빠져나가다 보면 미로 속에서 헤매는 것이나 다름없었다.

그러는 사이 철관 입구들 사이의 넓은 틈새가 있는 곳으로 나가게 되었다. 아케치는 지면 위에 서서 철관 위로 머리를 내밀어봤다. 놀랍게도 사방팔방이 철관 바다였다. 너무 어두워 어느 방향으로 가야 조금이라도 빨리 외부로 나갈 수 있을지 가늠할 수 없었다.

아무 방향이나 찍어서 또 부스럭부스럭 기어나갔다. 조금 더 가니 어쩐지 주위가 술렁이는 듯했다. 여러 사람이 이야기하는 소리가 들린다. 무슨 일이 벌어진 걸까. 귀를 기울여 보니 어느 정도 들렸다.

"어이, 여기 인간 표범이 도망쳐 들어왔다지?"

"인간 표범이 뭐야?"

"자식, 모르는군. 요즘 세간에서 떠들썩한 악당. 에가와 란코를 죽인 끔찍한 짐승."

살금살금 그런 말이 들렸다.

아케치는 그 말이 얼마나 엄청난 의미인지 확실히 깨닫지 못했다.

'인간 표범이 여기 있다니 그런 말도 안 되는 소리가 어디 있나. 그놈은 체포되어 꽁꽁 묶였잖아.'

어리석게도 그런 생각을 했다.

"모두들 일어나. 이 안으로 인간 표범이 들어왔대."

"살인이 있었던 모양이야."

그런 소리들이 메아리쳐 섬뜩하게 철관에 울려 퍼졌다.

아케치는 마침내 자신이 엄청난 위기에 처했음을 알게 되었다.

'인간 표범이 또 있는 게 아니잖아. 지금은 내가 인간 표범인데. 만약 이 중에 온다의 생김새를 아는 사람이 있다면 틀림없이 나를 인간 표범이라 생각하겠지.'

뭐라 형용할 수 없는 곤혹감이었다. 얼굴 화장을 지우려면 기름이나, 적어도 물은 있어야 한다.

'이거 큰일이다.'

이렇게 된 이상 사냥감을 단념하고 도망칠 수밖에 없었다. 그는 말소리로부터 멀어지도록 조심스레 철관을 이동하며 사정없이 기었다.

하지만 곧바로 엄청난 장애물을 만났다.

"아프잖아. 누구야, 누구?"

머리가 부딪치자 아케치의 수상쩍은 동태를 알아차리고 소리쳤다.

"이봐들, 여기 있다. 인간 표범이란 놈이 여기 있다."

아케치는 찍소리도 못하고 서둘러 반대 방향으로 도망쳤다. 하지만 그런 행동은 결과적으로 사태를 더 악화시켰다. 도망치니 오히려 인간 표범이 틀림없다는 확신을 준 것이다.

"도망친다, 도망쳐. 이봐, 자네 쪽으로 도망쳤어. 꼭 붙들어."

이로써 미로 같은 철관에서 결말을 짐작할 수 없는 숨바꼭질이 시작되었다. 아케치는 도망치고 또 도망쳤다. 땀에 흠뻑 젖어 이리저리 도망쳤다.

이런 괴상망측한 상황은 난생처음이었다. 쫓기는 자의 마음을 절감할 수 있었다.

아, 살았다. 도망치다가 생각해 보니 철관 미로를 빠져나갈 수 있을 것 같았다. 이제 눈앞에는 장애물이 없다. 온통 어두운 벌판이다.

한시름 놓고 천천히 철관에서 기어 나오던 찰나 그의 귓가에 함성이 들렸다.

깜짝 놀라 고개를 수그리며 바깥 상황을 살폈는데, 살았다는 생각은 헛된 기대임을 깨달았다. 부랑자들이 아케치의 도주로를 예상하고 이미 그 출구에 모여 전리품을 잡으려 벼르고 있었던 것이다.

즉시 그 낌새를 알아챈 아케치는 얼른 고개를 수그리고 오던 길로 다시 도망쳤다. 하지만 그 길에도 적이 무수히 기다리고 있을 것이기에 철관 하나를 빠져나갈 때마다 다음에 들어갈 철관을 신중히 골라야만 했다.

'그런데 너무 이상하다. 부랑자들이 왜 이렇게 집요한 거지? 뭔가 있다. 아, 혹시⋯⋯.'

아케치는 어두운 철관 안을 급히 지나던 중 생각이 거기로 미쳤다.

온다의 부친이 아케치의 정체를 간파했을지도 모른다. 그래서 자신은 몸을 숨긴 채 부랑자들을 사주해 역으로 탐정을 골탕 먹이고 있는지도 모른다. 그렇다면 아케치가 반인반수 온다로 변장한 것은 천만다행 아닌가.

'재미있군. 그런 거였다면 염치없이 이런 놈들에게 잡힐 수 없지.'

아케치는 오히려 용기백배했다.

'마술에는 마술을 쓴다.'

반드시 허를 찌르겠다고 작정했다.

그는 도망치기를 멈추고 철관 한가운데 웅크리고 앉았다. 그리고 등 뒤로 다가오는 발소리에 귀를 기울였다.

오고 있다. 가까이 다가온다. 거친 숨소리가 들렸다. 쾅쾅. 철관 벽에 닿는 소리. 상대는 두세 명인 듯했다.

"확실히 여기로 도망쳤다니까."

"상관없어. 똑바로 가보자."

소곤거리는 소리다.

선두에 선 검은 그림자가 꼼지락꼼지락 움직인다. 간격이 3자[17]쯤 가까워지자 아케치의 그림자를 발견하고 태세를 갖추는 모양이다.

"누구냐, 거기 누구냐?"

다소 위협적으로 소리쳤다.

아케치는 아무 대답도 하지 않았다. 묵묵히 오른 주먹을 쥐고 상대의 가슴팍을 목표로 삼았다.

"대답 안 하냐. 그럼, 네놈이겠군. 이봐, 해치우자."

검은 그림자가 바람처럼 날아왔다.

벼르고 있던 아케치의 주먹 뼈가 탁 소리를 내며 상대의 가슴을 가격했다. 상대가 쓰러지자 곧바로 위에서 덮쳤다.

"잡았다. 확실히 인간 표범이다. 도와줘. 사람들을 불러 모아."

아케치 고고로는 부랑자인 척 소리쳤다. 그가 제압한 건 급소를 찔려 기절한 선두의 부랑자였다. 그것도 모르고 뒤의 두 사람은 그 외침에 동료 위로 덤벼들었다. 둘이서 움직이지 못하게 동료를 압박했다.

"좋아, 여기는 접수했다. 빨리 사람들을 불러야 해."

더 들어볼 필요도 없었다. 아케치는 철판 사이로 올라서서 큰소리쳤다.

....
17. 약 91cm. 1자[尺]=30.3cm.

"잡았다. 인간 표범을 잡았다."

철판 두세 개를 기어 틈새로 나간 아케치는 또 그렇게 소리치고, 다음 틈새에서도 동료들을 불러 모으는 척하며 점차 철관의 마지막 열로 사라져갔다.

부랑자들은 아케치의 지시에 따라 어둠 속에서 꼬리에 꼬리를 물고 포획물이 있는 철관으로 기어갔다. 그리고 아케치가 철관 밖의 벌판으로 빠져나왔을 때 주변에는 적의 모습이 전혀 보이지 않았다.

아케치는 어둠을 뚫고 무조건 시가지 쪽으로 급히 가면서 이해할 수 없는 부랑자들의 습격에 대해, 그리고 거기 내포된 의미에 대해 열심히 생각했다.

설사 부랑자 중 온다를 아는 사람이 있다고 하더라도 그런 어둠 속에서 그를 알아볼 리 없다. 인간 표범의 모습을 한 아케치가 철관 안으로 기어들어 간 걸 아는 사람은 그를 거기로 안내한, 모자라 보이는 부랑자와 그에게 편지를 전달한 온다의 부친 둘뿐이다.

하지만 온다의 부친이든 모자라 보이는 부랑자든 아군의 비밀을 폭로할 리 없다. 부랑자들을 사주해서 그를 습격할 이유가 없다.

그건 그렇다 하더라도 더 이상한 점이 있다. 온다의 부친이 자식을 불러들이면서 전혀 모습을 드러내지 않았다. 아니, 그뿐인가. 자식이 습격당해 궁지에 몰렸는데도 구출해 줄 기미조차 보이지 않았다. 아케치로서는 온다의 부친에게 한 방 먹은 기분이 들지 않았을까. 그런 기묘한 기분이 드는 걸 보니 뭔가 깊은 의미가 있는 듯했다.

만약 온다의 부친이 아케치의 변장을 눈치챘다면……. 편지에 쓰인 대로 따라온 사람이 온다가 아니라 아들처럼 변장한 탐정이라는 걸 알아챘다면…….

그래, 틀림없다. 그렇게 생각하니 모든 수수께끼가 풀린다. 변장한 줄 알면서도 아케치를 진짜 살인마 온다로 만들어 정의심 강한 부랑자들 앞에 던져주다니 참으로 아이러니한 보복 아닌가. 아케치는 적을 희롱할 생각이었지만 사실은 적에게 희롱당하고 말았다. 실로 괴물이 생각해 낼 법한 '마술' 아닌가.

아니, 잠깐. 아직 그렇게 납득할 단계가 아니다. 온다의 부친은 만나지도 않았는데 대체 아케치의 변장을 어떻게 간파했을까. 그러면 그 모자라 보이는 부랑자가 범인인가. ……그럴 리 없다. 나란히 자동차를 타고 가는 동안 그걸 눈치채지 못할 정도로 아케치가 멍청하지는 않다.

캄캄한 벌판을 가로지르며 이리저리 생각을 굴리다 보니 비로소 아케치의 머리에 엄청난 생각이 불꽃처럼 스쳤다.

"아, 그런 거였나."

엉겁결에 입 밖으로 소리가 튀어나올 정도로 아케치의 충격이 컸다.

'그렇다면, 그렇다면, ……나는 말도 안 되는 짓을 한 거다. 악마의 지혜가 이 정도라니.'

천하의 명탐정이라도 무시무시한 환영에는 전율할 수밖에

없었다.

'이미 늦었는지도 모른다. 하지만 늦었더라도 손 쓸 수 있는 만큼은 써봐야 한다.'

어두운 자갈길을 비틀비틀 걷던 아케치가 돌연 날아갈 듯이 마구 달리기 시작했다. 그는 시가지를 향해 총알처럼 질주했다.

넓은 콘크리트 다리를 넘어가니 드디어 인가가 보였다. 폐허 같은 심야의 전차궤도. 그 십자로에 공중전화 부스가 있었다. 그는 문을 부수듯 안으로 들어가더니 주머니에서 동전을 찾아 수화기를 들었다.

배후의 배후

한편, 아케치 탐정사무소에서 인간 표범으로 변장한 아케치가 후미요의 등신대 인형을 자동차에 싣고 출발하자 사건 의뢰자인 가미야 청년도 일단 자택으로 돌아가고, 나중에는 아케치의 아내인 후미요와 조수 고바야시 소년, 하녀, 이렇게 셋만 남았다.

후미요는 고바야시 소년에게 문단속을 철저히 하라고 지시한 후 자신은 2층 침실에 틀어박혀 안에서 문을 잠그고 만일의 사태에 대비했다. 침대 머리맡에는 총알을 장전한 권총도 준비해 뒀다.

이상스레 긴장이 감도는 길고 긴 밤이었다. 남편의 과감한 계략은 적중했을까. 설마 실패할 리는 없을 거야. 온다뿐 아니라 그의 부친까지 하룻밤에 잡겠다니 너무 욕심이 과했나. 아케치의 수완을 믿는 후미요지만 그래도 걱정할 수밖에 없었다.

밤 10시쯤, 출타 중인 아케치에게서 걸려 온 전화는 고바야시 소년이 받았다.

"온다는 성공적으로 체포했으니 안심해라. 이제부터 부친을 잡으러 갈 거다. 좀 늦을지도 몰라."

전화가 너무 멀고, 잘 들리지 않을 만큼 저음이었다. 하지만 고바야시 소년은 별달리 의심하지 않고 2층의 후미요에게 내용을 전했다.

그런데 바로 그 전화벨이 울린 시간은, 독자 여러분도 아시다시피 인간 표범 변장을 한 아케치가 사무소 앞의 어두운 길을 서성일 때였다. 두말할 것 없이 그건 가짜 전화다. 하지만 누가 무엇을 위해 그런 장난을 쳤을까. 이 장난 속에는 어떤 무시무시한 의미가 숨어 있는 걸까.

그건 그렇고, 또 한 시간쯤 지났을 때 현관 벨이 요란스럽게 울렸다. 이렇게 늦은 밤에 손님이 올 리 없었다. 틀림없이 선생님이 귀가하셨다고 생각한 고바야시 소년은 쏜살같이 현관으로 달려가 문을 열었다.

문 앞에는 역시 아케치 탐정이 서 있었다. 하지만 좀 이상한 모습 아닌가. 외출했을 때와 마찬가지로 추악한 반인반수의 화장, 음영을 넣어 거무스름하게 칠해 앙상해 보이는 얼굴, 새빨간 입술, 엄니 같은 뻐드렁니 때문에 끔찍해 보이는 입. 그 이상한 외양을 하고 겨드랑이에는 녹초가 된 양장 차림의 여자를 끼고 있었다.

고바야시 소년은 그 모습을 보고 깜짝 놀라 줄행랑칠 뻔했다. 하지만 잘 생각해 보니 사실 별것 아니었다. 아케치가 안고 있는 건 산 사람이 아니다. 온다를 잡기 위해 미끼로 사용한 마네킹에 불과하다.

"다녀오셨어요."

고바야시 소년은 공손히 아케치를 맞이했다.

"이건 아까 그 나무상자에 넣어둬라. 나중에 마네킹 가게에 돌려줘야 하니까."

아케치는 고바야시에게 마네킹을 건네주고 구두를 벗었다.

나무 상자는 어두운 복도 끝에 두었다. 아케치는 무슨 까닭인지 고바야시가 낑낑거리며 나무 상자 있는 곳으로 마네킹을 들고 가는 뒷모습을 물끄러미 바라보고 있었다. 그리고 잠시 후 성큼성큼 그 뒤를 쫓아가 뒤에서 소년을 끌어안는 듯한 자세를 하더니 문을 열고 하녀 방으로 들어갔다.

탐정은 대체 왜 그런 짓을 한 걸까. 실로 기묘한 일이었다. 그는 잠시 후 혼자 하녀 방을 나와 2층 침실로 올라갔다.

"다녀오셨어요."

계단을 올라온 그가 후미요와 마주쳤다. 후미요는 남편이 귀가한 것 같아 잠가놓았던 침실 문을 열고 남편을 맞이하러 아래층으로 내려가려는 참이었다.

아케치는 "응"이라고만 대답하고 앞장서서 침실로 들어갔다.

"고바야시나 다른 사람은 없었어요?"

후미요가 의아한 얼굴로 물었다.

"아니, 고바야시에게는 일을 시켰어. 별일 아니니까 이리로 와."

변장용 치아 때문인지 아케치의 목소리가 전혀 다른 사람처럼 들렸다.

"싫어요, 그런 무서운 모습으로는. 얼른 세수하고 오세요."

"아니, 그럴 상황이 아니야. 할 얘기가 있으니 방으로 들어와."

두 사람은 침실로 들어갔다. 침실은 후미요가 거실로도 쓰는 곳이라 커튼으로 공간을 나누고 한쪽에는 침대를, 다른 한쪽에는 책상과 테이블 화장대, 의자 등을 가지런히 놓았다. 책상 위의 스탠드 불빛이 방 안을 어슴푸레 비추고 있었다.

"아냐, 이대로도 상관없어. 어두운 편이 낫겠네."

후미요가 벽의 스위치를 눌러 천장 전등을 켜려 하자 아케치는 그러지 못하게 막고는 커다란 안락의자에 앉았다. 후미요는 맞은편 작은 의자에 앉았다.

"고생 많으셨죠? 등신대 인형은 대역 잘 해냈나요."

후미요가 대담무쌍한 계략을 칭찬하듯 말했다.

"응, 내가 운전석에서 내려 놈 앞에 나타났을 때 정말 통쾌했지. 똑같이 생긴 인간 표범 두 마리가 서로 얼굴을 마주하고 있었으니까."

아케치는 그림자가 드리운 괴상망측한 인간 표범의 얼굴로 히죽거리며 웃었다.

"놀랐겠죠?"

"응, 비참한 얼굴이었어. 게다가 내 권총이 과녁을 겨눠 놈이 꼼짝 못했지. 그리고 신호를 보내 잠복하던 형사들에게 인도했지."

"그럼, 지금쯤은 경시청 지하실에서 신음하고 있겠네요."

"당신은 그렇게 생각하나 보군."

아케치가 이상한 말을 했다.

"그럴 수밖에요."

"우하하하, 그게 아닌데. 당신에게 이 이야기를 하고 싶군. 실은 온다가 도망쳤어."

"어머, ……."

후미요는 아름다운 얼굴로 깜짝 놀란 듯이 상대를 쳐다봤다.

"온다는 말이지, 양손이 뒤로 묶인 채 형사 다섯에게 둘러싸여 자동차로 경시청에 이송될 예정이었어. 하지만 경찰의 포승줄은 너무 약해. 적어도 인간 표범에게는 말이지. 온다가 두 팔에 힘을 주니 그냥 끊겨 버렸어. 자동차가 저수지 옆 한적한 곳에 다다랐을 때 일이었어. 형사들은 놀라지 않고 함성을 지르며 달려들긴 했어. 하지만 몸이 자유로워진 인간 표범에게 대여섯 명 정도는 적수가 안 되지. 게다가 딱하게도 놈들에게는 총기가 없었어. 혼쭐이 난 형사들은 말이지, 한 명도 남지 않고 자동차를 버리고 도망치더군."

"그럼 온다는 그 자동차를 운전해서 도망쳤겠네요."

"그렇지. 진짜 산뜻한 마음으로 도망쳤지."

"그런데 그때 당신은 어디에 계셨어요?"

"나? 그러니까 아케치 고고로 말이지? 나는 숲속에서 온다를 형사에게 인도하고 나서 온다의 부친을 찾아 나섰지."

후미요는 미묘한 표정을 지으며 상대를 물끄러미 바라봤다. 이빨 때문이라고는 해도 오늘밤의 아케치는 어쩐지 타인처럼 느껴졌다. 게다가 이 이상한 말투는 뭘까. "그러니까 아케치 고고로 말이지?"라니, 평소에는 이런 거북한 말투를 쓰는 사람이 아니었는데.

"그 후 온다는 어떻게 되었는고 하니."

아케치는 지나치게 말이 많았다.

"그 자동차로 시바우라로 달렸어. 시바우라의 수도 철관 보관소에서 온다의 부친이 기다리고 있을 수순이었지. 거기서 부자가 의논한 뒤 한 부랑자에게 편지를 주고 아케치, 그러니까 나 말이야, 내가 있는 곳으로 온 거지."

"어머, 그럼 당신은……."

"난 그때 이 집 앞을 어슬렁거렸지. 그러고 있으면 분명 온다의 부친이 찾으러 올 거로 생각했으니까. 나는 온다로 변장해서 놈의 대역을 했으니까. 그런데 우스꽝스럽지 않아? 만약 온다가 이 계략을 다 알고 있다면. 온다를 체포했을 때 내가 그만 입을 잘못 놀려버렸으니까."

"……."

후미요는 더 이상 맞장구를 쳐줄 수 없었다. 어쩐지 정체 모를 공포가 등줄기를 타고 올라오는 것 같아 꼼짝할 수 없었다.

"나는 부랑자의 안내로 시바우라 매립지로 갔어. 아케치 놈, 지금쯤은 그 철관 속에서 부랑자들의 포로가 되었을 거야. 거기에는 철관을 보금자리로 삼는 부랑자가 이삼십 명이나 되거든. 그들이 인간 표범을 발견하면 그냥 두지는 않을 테니까."

그 대목에 이르자 온다는 흉측한 얼굴을 들이대며 으하하하 섬뜩하게 웃었다.

"누구세요. 당신 누구예요."

후미요는 새파랗게 질려 기괴한 인물을 응시했다. 누구냐고 물을 필요도 없다. 아케치가 아니라면 다른 한 사람밖에 없다. 인간 표범 온다가 틀림없었다.

"후후후…… 다른 누가 아닌 당신 남편이지. 당신의 사랑스러운 남편."

그는 넉살 좋게 말하며 느릿느릿 일어나 후미요에게 다가갔다. 어째서 지금까지 그걸 눈치채지 못했을까. 아케치가 변장한 거라면 눈에서 이런 광채가 날 리 없는데. 괴물의 두 눈은 푸른 화염처럼 불타고 있다. 그의 정욕에 따라 시시각각 불길이 타올랐다가 사그라졌다 했다.

몸이 마비되는 듯했으나 후미요는 혼신의 힘을 쏟아 단숨에 일어섰다. 그리고 악마의 손아귀에서 빠져나와 복도로 달려나갔다.

"고바야시, 누구든 빨리 와줘……."

하지만 희한하게도 집 안은 아주 조용했고, 누구도 대답하지 않았다.

"고바야시? 아, 그 어린애? 하녀 방에 있어. 내가 데려다주지."

괴물은 잽싸게 후미요를 뒤따라가 엄청난 힘으로 그녀를

끌어안은 채 억지로 계단으로 끌고 내려갔다.

"잘 봐둬. 고바야시와 하녀 모두 이 꼴이야. 곤히 잠자고 있어."

그는 하녀 방의 문을 열고 후미요에게 안을 들여다보게 했다. 그의 말대로 두 사람은 정신을 잃고 바닥에 길게 뻗어 있다. 물론 악마의 마취제 효과다.

후미요는 소리치려 했다. 큰소리를 쳐서 이웃의 도움을 받으려 했다. 하지만 그녀는 어느덧 말을 할 수 없는 처지가 되었다. 괴물의 손바닥이 코와 입을 꽉 막아 숨도 쉬기 힘들었다.

"그렇지, 그렇게 발버둥 치지 마. 착하지. 지금부터 즐겁게 해줄 테니."

온다는 후미요를 꼭 끌어안은 채 인형처럼 자유자재로 다루었다.

"너는 인형이 된 거야. 마침 여기 마네킹 상자가 놓여 있네. 이번에는 네가 마네킹 대역으로 들어가는 거야. 내가 2층 창가에서 신호를 보낼 거거든. 그러면 그 신호를 본 운송회사 인부가 이 상자를 받으러 올 거야. 참고로 인부는 내 부하인데, 상자를 트럭에 실을 거야. 배송지는 어디일까? 한번 맞춰봐."

온다는 기쁨에 들떠 신나게 떠들어댔다. 목표물을 획득한 기쁨과 그 획득 수단의 훌륭함에 스스로 심취했다. 숙적 아케치 탐정이 지혜를 짜내 준비한 계략을 그대로 역이용한 것이다. 아케치의 변장, 마네킹 인형, 그 나무상자까지도. 이 얼마나 멋진 보복인가.

후미요는 정신을 잃을 정도로 약한 여자가 아니었다. 오히려 강한 모욕감에 감정이 더 격렬해졌다. 형언할 수 없는 혐오감 때문에 몸속까지 부들부들 떨렸다.

짐승의 체취, 짐승의 숨결, 짐승의 근력. 진짜 표범의 느낌이었다. 그녀의 얼굴 위에 맹수의 얼굴이 있었다. 푸르게 활활 타는 눈빛이, 축축한 붉은 입술이, 그 사이로 보이는 날카로운 엄니가 놀라울 정도로 크게 클로즈업되어 눈앞으로 다가왔다.

후미요는 붉은 입술이 터널처럼 떡하니 열리는 것을 봤다. 어두운 터널 속에서 거대한 혀가 날름 나왔다. 아, 그 혀. 그녀는 똑똑히 봤다. 그 거무죽죽한 혀의 표면에 온통 바늘산처럼 뾰족한 돌기가 돋아나 있고, 혀가 움직일 때마다 돌기가 바람에 흔들리는 갈대처럼 휘는 것을.

검은 실

어둑어둑한 구석에 관같이 커다란 나무상자가 놓여 있다. 아케치가 온다를 속이기 위해 매입한 등신대 마네킹 상자다. 지금 그 안에는 마네킹이 아니라 마취제 때문에 정신을 잃은 아름다운 후미요가 누워 있다.

인간 표범은 천천히 상자 뚜껑을 덮으며 혀로 입술을 핥으면서 혼잣말처럼 중얼거렸다.

"우후후……. 이렇게 되면 너는 인형이나 다름없지. 아름다운 인형. 좀 답답하겠지만 잠깐만 참아. 곧 우리 집으로 가서 공주처럼 소중히 다뤄줄 테니. 우하하하……."

쾅 소리와 함께 뚜껑이 닫히자 인간 표범은 상자 옆에 흩어져 있던 밧줄을 주워 뚜껑을 칭칭 묶었다. 그리고 대문 앞에 기다리던 두 부하를 불러 인형 상자를 가지고 나가게 했다.

온다는 부하들에게 신호를 보내기 위해 현관으로 가려 했지만 두세 걸음도 못 가고 멈춰 섰다. 빈집 같은 실내에 요란하게 울려 퍼지는 전화벨 소리 때문이었다.

그는 무의식적으로 촉각을 곤두세우며 잠시 귀를 기울였으나 전화라는 걸 깨닫고 혀를 차며 그냥 나가려 했다. 하지만 인간 표범의 흉측한 얼굴에는 교활한 웃음이 떠올랐다. 인광을 뿜는 두 눈이 실처럼 가늘어지고 붉은 입술이 젖혀지면서 입가로 엄니 같은 흰 뻐드렁니가 흘낏 보였다.

그는 그런 이상한 표정을 하고 뒤로 돌아 성큼성큼 서재로 들어갔다. 그리고 탁상 위의 전화를 잡고 수화기를 들어 짐승처럼 실룩거리는 얇은 귓불에 가져다 댔다.

(여보세요, 여보세요. 나다. 나야. 누구냐. 고바야시냐.)

목소리로 보나 말투로 보나 이 집 주인인 아케치 고고로가 틀림없었다. 온다는 그 사실을 알고 경쾌한 음악을 듣듯이 두 눈을 더 가늘게 떴다.

(여보세요. 고바야시 군이지? 급한 용무다. 뭘 꾸물거리고 있어. 아, 거기 아케치 사무소 아닌가요.)

아케치 탐정의 초조한 모습이 눈에 보이는 듯했다.

"여보세요, 맞습니다. 여기는 아케치 탐정사무소입니다. 그런데 지금 고바야시 군은 좀 사정이 있어서요."

온다는 변조한 목소리로 대답했다. 유쾌함을 참지 못하겠다는 표정이다.

(고바야시 군이 아니면 대체 당신은 누구시죠?)

"저 말입니까? 아실 텐데요. ……잘 아는 사람이죠."

(누구십니까? 집에 누구 없습니까?)

천하의 아케치라도 전화 상대가 인간 표범이라는 건 알아채지 못했다.

"아무도 없어요."

(네? 뭐라고요? 이 늦은 밤에 아무도 없다고요?)

"그렇습니다. 고바야시 군은 부엌에서 말이죠, 하녀와 함께 고이 잠들어 있어요. 아무리 깨워도 일어나지 않네요. 부인은 마네킹 상자에 들어가 나오지 않고요."

심장이 철렁 내려앉은 것처럼 아케치의 목소리가 중간에 뚝 끊겼다.

"여보세요. 왜 그러시죠? 당신은 아케치 선생님인가 보네요."

온다는 거무죽죽한 혀를 내밀고 날름날름 입술을 핥았다. 반인반수가 가진 특기의 절정이다.

(하하하……, 너는 온다로군. 누군가 했네. 온다라니 마침 잘됐네. 일은 잘 진행되고?)

갑자기 아케치의 목소리가 쾌활해졌다.

"대단하네! 역시 아케치 선생답군. 꿈쩍도 안 하네. 그런데 아까 네게 잡힌 내가 어떻게 여기 있는지 아나?"

(호송하던 형사들이 허방을 쳤겠지. 일본 경찰은 맹수 포획이 익숙지 않아서 말이지. 덕분에 나는 이런 꼴을 당했잖아. 너는 머리도 여간 아닌가 봐. 아니면 부친 쪽이 좋은가?)

"으하하하……. 짧은 순간에 우리의 음모를 전부 알아내다니 대단해. 용케 살아있네? 시바우라에서 꽤 힘들지 않았나?"

(힘들었던 건 거기 부랑자들이지. 나는 그저 구경만 했어. 하하하하…….)

희대의 살인마와 명탐정은 둘 다 수화기에 대고 재미있다는 듯이 웃었다.

"전화를 건 곳을 보니 너는 멀리 있나 보네. 시바우라 부근이겠지."

인간 표범은 축축한 붉은 입술을 심통 사납게 실룩이며 이상한 억양으로 야유를 보냈다.

(그렇다. 시바우라의 공중전화다.)

"우하하하하……, 정말 유쾌하군. 탐정 선생. 너는 지금 초조해서 이마에서 식은땀을 흘리고 있겠지. 다 보여. 엔 택시를 타고 아무리 빨리 와도 여기까지 20분은 걸릴 텐데. 아니면 경찰에 전화를 걸겠지. 경찰들이 아무리 서둘러 고물 자동차로 질주한다 해도 10분은 걸릴 거야. 그런데 나로 말할 것 같으면, 30초면 네 집에서 나갈 수 있거든. 할 일은 다 끝냈지."

(……)

"아까도 말했듯이 네 고용인들, 꼬마 탐정과 하녀는 부엌

바닥에서 사이좋게 잠들어 있고, 네 아내는 그 인형 상자, 그 안에서 편히 쉬고 있어. 대문 앞에서 대기하고 있는 내 트럭이 통조림이 된 후미요를 싣고 사라질 거야. 네게는 좀 안타까운 일이지만 아름다운 부인과 오늘 밤 긴 이별을 하는 거지."

(너는 탐정 아케치의 능력을 무시하는 모양이군.)

아케치의 목소리는 아주 차분했다. 조금도 곤혹스러운 기색이 없었다.

"응, 무시해. 탐정 주제에 소중한 아내를 도둑맞다니 무시해도 될 것 같은데."

(하지만 그런 일은 생기지 않을 거야. 넌 꿈을 꾸고 있는 거야. 넌 내 능력의 진가를 모르거든.)

전화 목소리는 확신에 찬 듯 위엄이 느껴졌다. 온다를 동요시키려는 속셈이었다.

"으하하하……, 너는 아직도 자신의 패배를 인정하지 않으려 하는군. 이불 속에서 활개를 치면 뭐 하나, 아무 소용도 없는데."

(이봐, 내가 왜 지금까지 너와 이런 쓸데없는 말을 주고받고 있는지 알기나 하나? 내가 어이없이 침착하지 않은가? 이제 아내를 도둑맞은 남자는 없거든. 내가 지금 무슨 생각하는지 두렵지 않나? 아마 넌 모를 테지만.)

"젠장, 그럼 네놈이 여기 전화를 걸기 전에 무슨 잔꾀라도 부린 거냐. 경찰인가. 경찰에 전화했냐."

(하하하……, 어때, 좀 두려워지지? 경찰일지도 모르지. 또 다른 건지도 모르고. 어느 쪽이든 너는 내 최후의 올가미에

걸린 거지. 하하하……, 꽤 신경 쓰이나 보지? 숨소리가 여기까
지 들려.)

"시끄러, 입 다물어. 네놈에게 위협당할 내가 아니다."

(잘 들어. 화를 내도 소용없어. 난 말이지, 이렇게 너와 유쾌하
게 대화하는 동안 너희 부자의 소굴을 알아낸 거나 다름없거든.
검은 실, 눈에도 보이지 않는 검은 실이, 거미줄처럼 너의 몸을
휘감아 떨어지지 않는 거지. 어디까지고 네가 가는 곳이면 그
실이 연결될 거야.)

그 말을 듣자 온다의 표정이 이상하게 변했다. 그는 자신도
모르게 주위를 둘러봤다. 정말로 그런 거미줄이 천장 한 귀퉁이
에서 스윽 내려와 자신의 몸을 휘감은 듯이 이상하게 불쾌한
기분에 휩싸였다.

"더 이상 네 넋두리를 들을 시간이 없다. 부인은 아주 잘
모시고 가겠어."

(잠깐만. 하하하……, 그렇게 서두르지 않아도 될 거야. 하하
하……, 아직 할 이야기가 남았어. 하하하…….)

덜그럭 수화기를 내려놓고 나서도 탐정의 불쾌한 웃음소리가
귀에서 떠나지 않았다. 그는 눈에 보이지 않는 요술을 털어내듯
부르르 몸부림쳤다.

"흥, 괴담 같은 걸 무서워한다고 생각하다니."

날카로운 눈이 강렬한 인광을 뿜었다. 그는 야수처럼 복도로
걸어 나갔다. 그러자 곧바로 작은 그림자가 복도 맞은편으로
스르륵 사라졌다. 전등은 복도 모퉁이를 지나 현관 쪽에나 있었

기에 그 주위가 몹시 어둑어둑했다. 그 어둠 속을 정체 모를 형상이 마물처럼 순식간에 지나가 버렸다.

인간 같기도 했다. 아닌 것 같기도 하다. 어쩌면 그림자인지도 모른다. 누군가 현관 전등 밑을 지나가며 그림자를 드리운 것 아닐까. 허둥지둥 모퉁이 뒤에서 숨어서 봤는데 인기척은 없었다. 마치 커다란 박쥐가 복도 바닥을 날아간 듯했다.

온다는 당황할 수밖에 없었다. 괴담이 두려워서가 아니다. 신변의 위험을 느낀 것이다. 그 그림자가 흉조의 전조 같았다. 이미 이 집 주위는 경찰들이 포위하고 있을지 모른다. 그들의 그림자가 복도까지 들어온 것인지도 모른다.

그는 사냥감에 조용히 접근하는 표범처럼 현관 흙바닥으로 뛰어내렸다. 그리고 조심스레 현관문을 조금만 열고 푸른 광채로 번뜩이는 눈으로 어둠 속을 찬찬히 둘러봤다. 다행히 나무 밑에도 문 앞 도로에도 수상한 기척은 없었다. 그는 피리를 두 번 낮게 불어 신호를 보냈다.

잠시 후 문 쪽에서 검은 그림자 두 개가 느릿느릿 들어왔다. 외양을 보니 운송회사 인부다.

"대문 쪽은 괜찮은가 보네. 아무도 안 왔나?"

온다가 속삭이듯 물었다.

"고양이 한 마리도 얼씬 안 했죠. 매우 음침한 동네네요. 아무리 한밤중이라 해도 어쩜 이렇게 스산할 수 있을까요."

"혹시 모르니 그 일을 말해야 하지 않나?"

한 남자가 의미심장하게 속삭였다.

"이 자식 또 시작이네. 네 기분 탓이지, 겁쟁이 같은 놈."

"이봐, 뭘 그렇게 수군거리나. 무슨 일 있어?"

온다가 핀잔을 주자 겁쟁이 취급을 받은 남자가 어두운 주위를 두리번거리며 이상한 일을 보고했다.

"뭔가 작은 그림자 같은 것이 트럭 주위를 어슬렁거려 성가셨어요. 아주 작은 놈이죠. 소인국의 그림자 같았는데 왠지 소름 끼치는 게 꺼림칙했는데."

"형님, 신경 쓸 것 없어요. 이 자식이 오늘 밤 제정신이 아닌가 봐요. 빨리 짐이나 운반하죠."

인부처럼 보이는 두 사람은 전과자였다. 손님 등을 치는 악덕 운전사로, 이 일이 범죄와 연루된 걸 알면서도 막대한 사례금에 눈이 멀어 하룻밤만 온다의 부하가 되기로 했다.

"그래, 빨리 해. 짐은 복도에 있다. 좀 무거운 물건이야."

온다는 앞장서 인형 상자 쪽으로 갔다.

"이거다. 너무 거칠게 다루지는 말아라. 귀중품이니까."

"네, 이거 마치 관 같네요."

"마네킹 상자다. 소중한 마네킹이 들어 있어. 빨리 운반해라."

두 남자가 상자를 들어 올리는 사이 온다는 살짝 부엌문을 열고 들여다봤다. 전혀 이상 없었다. 고바야시 소년과 하녀는 아까처럼 축 늘어져 자고 있다. 고바야시 소년이 들고 온 후미요를 빼닮은 마네킹은 허리가 꺾여 조리대 밑에 머리가 처박힌 채 그대로 있다.

온다는 그 모습을 확인하고 나서 마네킹 상자를 옮기는 두 남자를 감시하며 문밖으로 나갔다. 어둠 속에서 헤드라이트를 끈 트럭 한 대가 정지했다. 짐을 다 실은 후 두 남자는 운전석에 앉았다. 온다는 마네킹 상자 옆의 뚜껑 없는 상자에 들어가 쭈그리고 앉았다. 엔진 소리가 심야의 고급 주택가에 소란스럽게 울려 퍼지자마자 괴상한 유괴 자동차는 아케치 탐정사무소를 떠났다.

결국 아무 일도 없었다. 경찰들은 아직 안 왔다. 복도를 돌아다니고 트럭 주위를 어슬렁거리던 괴상한 그림자가 좀 꺼림칙했지만, 이렇게 차가 출발해버리면 별일 없을 것이다. 혹시 주위에 그림자가 보이는지 트럭 주위를 주의 깊게 살펴봤지만, 물론 아무것도 발견하지 못했다. 온다는 겨우 안도감을 느꼈다. 결국 내가 이겼다. 아름다운 후미요는 이제 내 거다. 그는 흔들리는 트럭 위에서 소중한 상자에 기대어 표범의 눈을 가느다랗게 뜨고, 표범의 입을 칠칠찮게 헤벌리고, 섬뜩한 짐승 소리를 내며 웃었다.

그렇다면 조금 전 아케치의 전화는 단순한 협박 전화에 불과한 건가. 명탐정은 괴담이나 들려주는 이야기꾼으로 전락한 걸까. 아니, 그런 것이 아니다. 그게 아니라는 증거가 있다. 아케치는 방금 '검은 실'이라고 말했다. 검은 실이 온다를 휘감아 떨어지지 않는다고 했다. 혹시 지금 온다의 트럭 꼬리 끝에서 검은 실 같은 것이 어두운 밤 도로에 가는 선을 그리고 있는 것 아닌가. 붉은 미등 아래부터 지면에 거미줄처럼 끊임없이 실을 풀어내고 있지 않을까.

하지만 차 위에 있는 온다는 미처 알지 못했다. 만약 그가 차에서 내려 거기 눈길을 줬다면? 아무리 표범의 눈이라도 어두운 밤중에 거미줄 한 가닥을 발견하지는 못했을 것이다. 그 정도로 가늘고, 그 정도로 검으며, 뭔가 애매하게 기분 나쁜 마성의 실이었다.

악마의 트럭은 되도록 한적한 주택가만 골라 북쪽 방향으로 심야의 도쿄를 계속 달렸다. 우리는 잠시 형체 없는 눈이 되어 어두운 공중을 비행해 보자. 적정 간격을 유지하면서 이 수상한 트럭의 뒤를 따라가 보자. 5분, 10분, 20분, 차는 계속 달리기만 했다. 온다는 마치 검은 덩어리처럼 마네킹 상자에 바짝 기대어 미동도 하지 않았다. 심야라고 해도 때때로 길을 지나는 사람이 있었다. 하지만 얼핏 보면 전혀 이상할 것 없었기에 트럭을 수상히 여기지 않았다. 붉은 전등이 켜진 파출소 앞을 몇 차례 지나갔지만, 순경들은 눈앞에 무서운 살인 자동차가 지나가는 것도 모르고 다른 쪽만 봤다. 하지만 드디어 자동차가 구단九段 근처의 한적한 수로 변을 달릴 때 우리의 형체 없는 눈은 자동차 위에서 벌어진 실로 엄청난 변고를 목격했다.

온다의 검은 형상이 자동차 위에서 일어나려 하더니 자꾸 손을 움직였다. 대체 뭘 하는 걸까. 눈을 더 가까이 가져가 보자. 자동차와의 거리가 3간쯤 되도록. 아, 이제 알겠다. 그는 기다릴 수 없어진 것이다. 상자 안의 연인과 만나고 싶었던 것이다. 그는 상자의 끈을 풀었다. 뚜껑을 열고 안을 들여다봤다. 한참 동안 들여다봤다.

대체 무엇을 하려는 걸까. 인간 표범은 상자 안에서 정신을 잃은 후미요를 안아 일으키지 않았다. 대신 후미요를 옆구리에 끼고 불쑥 일어섰다. 화살처럼 달리는 자동차 위에서 우뚝 선 사나운 인간 표범의 검은 그림자와 그의 허리 부근에 축 늘어져 있는 후미요의 흰 모습이 뚜렷한 명암 차이를 보였다.

그런데 그 순간 실로 엄청난 일이 벌어졌다. 맹수가 야성을 드러낸 건가. 아니면 정신이 나가기라도 했단 말인가. 후미요의 고개가 엿가락처럼 쭉 늘어나는 것처럼 보였다.

얼마 전에 맹수의 위턱과 아래턱에 손을 넣고 찢어버리던 괴력이 지금 그녀의 목을 잡아 뽑은 것인가.

기괴한 환영 내지는 악몽 같은 광경이었다. 눈 깜짝할 사이에 흰 유성이 어두운 하늘에 활모양을 그리며 날았다. 잡아 뽑은 목을 악마의 나라로 던져버리듯 차 밖으로 휙 던진 것이다.

야수는 입에 거품을 물며 광분했다. 엄청난 신음 소리도 들렸다. 그는 먹이를 토막 내야 직성이 풀리는 듯했다. 목 다음에는 손과 발이 상상조차 할 수 없이 참혹하게 차례차례 뜯겨나갔다. 아름다운 시체를 마치 무 토막인 양 무신경하고 방약무인하게, 아니 오히려 여봐란듯이 어두운 수로 변에 내버렸다.

명견 셜록

경시청 수사과 제1 과장 쓰네가와 경부는 잠이 들자마자 일어나야 했다. 경시청에서 돌아와 아들과 놀고 잠시 독서를 하다가 막 잠이 든 상태였다. 잠을 깨운 사람은 아케치 고고로였다. 그는 시바우라 공중전화에서 급히 나와 택시를 타고 자택으로 가던 길에 인간 표범 체포를 위해 쓰네가와 경부 집을 찾아가 조력을 구했다.

물론 쓰네가와 경부는 자리를 박차고 일어났다. 경쟁 관계이기도 하고 가까운 친구이기도 한 민간 탐정에게 사건의 자초지종을 들었다. (그는 오늘 밤 계획에 관해 다 알고 있었기에 아케치의 추악한 인간 표범 분장에 놀라지 않았다.) 그리고 즉시 본청에 전화를 걸어 실력 있는 형사를 골라 아케치 탐정사무소로 급히 가라고 명령해 두고는 얼른 제복을 걸치고 그대로 아케치의 택시에 동승했다.

"잠깐 기다려 봐. 자네 집 셜록도 태워. 함께 가자고. 그 녀석이 꼭 필요해."

아케치가 출발하려는 차를 멈추고 외쳤다.

"좋아. 셜록을 데리고 나오지."

쓰네가와 경부는 일언반구 없이 아케치의 말을 따랐다. 명탐정이 필요하다고 하면 반드시 필요한 것이다. 잠시 후 쓰네가와 부인이 친히 셰퍼드를 한 마리 끌고 나와 차에 태웠다. 명견 셜록은 전혀 동요하지 않았다. 그리고 무슨 예감이 드는지 긴장한 얼굴로 주인 쓰네가와 경부의 무릎 사이에 웅크리고 앉았다. 셜록은 태생적으로 후각이 예리한 데다가 쓰네가와 경부의 훈련 덕에 그 이름에 걸맞은 탐정견이 되었다. 지금까지 경부를 도와 공을 세운 것도 한두 번이 아니었다.

"자네는 뭔가 예견되는 게 있나 보네. 셜록을 데리고 가는 걸 보면."

차가 출발하자 쓰네가와 경부가 마침내 질문을 했다.

"응, 이 개가 도움이 될지 안 될지 그 여부가 내 운명의 갈림길이야. 만약 셜록이 소용없다면…… 난 그게 너무 두렵네."

아케치는 이루 말할 수 없이 초조한 기색을 드러냈다. 몹시 불안한 모양이었다.

"아까 말한 대로 전화로는 그놈에게 큰소리쳤지만, 확신이 있었던 건 아니야. 그저 부질없는 희망 사항에 가깝지. 그 일만 잘 처리되면 좋을 텐데."

"그게 무슨 소리야? 누구 얘기야? 복병을 숨겨뒀다는 뜻이야?"

쓰네가와 경부는 무슨 말을 하는지 파악하지 못하고 되물었다.

"아, 3분간, ……아니 2분이라도 괜찮아. 적어도 2분 동안만이라도 숨을 참을 수 있어야 하는데. 쓰네가와 경부, 인간이 2분 이상 숨을 참을 수 있나?"

"괴상한 말을 다 하는군. 자네 버릇이지. 2분쯤 참을 수 있는 사람은 있지. 해녀라면 그 곱절도 가능하고. 하지만 보통 도시인들은 절대 무리겠지. 30초도 쉽지 않아."

"그 점이 바로 내가 노리는 거야. 도시인 중에 2분 동안 숨을 참는 자가 있으면 어떨까. 어떤 경우에는 매우 도움이 되겠지?"

"알았다. 무슨 얘기인지 알았어."

그 후 명탐정은 침묵했다. 쓰네가와 경부도 상대의 습성을 알기에 더 이상 깊은 질문은 하지 않았다.

잠시 후 두 사람은 아케치 탐정사무소 문 앞에 차를 세우고 빈집처럼 인기척 없는 실내로 들어갔다.

"셜록 이 녀석, 몹시 날뛰네. 역시 범죄의 냄새를 맡았나 보군."

쓰네가와 경부는 그렇게 말하며 애견을 현관 기둥에 묶어두고 구두를 벗었다.

아케치는 쓰네가와 경부를 아래층에서 기다리게 한 뒤 2층의 방들을 둘러봤지만 아무런 소득 없이 내려왔다. 그 사이 육감이 발동한 경부는 재빨리 복도 끝의 부엌으로 슬며시 다가갔다. 문을 조금 열어보니 고바야시 소년과 하녀, 그리고 마네킹까지 이상한 모습으로 쓰러져 있었다.

"이봐, 아케치. 여기야, 여기."

쓰네가와 경부의 목소리에 아케치도 부엌으로 들어갔다.

"자네, 저기 부인 아니야? 부인은 유괴되지 않았어?"

그는 손가락으로 조리대 밑에 머리를 박고 있는 마네킹을 가리켰다. 후미요라고 믿어 의심치 않은 것이다.

하지만 아케치는 그럴 계제가 아니었다. 대신 쓰러진 고바야시 소년 옆에 웅크리고 앉아 그의 얼굴을 뚫어지게 바라봤다. 뭔가를 기원하듯 눈도 깜빡이지 않고 응시했다.

아케치의 염력이 통했는지 소년이 눈을 아주 가늘게 떴다.

긴 속눈썹에 덮인 가느다란 눈과 아케치의 눈이 서로의 사정을 살피듯 시선을 주고받았다. 보통 때라면 수고를 들일 필요가 없었다. 한눈에 알았을 터였다. 하지만 독자 여러분도 아시다시피 아케치는 아직 인간 표범의 분장을 지우지 않은 상태다.

"아, 선생님!"

드디어 알아봤다. 고바야시 소년이 소리치며 벌떡 일어났다. (그런데 지금까지 기절했던 사람에게서 돌연 이런 활달한 동작이 나올 수 있나?)

그러자 불안이 감돌던 명탐정의 뺨에 순간 기쁜 기색이 돌았다.

"오, 고바야시 군. 이제 괜찮아. 대견하네."

벌떡 일어난 아케치도 소년에게 다가가 이루 말할 수 없이 감사하다는 듯이 어깨를 끌어안고 손을 꽉 잡았다.

"부자 상봉의 장이나 다름없네. 대체 어떻게 된 건가."

쓰네가와 경부가 어이없다는 듯이 물었다.

"내 예상이 적중했어. 나는 결코 허튼 말을 하지 않았어. 기뻐해 줘. 후미요는 이제 무사하다. 온다를 잡을 계획도 이미 세웠고. 셜록이 필요했어."

아케치는 승리에 취해 있었다.

"그건 축하할 일이네. 그런데 부인이 무사하다는 건 아까부터 알지 않았나? 설마 살해당한 건 아닐 테니."

속이 탄다는 듯이 쓰네가와 경부가 마네킹을 가리켰다.

"당연히 이건 마네킹이라고 생각했어. 자네도 이야기를 전해 들었을 테지만 오늘 밤 후미요의 등신대 마네킹을 사용했거든. 옷부터 완전 똑같은 마네킹이야. 그게 쓰러져 있는 거라고 생각할 수밖에 없었지. 진짜 후미요는 온다가 마네킹 상자에 넣어 데려갔으니까. 하지만 고바야시 군의 상태를 보니 저건 마네킹이 아니야. 안 그래?"

아케치가 뒤돌아 소년을 보니 그는 빙긋 웃으며 고개를 크게 끄떡였다.

만약 그 말이 사실이라면 도대체 앞뒤가 안 맞는다. 온다는 확실히 후미요를 마네킹 상자에 넣었다. 그리고 그걸 트럭에 싣고 갔다. 게다가 후미요는 구단의 수로 변에서 처참한 꼴을 당하지 않았나. 후미요는 사지육신이 갈기갈기 찢겨 최후를 맞이했다. 그런 사람이 지금 아케치 고고로 집의 부엌에 누워 있다니 여우에 홀릴 만한 이야기 아닌가.

하지만 거기 쓰러져 있는 건 마네킹이 아니었다. 어떻게 되었는지는 모르겠지만 진짜 후미요였다. 아직 정신을 잃은 상태였지만 조리대 밑에서 꺼내 얼굴을 살펴볼 것도 없었다. 몸을 만져보니 인형인지 아닌지 금세 구별할 수 있었다. 쓰네가와와 아케치는 축 늘어져 있는 후미요를 안고 일단 서재의 긴 의자로 옮겼다. 더불어 하녀의 꽤 육중한 몸도 푹신한 안락의자로 옮겼다.

곧바로 전화로 의사를 호출했다. 하지만 후미요는 그저 마취제에 취해 자고 있는 것이다. 염려하지 않아도 된다. 그보다 지금 더 중요한 것이 있다. 인간 표범을 잡아야 한다.

"아케치, 나는 아직 사정은 잘 모르겠어. 하지만 이건 고바야시 군의 공 아닌가. 그렇다면……."

"그래, 소년 탐정이 큰 공을 세웠지. 평소 내가 말한 것을 고바야시가 충실히 지켜줬어."

"그러면 고바야시 군, 자네가 온다의 빈틈을 노려 상자에 들어가 있던 후미요를 원래 마네킹으로 바꿔놓았다는 거야?"

"네, 그렇습니다. 선생님이 전화로 온다 놈을 오래 붙들고 있어 주셨기에 가능한 일이었죠. 저는 기회가 없을까 필사적으로 기다리고 있었어요. 적당한 때 선생님께 전화가 걸려 왔고 선생님의 지혜 덕분에 제가 일을 할 수 있는 틈이 생겼어요. 전화 내용을 듣고 선생님이 암암리에 명령을 내리고 계신다고 생각했거든요."

소년이 능금처럼 반짝이는 볼로 생글거리며 설명했다.

"잠깐만. 그놈이 자네도 마취제로 취하게 했잖아. 안 그러면 그놈이 방심했을 리 없는데."

"네, 그렇지만 저는 숨을 오래 참을 수 있어요. 노력하면 2분 이상 숨을 안 쉬어도 괜찮아요. 언젠가 선생님께서 그 능력을 이용하는 걸 잊지 말라고 알려주셨거든요. 누가 가제로 코와 입을 막으면 숨을 꾹 참고 정신 잃은 척하고 있으라고."

아무리 온다라도 이 연약한 소년에게 그런 엄청난 재주가 있을 줄은 몰랐기에 축 늘어져 있는 걸 보고 안심한 것이었다.

"놀랍군. ……아케치, 이거였군, 아까 자네가 수수께끼처럼 한 말이."

"그래, 내 승패가 오직 그 한 가지에 달렸었지. ……하지만 고바야시 군, 자네는 또 한 가지도 잊지 않았을 거야. 낮에는 희고 밤에는 검은 그것을."

"네, 잘 장착했습니다. 물론 검은 쪽이죠. 운전대를 잡은 부하 놈이 수상히 여겼지만, 그 장치는 눈치채지 못했습니다.

"쓰네가와, 내 발명품이 소용 있었네."

"어쩐지 이야기가 흥미로워지는군. 대체 무슨 발명품인데? 낮에는 희고 밤에는 검다는 게 뭐야?"

경부가 호기심 어린 눈을 반짝였다.

"자동차 미행기라고 할까. 내가 직접 미행할 수 없는 경우 상대의 행방을 알아내는 장치야. 자동차 번호표는 바꾸려고 하면 언제든지 바꿀 수 있으니까. 게다가 번호를 알아도 차의 소재를 밝혀내기 어려운 경우가 많지. 그래서 내가 발명했는데, 크레오소트[18]를 꽉 채워 넣은 양철통에 튼튼한 손잡이를 달아 자동차 후미의 차체 밑에 걸어두기만 하면 돼. 양철통 밑바닥에 바늘 굵기 정도의 구멍을 내놓고, 거기서 크레오소트가 방울방울 지면에 떨어지면, 좀 과장하자면 가는 실처럼 되게 만드는 장치지.

"그 용액이 떨어진 흔적을 탐정견에게 쫓게 하려는 거군. 셜록의 역할이 뭔지 알겠네. 하지만 흰 것 검은 것은 무슨 의미

----

18. creosote. 너도밤나무를 증류하여 만든 유액.

지?"

"낮에는 색이 없는 크레오소트, 밤에는 빛의 반사를 피하기 위해 검은 크레오소트, 그러니까 콜타르[19]를 사용하는 거야. 그 두 가지 다른 약을 채운 양철통을 늘 우리 집에 가득 채워놓지. 미행은 상당한 수완을 요구하잖아. 여자들은 힘들어하고. 그래서 고바야시와 후미요에게는 만일의 경우 위험을 무릅쓰지 않고도 이 도구를 사용하라고 말해뒀어. 고바야시의 임기응변을 칭찬하고 싶네."

"응, 역시 자네 제자답네. 적이 전화 거는 틈을 이용해 일을 그만큼이나 해내다니 훌륭하네. 고바야시 군의 공이 헛되지 않도록 얼른 추적하자고."

"응, 그러려면 경찰차가 한 대 필요해. 우리가 거기 타고 셜록이 그 앞을 달리게 하는 거지."

"이제 우리 형사들이 올 시간인가. 분명 자동차를 타고 올 거야."

잠시 후, 예상대로 실력 있는 형사 두 명이 경찰 자동차를 몰고 왔다.

후미요는 의사에게 맡겨두고 아케치는 쓰네가와 경부와 함께 그 자동차에 탔다. 명견 셜록은 긴 줄에 매서 앞좌석에 앉은 경부가 그 끝을 잡고 있었다.

고바야시 소년은 크레오소트를 흠뻑 적신 천을 가지고 와서

. . . .
19. coal tar. 석탄을 건류할 때 생기는 기름 상태의 끈끈한 검은 액체.

셜록의 코끝에 들이댔다. 추적할 대상의 냄새를 확실히 기억하게 하기 위함이다.

개는 코를 벌름거리며 약품의 독한 냄새를 익혔다. 고바야시 소년이 갑자기 그 천을 들고 집 안으로 뛰어 들어가자 방향이 헛갈린 개는 잠시 멍하니 있었으나 마침내 유사한 냄새를 맡았는지 코로 땅을 문지르며 힘껏 앞으로 달렸다.

"좋아, 출발이다."

쓰네가와 경부의 지시에 따라 차가 움직였다. 셜록은 가끔씩 멈춰 섰다가 다시 맹렬히 달렸다. 그때마다 차의 속도를 조절해야 했지만 역시나 명견은 적을 놓치지 않고 뒤쫓았고, 추적하는 자동차는 모두 잠든 심야의 거리를 북쪽 방향으로 계속 달렸다.

아케치가 아까 전화로 검은 실 같은 것이 온다의 몸을 휘감아 떨어지지 않을 것이라 했는데, 결국 이걸 말하는 것이었다. 그의 말이 협박성 문구나 괴담이 아니었음이 이제야 밝혀진 것이다.

도시의 셜록

명견 셜록이 선도하는 추적 자동차는 아케치가 말한 '검은 실'이 끌어주기라도 하듯 착오 없이 온다가 통과한 한적한 마을들을 달렸다. 한참 후 구단 근처 수로 변에 도착했을 때, 아케치의 예리한 눈이 전방 도로에서 이상한 물체를 발견했다.

"저런, 내가 뭐랬어. 차를 세워주게."

그 소리에 놀라 쓰네가와 경부가 셜록의 줄을 잡아당겼다. 운전사는 브레이크를 밟았다.

"자네, 손전등을 가지고 있나?"

동승한 형사에게 물으니 다행히 한 명이 준비해 왔다. 아케치는 그 손전등을 빌려 차에서 내렸다.

"역시 그렇군. 쓰네가와 경부, 놈은 이 주변에서 마네킹 상자 뚜껑을 열어봤어. 자신이 당한 걸 알고 분노를 표출한 거군."

아케치는 도로를 비추면서 차츰 앞으로 걸어갔다. 움직이는 회중전등 밑으로 마네킹의 목과 팔다리가 차례로 나타났다가 사라졌다. 아까 온다가 차 위에서 내던진 것은 이 마네킹이지 후미요가 아니다. 아무리 짐승이라도 도로 한가운데에서 진짜 사람을 그런 처참한 꼴로 만들 만큼 무분별하지는 않다.

"하하……, 녀석, 소중한 포획물이 마네킹이라는 걸 알았을 때, 얼마나 분개했을지 눈에 보이는 것 같네. 너무 참혹하군. 완전히 찢어발겼네. 마네킹이라 다행이야."

아케치는 대충 둘러보더니 자동차로 돌아갔다.

"하지만 그자가 진상을 알게 되었다면 여기서 그대로 고이 돌아갔을까? 다시 자네 집으로 찾아가진 않았을까?"

앞좌석의 쓰네가와 경부가 불안한 듯 혼잣말을 했다.

"그건 괜찮아. 전화로 확실히 겁을 줘놓았으니까. 당장이라도 경찰이 올 거라고 생각하고 입에 거품을 물고 도망쳤을 정도니. 되돌아올 기력은 없을 거야. 게다가 혹시 몰라 조사해 봤는데 크레오소트의 검은 실이 한 곳에도 정지하지 않았어. 만약 놈이 되돌아갔다면 자동차가 후진을 하든지 적어도 일시 정지를 해야 할 텐데 그런 흔적은 전혀 없어."

"자네, 대단하네. ……좋아, 그럼 전진이다."

개와 자동차가 다시 달리기 시작했다.

그 근처에서 검은 실은 오른쪽으로 꺾어 전찻길을 피해 우에노 공원 시노바즈치한不忍池畔을 통과해서는 마침내 아사쿠사 공원 뒷길로 빠졌다. 그 후 또 한 바퀴 돌아 니텐몬二天門 입구까지 갔으나 그곳에 멈춰 선 셜록이 잠시 지면에 코를 박고 냄새를 맡더니 갑자기 오던 길로 되돌아갔다.

"뭐야, 온다의 차가 여기서 되돌아갔나. 잠깐 멈춰 주게. 왠지 이 근처가 수상해."

자동차가 멈추자 아케치는 회중전등을 들고 차에서 내려 근처를 살폈다.

"여기 봐, 여기 검은 물웅덩이가 생겼어. 이곳에서 한동안 크레오소트 용액이 흘러내렸나 봐. 즉, 놈의 차가 정차했던 증거지. 그 후 오던 방향으로 되돌아간 걸 보면 분명 여기서 그놈만 내렸을 거야. 하여튼 한번 조사해 볼 값어치는 있네."

아케치의 말에 따라 일동 차에서 내렸는데 생각해 보니 실로 막연한 걸 찾고 있지 않는가. 니텐몬[20] 안에는 무엇이 있을까. 관음당이 있다. 5층탑이 있다. 공원과 연못과 수목 지대가 있다.

....
20. 二天門. 아사쿠사 절 본당 동쪽에 있는 산문山門.

그리고 수족관과 하나야시키[21]와 번화한 영화 거리가 나온다.

"아사쿠사 공원이라니 예상 밖이다. 설마 놈이 공원에 둥지를 튼 건 아니겠지? 이런 번잡한 장소에?"

쓰네가와 경부는 당혹스럽다는 듯이 말했다.

"아니, 꼭 그렇지는 않지. 범죄자에게는 도쿄에서 이 공원만큼 최강의 은신처가 없겠지. 여기는 도회의 정글인 셈이니까. 갖가지 동서양 건물들이 복잡하게 밀집해 있고, 무수히 많은 노점이 떼를 이루고 있잖아. 가는 곳마다 뒷골목이 있는 데다가 인파는 끊이지 않고. 그 모든 곳이 범인이 몸을 숨길 수 있는 숲이나 마찬가지지. 만약 그놈이 이 공원을 은신처로 택했다면 그 착상에 탄복하지 않을 수 없네. 인간 표범과 도시 정글, 실로 기막힌 조합이지."

아케치는 감탄한 듯 말했다.

"하지만 만약 그렇다면 놈은 실로 골칫거리다. 특히 이런 적은 인원으로 대처할 수 없어. 관내 경찰들을 총동원해도 될까 말까야."

극장 상영도 끝나고 야시장 상인들도 거의 돌아간 시간이었기에 밝고 흥청대는 초저녁 분위기는 이미 흔적도 없이 사라진 상태지만, 늦은 밤의 참배객과 소원을 빌러 온 사람들이 있어 드문드문 검은 그림자가 보였다. 니텐몬 입구에는 그 시간에 장사를 개시하려는 점쟁이의 천막만 버림받은 것처럼 덩그렇게

....
21. 花屋敷. 아사쿠사 공원에 있는 유원지.

서 있었다.

니텐몬의 포석 깔린 곳에 양쪽 다리가 성치 않은 거지가 야간 참배객을 대상으로 아직 구걸을 하고 있다.

"이자에게 물어보면 기억할지 모르겠네."

아케치는 혼잣말을 하면서 거지 옆으로 다가갔다.

다행히 아직 화장을 지우지 않고 그대로 온다 변장을 하고 있어 물어보기 수월했다.

"거기 자네, 한 30분쯤 전에 이런 남자가 여기를 지나가지 않았나? 그러니까 나랑 똑같은 남자가 말이지."

아케치가 앞을 가로막고 서서 묻자 거지는 고개를 들고 불청객을 쳐다봤다. 그는 장애가 무척 심했다. 두 다리를 전혀 쓰지 못해 손에 짚신을 낀 데다가 썩어 문드러진 얼굴은 이목구비를 분간할 수 없을 정도로 처참했다. 찌그러진 모자 밑으로 그런 얼굴이 자신을 쳐다보자 아케치는 엉겁결에 몸을 돌리고 말았다. 말을 건 걸 후회했을 정도였다.

"나으리와 똑같은 사람, 지나갔어, 지나갔어, 저기, 저기로 갔어."

혀가 잘 안 돌아가는 입으로 그렇게 말하며 거지가 짚신을 낀 손으로 관음당 쪽을 가리켰다.

"정말인가, 틀림없겠지?"

"정말이다. 나으리와 똑같았다."

아케치는 변장을 하고 있어 눈에 잘 띄었다. 거지의 둔감한 눈이라도 몰라볼 리 없었다. 그와 똑같은 남자라고 말하는 걸 보니 아마도 틀림없을 것이다. 이런 무서운 형상을 한 인간이라면 그놈밖에 없기 때문이다.

아케치를 선두로 모두 관음당 쪽으로 걸어갔다. 아케치는 그 주위를 배회하는 부랑들을 잡아 닥치는 대로 질문했다. 쓰네가와 경부는 관음당 앞의 파출소에 들러 순경에게도 물어봤다. 하지만 아무도 확실히 대답하는 사람이 없었다. 니텐몬 같은 좁은 통로와 달리 이렇게 불빛이 멀고 넓은 장소라면 당연하다고 해도 과언이 아니다.

본당 주위에서 공원 연못까지 면밀하게 수색했지만 전혀 소득이 없었다.

"오늘 밤은 철수할 수밖에 없겠네. 경찰 인력을 가급적 많이 동원해서 아사쿠사 공원 전체를 포위하게. 그래도 복잡하게 뒤얽힌 정글에서 표범 사냥을 성공할 수 있을지 의심스럽지만, 나도 민간인의 힘으로 가능한 일은 해볼 테니."

"그래, 빨리 수배를 하지. 새벽이 밝을 때까지 뭔가 자네에게 보고할 수 있을지도 모르겠네. 우리 동료 중에는 이런 정글의 비밀에 정통한 경찰은 많으니까. 하지만 자네 덕분에 범인이 아사쿠사 공원에 잠입한 걸 알게 된 것만 해도 큰 수확이야."

아케치와 쓰네가와 경부는 그런 말을 하면서 형사 두 명과 함께 니텐몬으로 돌아왔다. 거기 포석에는 아까 그 거지가 욕심을 부리며 아직도 동냥을 하고 있었다. 아케치는 문득 무슨 생각인지 주머니에서 동전을 찾더니 앞에 있는 밥그릇에 던지고 지나갔다.

"나으리, 나으리."

멈춰 서서 뒤돌아보니 거지가 불러 세우는 것이었다.

"나으리, 협박문이야, 이거, 이거."

짚신으로 지면을 가리켰다. 거기에는 반으로 접힌 봉투가 떨어져 있었다.

"내 거라는 거냐?"

아케치는 의아한 표정으로 두세 발짝 뒤로 물러서 그 봉투를 주웠다.

"아, 그 나으리네. 지금 막 떨어뜨렸다."

거지가 뭉그러진 얼굴로 웃으며 아첨했다.

봉투를 니텐몬 천장에 달린 전등에 비춰보니 겉에 '아케치 고고로 앞'이라 쓰여 있다. 아케치에게 온 것이 분명했다. 하지만 아케치는 그런 편지를 주머니에 넣은 기억이 없다.

"쓰네가와 경부, 우리는 공원 안에서 그놈과 스쳤는지도 모르네."

"뭐라고? 그놈이란 인간 표범 말인가?"

"응, 그런 것 같네. 여하튼 이런 불빛으론 안 될 것 같으니 자동차로 돌아가지. 또 한 가지, 이 편지를 잘 조사해 보자고."

아케치는 바로 앞의 전찻길에서 기다리던 경찰차로 급히 갔다.

밝은 헤드라이트 앞에 네 사람이 이마를 맞대고 편지를 조사했다. 얇은 싸구려 종이로 된 봉투는 뒤에 보낸 이의 이름도 없고 봉하지도 않았다. 아케치는 서둘러 내용물을 꺼내봤다. 반지[22]에 연필로 흘려 썼는데 내용은 다음과 같았다.

아케치, 역시 자네는 명탐정이다. 내가 포획한 건 마네킹이었다. 더구나 내가 여기에 온 걸 자네가 알고 있었다. 실로 예리하다. 부들부들 떨린다. 와, 무서워라. 하지만 탐정 선생, 이 편지를 읽고 네가 어떤 얼굴을 할까 보고 싶네. 이상하지? 대체 어느새 누가 네 주머니에 이런 걸 넣었는지 아는가? 탐정 선생, 아직 좀 수련이 부족한 모양이군. 그럼 또 보세.

인간 표범

"흠, 놀랍군. 저 공원의 어둠 속에서 인간 표범이란 놈이 우리 눈앞에서 지나간 거네. 그리고 이런 걸 자네 주머니에 넣고 간 거야."

쓰네가와 경부가 경탄했다.

아케치는 골똘히 생각에 잠겼다.

그럴 리 없다. 눈앞의 적을 놓칠 정도로 내가 멍청한가. 게다가 그놈이 주머니에 손을 넣었다니 이런 모욕은 지금껏 경험한 적 없다. 그래도 믿을 수 없다. 내 신경은 온몸에 퍼져 있다. 주머니에 물건을 넣는데도 알아채지 못하다니 나로서는 있을 수 없는 일이다.

"잠깐 기다려 봐. 뭔가 알 것 같다."

....
22. 半紙. 닥나무를 원료로 한 일본 전통 종이.

190

아케치의 눈이 흥분 때문에 번쩍번쩍 빛나 보였다.

"뭔가 계략이 있다. 속임수가 있어. ……그렇다. 분명 그거다. 쓰네가와 경부, 나는 엄청난 실책을 범했네. 하지만 아직 늦지 않았는지도 몰라. 그자야. 그 거지를 체포한다."

자기 할 말이 끝나자 아케치는 도망치는 토끼처럼 빠르게 뛰어갔다. 나머지 세 사람도 그 뒤를 따라갔다. 니텐몬까지 한달음에 뛰어갔으나, 거지는 예상대로 코빼기도 보이지 않았다. 역시 그랬다. 거지는 떨어진 걸 알려주는 것 같았지만, 실은 아케치가 지나가고 나서 자신이 봉투를 떨어뜨려 놓은 것이다. 그런 짓을 할 사람이 그 거지밖에 더 있을까. 변장한 인간 표범이 틀림없었다. 몸이 불편한 거지로 변장해 아사쿠사 뒷골목에 숨다니 탁월한 발상이다.

문 부근을 돌아다니며 거지를 봤는지 물었지만 그런 사람은 아무 데도 없었다.

아케치는 점쟁이 천막에 얼굴을 들이밀고 물어봤다.

"자네는 매일 밤 여기 나오지? 그러면 니텐몬에 있는, 몸이 불편한 거지를 알겠네? 손에 짚신을 끼고 있는 자 말이야. 그 거지는 항상 저기 있었나?"

사방이 천으로 막힌 천막 앞쪽에 겨우 손님의 얼굴만 보이는 창이 뚫려 있었다. 그 안에는 커다란 로이드안경을 쓴 백발노인이 한 손으로 관상용 돋보기를 들여다보고 있다.

"글쎄, 불구 거지요? 모르는데요. 이 주변에서 그런 거지와 마주친 적이 없습니다."

"나는 방금 그자를 봤는데. 경찰이 수배한 용의자인데 짧은 틈에 도망쳤다. 혹시 그런 거지가 점집 앞을 지나지 않았나?"

"모르겠습니다. 조금 전까지 손님이 있어서 관상 보느라 열중해서요."

"그런가? 고맙네."

그걸 마지막으로 아케치 일행은 일단 수색을 단념하고 철수할 수밖에 없었다. 쓰네가와 경부는 경시청에 돌아가 아사쿠사 공원을 포위해서 수배할 방안을 강구하기 위해 서둘렀다. 사람들은 빠른 걸음으로 자동차로 돌아갔다.

"으흐흐. 이제 괜찮을 것 같네. 드디어 포기하고 돌아갔어."

점쟁이 천막 안에서 백발의 점쟁이가 묘한 독백을 했다. 그 목소리에 응답하며 테이블 같은 좌판 밑에서 꾸물꾸물 기어 나오는 자가 있었다. 불구 거지다.

거지는 불구의 몸이 아니었다. 갑자기 벌떡 일어나더니 늙은 점쟁이와 나란히 섰다. 그리고 얼굴에 붙인 부스럼투성이의 고무 가면을 죽죽 찢었다. 가면 아래로 드러난 얼굴은 영락없이 인간 표범의 무시무시한 형상이었다.

"나는 아케치를 알지만, 그놈은 내 얼굴을 본 적이 없으니까. 감쪽같이 한방 먹여준 거지."

늙은 점쟁이는 음침하게 쉰 목소리로 말하면서 커다란 로이드 안경을 벗었다. 두말할 것 없이 인간 표범의 부친이다. 아들은 불구 거지로, 아버지는 점쟁이로 변장해 서로 연락하며 숲속에 몸을 숨기다니 정말 기상천외한 기만술 아닌가.

"이 변장도 오래 했지만, 오늘 밤만은 하지 말아야겠네. 예리한 자니 길을 반도 가기 전에 우리의 비밀을 눈치챌 게 분명하니까."

"그래 봤자 사후 약방문이겠죠."

인간 표범은 내뱉듯이 말하고 크게 하품했다.

"아버지도 오늘은 일을 꽤 했구려."

"그렇지. 아자부에서 시바우라, 시바우라에서 아사쿠사까지. 하지만 그런 것쯤 식은 죽 먹기지. 세상을 상대로 싸우는 것이 재미있어 죽겠거든."

세상에 둘도 없이 무서운 부자는 서로 얼굴을 마주 보고 히죽히죽 섬뜩한 웃음을 주고받았다.

공원 미스터리

인간의 모습을 한 맹수는 그에게 가장 잘 어울리는 은신처인 도시 정글로 도망쳐 들어왔다. 산이며 연못이며 숲뿐 아니라 크고 작은 건물이 다양한 형태와 각도로 어지럽게 뒤섞여 있고, 큰길과 샛길, 그리고 골목까지 사방팔방 얽혀 있다. 도쿄 내의 어디를 찾아봐도 아사쿠사 공원만큼 좋은 미로는 없을 것이다. 게다가 거기는 연중 눈이 핑핑 돌 정도로 무수한 인파가 지나다 닌다. 그 인공 정글 안에 섞여 든 범인을 찾는 것이야말로 화로에 떨어진 은화보다도 찾기 어려울 것이다.

다음 날 아침, 경시청과 관할 경찰서가 연합하여 사복형사단을 편성했다. 다양하게 변장한 형사들이 공원의 사방에서 수색 망을 좁히며 주택, 상점, 음식점, 공연장 할 것 없이 이 잡듯이 샅샅이 뒤졌다. 부랑자들을 한곳으로 몰고, 아사쿠사 절 본당 천장부터 마루 밑, 오층탑은 물론 인왕문의 커다란 제등 속까지 면밀히 조사했지만, 아무런 수확 없이 이틀이 흘렀다.

사흘째에는 아사쿠사 경내 여기저기에 쓰네가와 경부가 제안한 기묘한 포스터가 붙었다. 포스터 가운데 인간 표범 온다의 몽타주가 실물 크기의 두 배로 인쇄되어 있었다. 그 아래에는 다음과 같이 이해하기 쉬운 문구가 적혀 있다.

"이는 최근 세간을 시끄럽게 한 살인범 온다의 몽타주입니다. 이런 인물을 발견하신 분은 지체 말고 가까운 파출소에 신고해 주십시오."

그 몽타주는 일찍이 다이토 극장에서 인간 표범의 형상을 목격한 어느 서양화가가 아케치 부부에게 추가 설명을 듣고 그린 것이었다. 특징이 뚜렷한 반인반수였기에 전해 들은 기억 만으로도 충분히 잘 그릴 수 있었다.

이 포스터는 경찰로서는 실로 과감한 전술이었다. 거리마다 사람들로 인산인해를 이루었다. 공포에 떠는 눈들이 추악한 몽타주에 집중되었다. 인간 표범에 관한 무서운 소문이 점점 덧붙여져 대중 사이에서 유포되고 있었다.

"와아, 끝내준다. 이놈 눈은 어두우면서도 어딘지 모르게 새파란 빛이 나네."

"엄니가 있잖아."

"정말이네. 엄니가 있어. 개건 뭐건 게걸스럽게 다 잡아먹는 거 아냐?"

"아니지, 개가 아니라 인간 여자를 잡아먹지."

"흉측한 걸 봤네. 이런 게 들어오다니, 공원도 한물갔네."

"나는 이자를 본 적이 있어요. 다이토 극장 소동 때였죠. 이 그림과 똑같았어요. 아니, 이런 얌전한 얼굴이 아니었는데. 이자가 레뷔 무대 한가운데 서서 관객석을 노려보며 이 엄니를 드러내고 울부짖을 때는 정말, 뭐라고 해야 하나, 내가 살아 있는 것 같지 않았어요."

"댁도 그걸 봤다는 거네요. 나도 이야기는 들었지만 에가와 란코가 무대 위에서 피투성이가 되었다는 것 같던데요."

"그렇게 오래된 일 말고, 뭐라더라 어젯밤에도 나타났다던데?"

"어디? 어디서 봤는데?"

"본당 뒤의 은행나무에서. 그 아래서 자고 있는데 누군가 머리를 밟고 올라갔어. 깜짝 놀라 일어났는데, 그 은행나무를 말이지, 시커먼 것이 고양이처럼 스르르 기어 올라가는 것 아니겠어? 버럭 호통을 치니 그자가 나무 위에서 나를 노려봤지, 뭐야."

"이런 얼굴이었어?"

"응. 시퍼런 눈이 별처럼 빛났지. 나는 뒤도 돌아보지 않고 냅다 뛰었어."

"순경한테 말해야 하는 거 아냐?"

"말했어. 말했는데 순경이 은행나무를 수색하러 왔을 때는 이미 아무도 없었지."

부랑자도, 신문팔이 소년도, 중학생도, 청년단원들도, 상점 점원도, 길 가던 회사원도, 하나같이 무시무시한 포스터 주인공에 대해 갑론을박했다.

이발소에서도 공중목욕탕에서도 영화관 관객석에서도 사람만 모이면 인간 표범에 대해 말을 거들었다. 이런저런 괴담이 창작되고 거기에 곁가지가 붙어 확산되었다.

어느 상점 여주인이 공동화장실 문을 열었더니 그 안에 시퍼런 눈을 한 인간 표범이 쭈그리고 있었다는 괴담도 있었다.

인간 표범이 심야에 인왕문 난간 위에서 이시카와 고에몬[23]처럼 턱을 괴고 경내의 상점가를 내려다보고 있었다는 괴담도 있었다.

매일 밤 관음상을 참배하는 어린 게이샤가 친구와 둘이서 인왕문을 통과할 때 그중 한 명이 무심코 문의 천장을 올려봤는데, 봉납하는 제등 위에 효수된 사람 머리통 같은 것이 멀리 떨어진 경내의 상점가 전등 빛에 희미하게 비쳤다고 한다.

한 명이 천장을 올려다보고 멈춰 섰기에 또 한 명도 함께 그쪽을 봤는데 분명 사람의 머리였을 뿐 아니라 두 눈이 인처럼

....
23. 石川五右衛門. 아즈치모모야마 시대에 신출귀몰했던 대도적. 도요토미 히데요시의 후시미성에 들어가 보물을 훔치다 체포되어 교토 산조가와라에서 솥에 삶아져 처형되었다고 알려진 전설적인 인물로 에도 시대의 조루리나 가부키에 많이 등장한다.

퍼렇게 불타고 있었다는 것이다.

두 사람 모두 목이 메고 다리가 후들거려 그 자리에서 기절할 뻔했지만, 간신히 문 아래로 살금살금 빠져나가자마자 비명을 지르며 상점가 쪽으로 마구 달려갔다고 했다.

그런 연유로 경찰은 인왕문 제등 안까지 수색했다. 그러는 새 그자가 도망친 걸까, 처음부터 게이샤의 환각에 불과했을까. 수색해 보니 물론 제등 안은 비어 있었다.

괴담은 괴담을 낳고 환락가는 즉시 공포의 도가니로 변해갔다. 낮은 그렇다 쳐도 밤이 되면 영화 거리에서 한 걸음만 떨어져도 넓은 공원에는 사람 그림자조차 구경할 수 없어 으슥한 묘지 같았다. 바야흐로 아사쿠사 공원은 유람객 대신 사복형사와 청년단원, 구경꾼 무리에게 점유 당했다고 해도 과언이 아니었다.

포스터가 붙은 다음 날 아침, 또 다른 이유로 거리마다 인파가 몰려들었다. 정말 희한하게도 하룻밤 새 모든 포스터의 몽타주가 깡그리 바뀌어 있었기 때문이다.

"이상하다. 누가 이런 장난을 한 거지? 저기 포스터에도 같은 것이 붙어 있어."

"인간 표범 대신 이번에는 어처구니없게도 호색남 아닌가. 어디선 본 듯한 얼굴이다."

그런 말이 사람들 사이에서 여기저기 돌았다.

인간 표범의 몽타주 위에 다른 종이가 붙어 있고, 거기에는 꽤 잘생긴 남자의 얼굴이 육필로 그려져 있었다. 그 얼굴로 모든 포스터가 다 바뀌어 있었다. 누군가 밤새 부지런히 돌아다니며 모든 포스터에 모조리 그런 몽타주를 붙여놓은 것이 틀림없다.

"아, 알았다. 이 몽타주는, 그거네. 인간 표범의 적, 그의 얼굴이네."

마침내 군중 사이에서 그 사실을 깨달은 사람이 있었다.

"적이라니 누굴까?"

"누구겠어, 아케치 고고로지. 인간 표범은 아케치 때문에 험한 꼴을 당했잖아."

"그렇지, 그러고 보니 아케치 씨네. 아케치 씨를 빼닮았네."

정말이지 그건 아케치 고고로의 몽타주가 틀림없었다. 수염이 없는 마른 얼굴, 푸슬푸슬한 곱슬머리, 특색 있는 진한 눈썹, 잘 그린 명탐정의 캐리커처였다. 사람들은 신문에 보도된 사진을 통해 그의 얼굴을 알고 있었다.

"웃기는 놈이네. 아래 문구를 읽어봐. 그러니까 아케치 고고로가 수배인 살인마가 되었잖아. 심하지 않나. 대체 누가 이런 짓을 한 거지?"

"설마 경찰은 아닐 테고."

"아케치 씨에게 원한이 있는 놈의 소행인지도 모르지."

"원한 있는 자라고 하면 결국 인간 표범 아닌가?"

누군가가 그렇게 말하자 수많은 사람들이 갑자기 조용해졌다. 너무 무섭고, 그러면서도 적확한 추정이었기 때문이다.

모두 잠들어 조용한 한밤중에 눈이 새파랗게 빛나는 괴물이 저주의 독백을 주절거리면서 흑풍처럼 숙적 아케치 고고로의 몽타주를 붙이고 돌아다닌 것이다. 그런 정체 모를 소행은 사람들을 마음 깊숙이까지 소름 끼치게 했다.

그자는 아직도 아사쿠사 공원의 후미진 곳에 몸을 숨기고 있을 것이다. 혹시 다른 쪽으로 도망친 건 아닐까 그런 헛된 기대도 소용없어졌다. 주민들은 경찰의 무능을 규탄했다. 하지만 그날 역시 별다른 수확 없이 저물어 갔다.

표범 도둑

그날 밤늦게 일어난 일이다.

통칭 호걸 이발사라 불리는 센조쿠마치千束町의 오야마大山 이발소 주인은 애견인 도사견을 데리고 인적 없는 아사쿠사 공원으로 운동하러 나왔다.

시끄러운 사건 때문에 안주인이 말렸지만 호걸로 통하는 이발사계의 대부이기에 그걸 용납할 수 없었다. 무엇보다 인간 표범이 활보한다는 소문 때문에 떨고만 있으면 애지중지하는 개의 건강이 운동부족으로 나빠지지 않겠는가. 더구나 그 자신도 2~3일간 소화 불량으로 견디기 힘들었기에 오늘 밤은 누가 뭐라 해도 외출해야겠다고 생각했다. 그리하여 그는 개의 목줄을 두꺼운 밧줄로 매고 사이고[24] 동상과 꼭 닮은 모습으로 공원 광장에 들어섰다.

"놀랍군, 이거 아무도 안 보이네."

단주로団十郞 동상 근처에서 연못가까지 걸으며 어이없다는 듯이 이발사가 중얼거렸다.

평소 같으면 영화 상영이 다 끝난 후 아사쿠사 인근 견주들이 주홍이나 보라색 술을 단 목줄을 어깨에 자랑스레 걸고 견공들과 운동하러 나왔을 텐데 오늘 밤은 그 많던 맹견들이 단 한 마리도 보이지 않았다.

"기개도 없는 사람들 같으니. 안 그래, 구마?"

안면 있는 사람들의 모습이 전혀 눈에 띠지 않았기에 애견에게 말을 걸 수밖에 없었다. 곰을 뜻하는 구마라는 이름의 도사견은 그 이름에 너무도 걸맞은 모습이었다.

"조용해서 좋긴 하군."

하지만 지나칠 정도로 조용했다. 영화관 거리는 낮의 뒷골목에 비해 폐허가 된 로마처럼 절멸 상태였고 음식점이나 찻집도 문을 굳게 닫은 채 빈집처럼 쥐 죽은 듯이 조용했다. 연못을 둘러싼 동산의 나무들이 기억을 되살리듯 밤바람에 바스락거리는 것 외에는 아무 소리도 들리지 않았다. 평소라면 포석이 깔린 본당 앞길에서 밤새도록 게다 소리가 끊이지 않았겠지만 독실한 신자들조차 인간 표범은 두려운 모양이었다.

오야마 이발소 주인은 여전히 사이고 같은 풍모로 아무도

....

24. 西鄕隆盛. 메이지 유신을 성공으로 이끈 3인의 주역 중 한 명. 조선을 정벌하자는 '정한론'이 받아들여지지 않자 세이난 전쟁을 일으켰다. 전쟁에서 패한 후 할복자살한다.

없는 경내를 힘차게 걸었다. 지나는 벤치마다 모두 비어 있었다. 부랑자들도 목숨이 아까운 모양이다. 어찌 이곳이 아사쿠사 공원이란 말인가. 혹시 내가 길을 헤매다가 얼토당토않은 곳에 온 것 아닌가. 아니면 지금 나쁜 꿈을 꾸는 건가. 문득 그런 의혹이 생길 정도였다.

연못을 한 바퀴 돌고 나서 양옆에 나무가 빽빽이 늘어선 좁은 길로 빠져나오니 눈앞에 원형 광장이 펼쳐졌다. 하나뿐인 상야등만 어스름한 달빛처럼 그 정경을 어렴풋이 비추고 있었다.

건너편 나무들은 어둠에 녹아들어 거의 분간이 어려울 정도였지만 그 사이에서 언뜻언뜻 움직이는 그림자가 보였다. 자세히 보니 그 사람도 개를 동반했다. 게다가 두 마리인 듯했다.

"대단한 놈일세. 구마야, 봐라. 네 친구들이 왔다."

대부는 그쪽으로 다가갔다. 용감한 애견가의 얼굴을 보고 말 한마디 건네려던 참이었다. 그런데 무슨 일인지 구마가 꽁무니를 뺀 채 꼼짝도 하지 않으려 했다.

"왜 그러는 거야?"

뒤를 돌아보니 애견이 이리처럼 등에 털을 세우고 있다. 무엇이 두려운지 주둥이가 일그러진 채 이빨을 드러내고 있었다. 목구멍에서는 먼 천둥 같은 소리가 났다. 아무래도 이상했다. 노견 구마가 이런 행동을 하는 것은 좀처럼 드문 일이다.

개의 힘을 못 이겨 뒤로 질질 끌려가던 이발사는 나무 사이에 몸을 숨기려다가 전방의 그림자를 발견했다.

수상한 인물은 개 두 마리를 데리고 나무 뒤에서 나와 상야등의 희미한 불빛 아래를 오른쪽에서 왼쪽으로 가로질렀다. 야윈 몸에 교복 같은 칼라가 달린 검은 옷을 입은 노인이었다. 하얗게 센 머리에 덥수룩한 흰 수염을 가슴까지 길렀다. 대부는 이제껏 이렇게 묘한 노인은 본 적이 없었다.

노인은 곁눈질도 하지 않고 점잖게 걸어갔다. 왠지 주위에는 이 세상 사람이 아닌 듯한 광기가 감돌았다. 희한하게도 개 두 마리는 모두 목줄을 하지 않았다. 개들은 노인이 걸음을 옮길 때마다 눈에 보이지 않는 실에 이끌리듯 그의 뒤를 따라갔다.

그런데 개가 어찌 저리 큰가. 게다가 낭창거리는 걸음걸이는 또 어떤가. 개가 아니라 고양이 같지 않은가. 그 이상한 짐승의 몸 전체에 아름다운 검은 반점이 있는 것이 비로소 눈에 띄었다. 개가 아니다. 그렇다고 저렇게 큰 고양이가 있을 리 없다. 그럼 대체 뭐란 말인가.

자세히 보니 숨을 한 번 쉴 때마다 그 짐승의 정체가 점차 확연해졌다. 선명한 반점, 튼실하고 커다란 사지, 살아 움직이는 듯한 긴 꼬리, 새파랗게 빛나는 두 눈. 잘못 본 게 아니다. 표범이다. 표범이 활보한다.

하지만 너무도 비상식적인 광경인지라 그는 갑자기 믿을 수 없어졌다. 공원에서 노인이 맹수를 데리고 어슬렁어슬렁 걷고 있다니 혹시 내 눈이 잘못되었나. 아니면 꿈이라도 꾸고 있는 건가.

그런데 문득 정신을 차리고 보니 표범 뒤를 따라오는 또 한 마리의 짐승은 더 놀라운 괴물이었다. 그 짐승은 기상천외하게도 양복을 입고 있었다. 새카만 양복을 입고 있었다. 뒷다리가 앞 다리보다 두 배는 긴 데다가 굽은 방향이 여느 동물과 반대다. 더구나 그 다리 끝에 구두를 신고 있는 것 아닌가. 크기로 보나 모양으로 보나 아무래도 인간 같았지만, 인간이 표범처럼 네다리로 기다니 말이 되는가.

이발사는 허탈감에 움직일 힘도 없어 그 자리에 서서 땀만 흘렸다. 위협적인 일행은 공터 끝까지 가로질러 가더니 왼편 수풀에 몸을 숨겼다. 그때, 맨 뒤에 있던 양복 차림의 괴물이 별안간 이발사 쪽을 돌아봤다. 아, 그 얼굴, 이발사는 평생 그 무시무시한 얼굴을 잊지 못할 것 같았다.

인간 표범이 틀림없다. 포스터의 몽타주와 똑같이 생긴 놈이다. 동그란 두 눈은 진짜 표범보다도 훨씬 강렬한 인광으로 불탔다. 그 무시무시한 눈 아래로 시뻘건 입을 초승달처럼 벌린 채 흰 이빨을 드러내고는 뭐가 그리 우스운지 히죽히죽 웃고 있었다. 그 사이 구마는 가공할 만한 형상으로 계속 으르렁거렸다. 양복 차림의 네발짐승이 수풀로 들어가 거의 모습을 감출 즈음, 구마가 더 이상 참을 수 없는지 거칠게 포효하더니 돌연 이발사의 손을 뿌리치고 괴물 뒤를 쫓았다. 구마는 공처럼 튀어가 단숨에 공터를 가로질러 건너편 수풀로 사라졌다.

하지만 이발소 주인은 애견의 행동을 신경 쓸 겨를이 없었다. 자신의 목숨이 달린 문제였다. 그는 죽기 살기로 반대 방향으로 달렸다. 달리고 또 달려 본당 앞 파출소로 뛰어 들어갔다.

"표범, 표범이……."

그는 파출소 문에 매달려 저 멀리 있는 연못을 가리키며 미친 듯이 소리쳤다.

'표범'이라는 말이 경찰을 이상하게 자극했다. 황급히 따져 물어보니 인간 표범이 출현한 것이었다. 아니 인간 표범 이상으로 기괴한 일이었다.

이 일은 즉시 본서에 알려졌다. 경찰 한 부대가 지체 없이 권총을 소지하고 급히 현장으로 출동했다. 하지만 아무리 신속하게 이동했다 할지라도 그새 상당한 시간이 경과했다. 많은 인원의 경찰 부대가 도착해 넓은 공원을 구석구석 찾아다녔지만 그런 짐승은 코빼기도 보이지 않았다.

하지만 이발사의 신고가 결코 꿈이나 환상이 아니라는 증거가 있었다. 그가 맹수의 모습을 본 현장 근처의 수풀에서 시뻘건 천조각처럼 참혹하게 물어뜯겨 늘어져 있는 애견 구마의 사체가 발견되었다.

아무리 도시 정글이라 해도 열대 동물인 표범이 도심의 아사쿠사 공원을 어슬렁거리며 돌아다니다니 정말 어처구니없는 이야기 아닌가. 인간 표범은 그렇다 쳐도 진짜 표범은 겁 많은 이발소 주인의 환각이 틀림없다. 경찰을 비롯해 이 이야기를 전해 들은 사람들은 모두 그렇게 생각했다.

하지만 그다음 날이 되자, 환영인 줄 알았던 표범이 명실상부한 맹수임이 판명되었다. 그날 아침, 아사쿠사 명물인 '하나야시키'의 지배인이 사색이 되어 경찰에 출두해서 어젯밤 비장의 암표범이 우리에서 사라졌다고 신고했다. 동물이 우리를 부수고 나간 것이 아니라 누군가 여벌 열쇠를 입수해 우리 문을 연 흔적이 있다고 했다.

우리를 연 자는 흰 수염을 기른 백발노인, 즉 '인간 표범' 온다의 부친이 틀림없다. 하지만 대체 무슨 목적으로 그런 황당무계한 짓을 한 걸까. 까닭 없이 맹수를 시가지에 풀어 사람들을 공포에 떨게 만들며 쾌재를 부르기 위함일까. 아니면 다른 심오한 까닭이 있는 걸까. 설마 '인간 표범'이 친구가 필요해서라는 둥 그런 말도 안 되는 동기 때문은 아닐 것이다.

호랑이 남자

'인간 표범'만으로도 충분히 두려운데, 이제는 진짜 맹수까지 날뛴다는 사실을 알게 되자 아사쿠사 상인들의 공포는 이루 헤아릴 수 없었다. 영화관, 레뷔 극장, 음식점, 노점업자 할 것 없이 다들 가게를 닫는 참상을 보였다. 특히 밤에는 공원 안이 아득한 폐허가 되었다.

하지만 아사쿠사 공원의 매력은 여전했다. 적어도 낮에는 사람들의 발길이 끊이지 않았다. 도쿄는 넓은지라 소문을 잘 모르고 공원을 찾는 사람들도 적지 않았고, 여기저기서 몰려온 대책 없는 구경꾼들이 떼로 다녀 공원은 전반적으로 '음침하게 혼잡한' 분위기를 띠고 있었다. 누빔 옷을 입은 젊은 남자들과 카키색 단복 차림의 청년단원들이 그 인파를 누비며 이리저리 돌아다녔다.

심야의 미스터리가 일어나고 이틀이 지난 오후, '음침하게 혼잡한' 공원을 신혼부부 아케치 고고로와 후미요가 나란히 걷고 있었다. 그들은 물론 맨얼굴을 드러내지 않았다. 인간 표범이 먹잇감으로 삼은 후미요가 그의 소굴이나 다름없는 장소에 맨얼굴로 비집고 들어가는 것은 생각할 수 없는 일이다.

구경꾼들 사이에 섞여 정처 없이 걷는 두 남녀, 남자는 때 묻은 카키색 직공복에 기계기름으로 검게 물든 헌팅캡을 푹 눌러쓴 채 바닥에 널을 댄 조리를 신었다. 커다란 로이드안경을 쓰고 입 주위에 멋진 검은 수염을 붙여 분장을 했는데 얼굴에 견습공처럼 기계기름이 묻어 있었다.

여자는 머리를 틀어 올리고 낡은 수건으로 볼을 가리고 있었다. 몸에는 감색 가스리 한텐[25]을 걸쳤는데 허리에 두른 흰 목욕 수건이 겉으로 나와 있었고, 발에는 남자처럼 긴 양말에 고무 밑창을 댄 버선을 신는 등 대담한 옷차림이었다. 두 사람은 딱 보기에 직공과 공사장 달구지꾼처럼 보였다.

사실 누추한 직공은 명탐정 아케치 고고로, 달구지꾼은 다름 아닌 후미요였다.

후미요 혼자 아케치 사무소에 있으면 언제 '인간 표범'의

....
25. 半纏. 옷고름이 없고 깃을 뒤로 접지 않아 활동적이어서 작업복이나 방한복으로 많이 입는 짧은 겉옷.

206

습격을 받을지 몰랐다. 어딘가 안전한 장소로 피신시키자는 의견이 대세였지만 에가와 란코의 경우를 봐도 알 수 있듯이 악마에게는 통하지 않았다. 그보다는 오히려 남편 아케치 고고로가 가는 곳을 따라다니며 그의 보호를 받는 편이 가장 안전할 뿐 아니라 탐정 일도 보조할 수 있을 거라는 후미요의 당찬 제안에 아케치도 찬성했다. 사연은 그러했다.

『흡혈귀』를 읽은 독자들은 아실 테지만 후미요는 원래 탐정 일을 했다. 예쁜 얼굴에 아리따운 자태였지만, 결코 아케치의 걸림돌이 되는 약한 사람이 아니었다. 오히려 명탐정에게 없어서는 안 될 명조수였다.

변장한 두 사람은 구경꾼들 틈에 끼어 인파의 흐름을 따라갔다. 하지만 그들은 구경꾼이 아니었다. 살인마 수색이라는 사명을 띠고 있었다. 그뿐 아니라 개인적인 원한도 있었다. 아케치는 사력을 다해 악마 같은 인간 표범의 행방을 알아내야 하는 입장이었다.

아케치는 헌팅캡 아래로, 후미요는 얼굴을 가린 천 아래로 한시도 쉬지 않고 눈을 움직였다. 예리한 탐정의 시선으로 양쪽의 인가를 하나하나 살피고, 한 사람도 놓치지 않고 통행인들을 관찰했다. 두 사람은 정글 속에서 맹수의 냄새를 쫓는 사나운 사냥개였다. 사소한 것 하나라도 그들의 눈을 피해 갈 수 없었다.

롯쿠六區의 영화관 거리 중간에 다이토 극장이 있었는데, 콘크리트 건물들 사이로 골짜기처럼 어둡고 좁은 샛길이 나 있었다. 매우 음침한 샛길이라 아무리 붐비는 낮이라도 통행하는 사람이 극히 드물었다. 기분 나쁠 정도로 조용한 골짜기였다. 다만 그 중간에 지하 카페가 있어 가끔씩 거길 찾는 손님이나 골목과 통하는 영화관 뒷문으로 드나드는 직원 외에는 거의 왕래가 없다 해도 과언이 아니었다.

직공과 달구지꾼으로 변장한 아케치 부부는 무심코 그 샛길로 들어섰다. 별다른 뜻은 없었다. 다만 거기가 뒷골목으로 가는 지름길이었다. 그러나 그들이 골짜기에 발을 들여놓자 깜짝 놀랄 만한 것이 눈에 띄었다.

거대한 호랑이 한 마리가 어슬렁어슬렁 돌아다니는 것이었다.

하하하⋯⋯, 그럼 그렇지. 진짜 맹수가 나타날 리가 있겠는가. 진짜 호랑이가 아니었다. 머리에 엄청나게 큰 소품용 호랑이 탈을 쓰고 호랑이 반점이 그려진 셔츠를 입은 샌드위치맨에 불과했다. 그는 붉은 바탕에 흰 글씨를 염색한 광고 깃발을 어깨에 메고, 손에는 붉은색 전단 묶음을 들고 있었다.

깃발의 글자를 읽어보니 'Z 곡마단'이라고 쓰여 있다. 어딘가에서 서커스 공연을 하고 있어 샌드위치맨이 그 광고 전단을 뿌리는 것이 틀림없다. 하지만 호랑이 분장이라니 참으로 특이하다. Z 곡마단에서 하는 호랑이 공연이 인기가 좋은가보다.

아케치는 그렇게 생각하고 일단 경계를 풀었지만, 마음 한구석에 동요가 느껴지는 건 어쩔 수 없었다.

호랑이 남자, 이자는 이른바 호랑이 남자다. 인간 표범과 유사하다. 우연일 수도 있겠지만 이상하게 의미심장하지 않은가. 게다가 왜 저런 소품용 호랑이 탈을 쓰고 있는 걸까. 눈부분은 뚫려 있지만 나머지 얼굴이 모두 가려져 있다. 그렇다면 얼굴을 감추기 위한 교묘한 술책이라 의심해 볼 수 있다. 저 우스꽝스러운 탈 속에 숨기고 있는 것이 혹시……, 그렇게나 찾아 헤매던 인간 표범의 끔찍한 얼굴 아닐까.

그는 샛길로 빠지는 출구 가까이에서 어슬렁거리며 돌아다녔다. 아케치가 그쪽 모퉁이로 방향을 틀자 그자가 뒤로 돌아 빤히 쳐다보는 것이 느껴졌다. 이후 그자는 걸음을 늦추며 거의 한 걸음 옮길 때마다 미심쩍게 아케치 쪽을 훔쳐보는 듯했다. 왜 샌드위치맨이 직공과 달구지꾼에게 이토록 관심을 보일까. 아무래도 이상하지 않는가. 그 요물인 것 같다. 설마 상대는 아케치의 정체를 간파하고 탈 속에서 인광을 번득이며 코웃음치고 있는 건 아닐까.

아케치는 그걸 확인해야 직성이 풀릴 것 같았다. 이 엉뚱한 상상이 적중해서 괴물 같은 인간 표범을 쉽게 체포할 수 있다면……. 그렇게 생각하니 아무리 평소 냉철하기로 정평이 나 있는 명탐정이라도 가슴이 뛰었다.

아케치는 빠른 걸음으로 호랑이 탈을 쓴 샌드위치맨에게 다가갔다.

그러자 신기하게도 상대는 아케치를 유인이라도 하듯 연신 호랑이 얼굴로 뒤돌아보며 뒷골목으로 꺾어 들어갔다.

아케치는 한달음에 그 모퉁이로 갔다. 놓칠 듯 말 듯 했지만 전력을 다해 뒷길로 들어서니 거기에 호랑이 남자가 멍하니 서 있었다.

"거기 자네, 잠깐만. 그 호랑이 탈을 벗고 얼굴 좀 보여주게나."

아케치가 샌드위치맨에게 다가가 돌연 호통을 쳤다.

호랑이로 변장한 남자는 잠시 무슨 소리인지 모르겠다는 듯이 가만있었지만 마침내 비굴하게 웃으며 말했다.

"에헤헤헤……, 내 얼굴을 보고 싶다고 말씀하셨겠다?"

그러면서 얼굴에 쓴 탈을 가볍게 들어 보였다.

그 아래 나타난 얼굴은 무시무시한 인간 표범이었을까. 아니, 그렇지 않았다. 아케치는 자신의 착오가 민망해 식은땀을 흘렸다. 뜻밖이었다. 샌드위치맨의 얼굴은 무섭기는커녕 뜻밖에도 우스꽝스러웠다.

짧게 깎은 검은 머리 아래로 연배가 쉰쯤 되는, 뼈가 앙상하고 검은 얼굴에 사이고의 초상화에서 보던 새카맣고 두꺼운 눈썹, 무슨 무슨 장군이라 해도 손색없을 코밑의 선 굵은 팔자수염이 커다란 칼 두 자루처럼 양쪽 귀 언저리까지 위엄 있게 나 있었다.

"아, 실례했소. 사람을 잘못 봤군요. 이제 됐으니 다시 탈을 쓰고 영업하시오."

아케치가 사과한 후 가려고 하자 샌드위치맨은 또 에헤헤헤 웃으며 말했다.

"그럼 이거 한 장 가져가실라우?"

그는 손에 든 곡마단 광고 전단을 내밀었다.

아무 생각 없이 전단지를 받은 아케치는 무심결에 석판 인쇄 광고문 뒷면에 연필로 흘려 쓴 글씨를 봤다. 이상한 일이다. 새로 인쇄한 광고 전단에 이런 낙서가 있다니…… 전단을 뒤집어 내용을 본 아케치의 표정에 점차 긴장감이 돌았다.

아케치 군, 후미요 씨는 무사한가?
나는 한번 하려던 일은 끝까지 해치우는 사람이지.

눈에 익은 필적, 호랑이와 표범은 결국 어딘가 연결되어 있다. 여느 때처럼 인간 표범의 통신 수단은 기발했다.

"이거, 설마 자네가 쓴 건 아니지?"

아케치가 예리한 눈으로 쏘아보자 호랑이 남자는 주뼛거리며 또 아까처럼 비굴하게 웃었다.

"에헤헤헤……, 제가 아닙니다. 방금 모르는 사람에게 부탁받았을 뿐이죠. 저 골목에서 기다리고 있으면 이런저런 외양을 한 사람이 지나갈 테니 그 사람에게 건네주라며 전단 뒷면에 연필로 뭔가를 써서 주고 갔죠."

"그자는 어떤 모습이었나?"

"멋진 나으리였어요. 양복 차림의 서른쯤 되는."

"얼굴은? 얼굴은 본 적 있는가?"

"에헤헤헤……, 그게 확실치 않아요. 그 나으리 좀 묘했어요. 제게 얼굴을 보이지 않으려 했죠. 얼굴을 마주 볼 때 꼭 코 아랫부분은 손수건으로 가리고 있더군요."

샌드위치맨은 위엄 있는 장군 수염에 걸맞지 않게 머저리 같았다. 돈 얼마를 쥐여주니 기꺼이 심부름을 한 것이 틀림없다.

"이런, 자네는 인간 표범에 대한 소문을 모르는가 보네?"

"네? 인간 표범이요?"

호랑이 남자는 깜짝 놀란 목소리로 말했다. 아무리 머저리 같은 자라도 그 무시무시한 야수 인간의 이름을 모를 리 없었다.

"그래. 자네한테 부탁한 그 남자가 바로 인간 표범이거든."

아케치는 내뱉듯 말하고는 질문했다.

"그자는 어느 쪽으로 갔는가?"

"이쪽이요."

샌드위치맨은 주뼛주뼛 뻥 뚫린 거리를 가리켰다.

"급히 가던가?"

"네, 뛰다시피 가던데요. 그러면 그자가 소문의 인간 표범인가 보네요. 아, 떨려. 무서워라."

"그 주변에 자동차를 대기시켜 놓았는지도 모르겠네."

"네, 그럴지도 모르죠. 아마 그럴 거예요. 꽤 시간이 지났으니까요. 이 주변에서 꾸물거리고 있을 리는 없죠. 에헤헤헤……. 그럼 저는 실례합니다."

호랑이 남자는 몹시 우둔한 말투로 말하고는 호랑이 탈을 다시 푹 뒤집어쓰며 어슬렁어슬렁 걸어갔다.

아케치 고고로는 다음 수단을 얼른 생각해 내야 했다. 하지만 그러는 사이 갑자기 등 뒤가 허전하게 느껴졌다. 차츰 등골이 오싹해지는 허전함이었다.

그는 그것이 암시하는 바를 깨닫고는 깜짝 놀라 뒤를 돌아봤다. 역시 그의 등 뒤에 있어야 할 사람이 보이지 않았다. 달구지꾼 차림의 후미요가 어디로 증발해 버렸는지 골짜기 같은 골목에서 자취를 감췄다.

'무슨 일이 생긴 거다.'

아케치는 금세 알아차렸다. 그렇지 않다면 후미요가 말없이 그의 시야에서 사라질 리 없었다.

붉은 광고 전단 뒤에 적혀 있던 "후미요 씨는 무사한가"라는 야유. 아케치가 그걸 읽은 순간 후미요는 이미 '무사'하지 않았던 것이다.

아무리 그래도 대낮의 혼잡한 인파 속에서 대체 무슨 수로 그런 짓을 했을까. 인간 표범이 아무리 대담무쌍한 마술사라고 해도 어떻게 그게 가능했을까.

곰

아케치가 샌드위치맨의 뒤를 쫓아 골짜기 같은 샛길에서 뒷골목으로 들어갔을 때, 달구지꾼 차림의 후미요는 한발 뒤처져 샛길의 딱 절반쯤 되는 지점을 걷고 있었다.

길 한구석에 나지막한 철 난간이 있었고, 거기에 좁은 콘크리트 계단이 건물 지하를 향해 음습한 동굴처럼 나 있었다. 영화관 지하층의 한편을 차지하는 지하 카페 입구다.

후미요가 그 난간 옆을 지날 때, 동굴 계단에서 검은 것이 휙 날아오더니 난데없이 그녀의 등에 달라붙었다.

후미요가 양손을 드는 것이 보였다. 하지만 소리칠 겨를은

없었다. 검은 핫피[26] 차림의 남자와 달구지꾼 차림의 여자가
한 덩어리가 되어 이키닌교처럼 움직이지 않았다. 남자의 손이
뒤에서 재갈 물리듯 여자의 입을 흰 천 조각으로 누르고 있었다.

이윽고 남자는 축 늘어진 후미요를 가볍게 들쳐업었다. 그리
고 그런 이상한 모습으로 방약무인하게도 영화관 거리의 혼잡한
대로를 걸었다.

더러운 핫피 차림의 남자는 안부 같은 풍모였다. 콧마루까지
눌러쓴 찌그러진 가마솥 모양의 모자챙 아래로 거뭇거뭇한
수염이 5부[27]나 자라 있었다. 그런 사람이 아내로 보이는 달구지
꾼을 업고 빠른 걸음으로 인파를 헤치며 걸어갔다. 등 뒤의
여자는 정신을 잃고 축 늘어져 있었다. 여자의 두 손이 남자의
가슴 아래에서 덜렁덜렁 흔들렸다. 그 모습은 지나가는 사람들
의 눈길을 끌 수밖에 없었다. 몇백 명의 시선이 일제히 그 뒷모습
에 쏠렸다.

하지만 남자는 전혀 아랑곳하지 않는다는 듯이 묵묵히 전진했
다. 바로 앞 롯쿠 파출소에는 얼굴이 흰 미남 순경이 당번을
서고 있었다. 남자는 뛰어난 기치로 순경 앞에 멈춰 서서 말을
건넸다.

"집사람이 간질을 일으켰는데 어찌할 도리가 없네요. 의사를
좀 불러주실 수 있나요?"

....
26. 法被. 주로 마쓰리 참가자나 장인이 착용하는 일본 전통 의상. 통소매에 등에는
    커다란 상호가 있는 것이 특징으로 무가의 머슴들이 입던 옷이다.
27. 약 1.5cm. 1부分=0.3cm.

그 말을 들은 순경은 예상대로 성가신 내색을 했다.

"의사라면, 평소 왕진 오는 의사가 있나? 자네 어디 사람인가."

"미카와三河 섬 출신입니다."

"미카와 섬? 그런가. 이 근방에 아는 사람도 없나 보지? 하지만 간질이라면 걱정할 건 없을 거야. 잠시 그대로 있으면 나을 테니까."

"하지만 뭔가 조치를 취했으면 좋겠는데요. 명색이 남편인데 그대로 놔둘 수도 없는 노릇이고."

남자는 다소 화난 티를 냈다.

"그런가. 그럼 실비 진료소[28]에라도 가보는 게 좋겠군. 실비 진료소 알지? 혼고本鄕의 절 뒤편에 있는 거."

"알긴 하는데요. 거기서 진료를 해주시나요?"

"해줄 거야. 사정을 말하면 진료비를 받지 않겠지. 거기로 가봐."

순경은 더 이상 상대해 주지 않았다. 그게 바로 남자가 의도한 바였다. 그는 여자를 업은 채 뛰듯이 극장가를 벗어나 어디론가 자취를 감췄다.

* * *

....

28. 건강보험법이 시행되기 이전인 1911년, 빈민들이 저렴한 비용으로 의료 혜택을 받을 수 있도록 의사 가토 도키지로가 사업가이자 정치가인 스즈키 우메시로의 도움을 받아 도쿄 교바시에 개업한 것이 그 시초다. 이후 아사쿠사, 요코하마, 오사카 등에도 개설되었다.

후미요가 마취에서 깨어났을 때 그녀는 어딘지 알 수 없는, 다다미가 붉게 변색된 누추한 방에 누워 있었다.

"정신이 들었나, 아케치 사모님? 드디어 너를 손에 넣었군."

핫피 차림에 수염 덥수룩한 남자가 위에서 덮칠 듯한 자세로 독살스레 말을 걸었다.

"하하하……, 아직 정신이 덜 돌아왔나 보군. 정신 좀 차려보지 그래?"

남자는 체취가 좀 특이했다. 그의 뜨끈한 숨결이 얼굴에 후끈 느껴졌다.

"여기는 어딘가요? 그리고 당신은 대체……."

"나 말이야?"

남자는 상대의 고통을 음미하면서 천천히 뜸 들이며 대답했다.

"나는 너를 잘 아는 사람이지. 이봐, 들어본 적 있는 목소리지? 전에 너희 집 서재에서 이야기도 나눴잖아."

새파랗게 질린 후미요는 말없이 휘둥그레 커진 눈으로 남자의 얼굴을 빤히 쳐다봤다.

"하하하……, 얼굴이 다른가? 그럼 지금 보여주지. 자, 이 얼굴이다. 설마 이 얼굴을 잊지는 않았겠지?"

남자는 눈을 가리고 있던 모자를 탁 치듯 벗어던지고 얼굴의 수염을 우두두 뜯어냈다. 정교한 변장용 수염을 붙인 것이었다.

"아, 온다……."

후미요는 남자 옆에서 얼른 비켜서 비명을 질렀다.

"알아보겠나. 그 온다다. 인간 표범이라는 별칭도 있는 것 같던데. 좋은 이름을 붙여줬더군. 흐흐흐흐흐……, 후미요, 도망치려 해도 도망칠 수 없을 거야. 네가 아무리 큰소리를 질러도 이 근처에는 인가가 없거든. 뭘 해도 소용없겠지. 안타깝지만 포기하는 수밖에 없어."

인간 표범은 추악한 짐승인 주제에 연극 대사 읊듯이 말하며 몸을 움츠리고 있는 먹이 위로 천천히 다가갔다.

야수처럼 앙상하고 검은 얼굴, 푸르게 번뜩이는 커다란 눈, 새빨간 입술, 잘 연마한 듯한 날카로운 이빨. 그 모습이 서서히, 아주 서서히 접근해 겁먹은 후미요의 시야 가득히 클로즈업되었다.

사실 도망치려 해도 그럴 여력이 없었다. 무지막지하게 힘센 괴물을 이긴다는 건 상상조차 할 수 없기 때문이다. 많은 여성들이 울부짖으며 반인반수의 먹잇감이 될 수밖에 없었으리라. 하지만 후미요는 그럴 수 없었다.

길고 무참한 악전고투였다. 후미요의 아름다운 얼굴은 권투 선수처럼 상처투성이가 되었고 옷은 갈기갈기 찢겼다. 늑골이 튀어나올 정도로 심호흡을 해서 목은 타고 혀는 검게 눌어붙을 것처럼 바싹바싹 말랐다. 인간 표범조차 얼굴에 진땀을 흘릴 정도로 격렬한 전투였다.

물론 후미요는 죽을 것만 같은 곤경에 처했다. 하지만 최전선은 양보할 수 없었다. 그걸 사수할 만큼의 힘은 남겨놓았다.

제아무리 악마라도 강단 있는 여자의 힘에 혀를 내두르게 되자 애모에서 증오로 감정이 역전되었다. 그는 두 번째 수단으로 옮겨갈 수밖에 없었다.

"헤헤헤……."

너무 흥분한 나머지 악마의 시뻘겋게 부푼 입에서 이상한 웃음소리가 흘러나왔다.

"빨리 죽고 싶은가 봐. 나도 바라는 바이긴 하지만. 난 다 계획해 뒀어. 대담하고 기발한 사형 방법을 다 생각해 뒀지. 흐흐흐……, 후미요, 무섭지 않은가. 아니면 생각을 바꿔 내 귀한 손님이 되는 건 어때? 그럴 마음은 안 생겨?"

"……."

"헤헤헤……, 무서운 얼굴을 하고 노려보네. 하지만 그 얼굴도 곧 울상이 될 거야. 그때 후회하지 말라고."

인간 표범은 넘어져 있는 후미요 쪽을 향해 기분 나쁘게 히죽히죽 웃으며 게걸음으로 반침 쪽에 다가가 문을 활짝 열었다.

반침 안에는 커다란 나무 상자가 있었다. 기계를 운송할 때 쓰는 수하물 상자처럼 두꺼운 판자로 된 견고한 상자였다. 온다는 그 뚜껑을 열고 안에서 뭔가를 꺼냈다.

후미요는 아케치의 능력을 전적으로 신뢰했다. 상대가 마물이라면 남편은 초인이다. 결코 죽게 내버려 두지 않을 것이다. 반드시 도와주리라. 명탐정 아케치 고고로는 예상치 못한 수단으로 불가능을 가능케 만들 터이다. 최후의 순간까지 낙심하는 일은 없으리라 굳게 믿었다.

하지만 인간 표범의 괴상한 말과 득의양양한 조소를 들으니 위협을 느낄 수밖에 없었다. 외과 환자가 수술대나 메스 선반을 조마조마하게 훔쳐보듯이 반침 안의 수상한 상자를 주시할 수밖에 없었다.

인간 표범이 마술사 같은 제스처로 상자 안에서 잡아뺀 것은 검고 흐물거려 어쩐지 소름 끼치는 물건이었다.

처음에는 어스름한 반침 안이라 그 정체를 확실히 알 수 없었지만 점차 밝은 곳에 노출되니 얼굴이 보였다. 뾰족하고 새카만 얼굴이다. 번뜩이는 눈, 떡 벌린 시뻘건 입, 안으로 들여다보이는 커다란 엄니, 그리고 징그러운 검은 털이 덥수룩한 몸통, 날카로운 발톱이 난 네 발.

곰이다. 인간 표범이 곰을 잡아뺐다. 하지만 흐느적거리는 모습을 보니 살아 있는 것이 아니다. 그러면 곰의 사체인가. 아니다. 사체치고는 배가 너무 납작하다. 그렇다면 박제된 모피인가. 하지만 모피와는 어딘가 다르다. 모피라면 그처럼 살아 있는 듯한 느낌이 남아 있을 리 없다.

"헤헤헤……, 두려워할 건 없어. 아직 잡아먹진 않을 거니까."

인간 표범은 모피를 만지며 후미요에게 다가갔다. 아직 잡아먹진 않을 거라니. 그렇다면 언젠가는 이 곰이 회생해서 그녀를 먹어 치운다는 건가. 설마 그런 어처구니없는 일은 일어나지 않을 것이다. 그런 의미는 아니라도 나중에 생각해 보니 아무렇지도 않은 이 말 속에 실로 모골 송연한 무서운 암시가 들어 있었다.

"이건 곰 의상이야. 사람이 이 속에 들어가 네발로 기며 곰 흉내를 내는 거지. 이걸 입는 건 내가 아니야. 바로 너지. 이제부터 너는 곰이 되는 거다. 무서운 맹수가 되는 거지. 넌 죽을 때까지 두 번 다시 인간 세계에는 돌아오지 못할 거야."

인간 표범의 어조는 점점 부드럽게 변했다. 그에 반비례해 내용은 더 무시무시해졌다.

"너는 착하니까 얌전히 옷을 갈아입어. 우선 그 더러운 것부터 벗고……. "

섬뜩한 온다의 손가락이 후미요의 몸에서 갈가리 찢긴 한텐을 하나씩 벗겼다. 처음에는 저항을 시도했지만 갑자기 상대가 목적하는 바가 변해 후미요는 이전처럼 사력을 다할 필요가 없었다. 게다가 온몸의 힘을 다 짜낸 후였기에 더 이상 저항이 불가능했다. 그녀는 거의 꿈결 같은 상태에서 수치스럽게 발가 벗겨져 그 위에 따스한 곰 모피를 뒤집어쓰게 되었다.

절개한 복부에 셔츠처럼 속단추가 달려 있어 모피를 입고 단추를 채우면 봉제선이 전혀 드러나지 않으므로 살아 있는 곰이나 다름없어 보였다. 물론 사람 다리와 곰 뒷다리는 형태가 일치하지 않는다. 하지만 그 부분조차 교묘하게 세공해 겉으로 는 뒷다리가 약간 두꺼워 보일 정도로 진짜 곰과 똑같았다.

"이봐, 곰. 걸음마를 해봐. 걸음마를 하라고."

온다는 어르는 듯한 목소리로 말했지만, 언제 준비했는지 맹수 조련용 짧은 채찍을 꺼내 엄청난 기세로 가엾은 곰의 엉덩이를 때렸다. 탄력 있는 채찍 소리가 공기를 가르며 방 안에 울려 퍼졌다.

물론 후미요는 기고 싶지 않았다. 하지만 그대로 가만있으니 온다가 양손으로 허리를 들어 올려 꾹꾹 눌렀기에 그 타성으로 두세 걸음 길 수밖에 없었다. 그걸 몇 번 반복하다 보니 이 기묘한 인간 곰이 결국에는 방을 한 바퀴 돌고 말았다.

실로 우스꽝스러우면서도 끔찍해서 말로는 설명할 수 없는 광경이었다. 빈집처럼 가재도구도 없이 텅 빈 방 안의 붉게 변색된 다다미 위에서 맹수 조련이 시작되었다. 커다란 곰이 곡예 훈련을 하고 있는 것이다.

조련당하는 동물이 진짜 인간이다. 모피 한 장을 걷어내면 아름다운 후미요의 나체가 나온다. 핫피 차림에 두 다리로 서 있는 맹수 조련사가 실제로는 맹수다. 너무 무섭고 잔혹한 만화였다.

인간 표범은 대체 뭘 하려는 것일까. 그저 곰의 가죽을 입혀 희롱하는 것이 최후의 목적은 아니리라. 분명 후미요의 행로에는 더 끔찍한 사태가 기다리고 있을 것이다. 온다는 '사형'이라고 말했다. 그건 어떤 식의 잔혹을 의미할까.

"하지만 오늘은 이 정도로 하자. 자, 곰은 우리 안에 얌전히 있어야지."

온다는 곰을 반침으로 몰아 튼튼한 나무 상자 안에 넣고 위에서 뚜껑을 닫았다.

"곰, 배가 고프겠지. 금방 먹을 걸 가져다주마. 네가 좋아하는 살아 있는 토끼다. 잠시 기다려라."

그리고 반침 문을 탕 닫았다. 후미요는 더 이상 움직일 수도, 볼 수도, 들을 수도 없다. 그저 지옥의 암흑과 묘지의 정적만 있을 뿐이다. 묘지라고 하니 옴짝달싹할 수 없는 나무 상자는 어쩐지 관을 연상시킨다. 그것도 땅 밑에 파묻힌 관.

하지만 이대로 방치해두고 후미요를 아사시키지는 않을 것이다. 인간 표범의 사형이 그렇게 간단할 리 없다. 대체 무슨 속셈일까. 곰 모피가 사형과 무슨 관계가 있을까. 얼른 알고 싶다. 아무리 무서운 일이라도 모르는 것보다는 낫다. 상상할 수 없는 공포야말로 견딜 수 없다.

무서운 임차인

이야기는 이전으로 돌아간다.

사랑하는 아내 후미요를 시야에서 놓친 아케치 고고로는 낭패감이 이만저만 아니었다. 명탐정도 인간이다. 때로는 실책도 하고 당황하기도 한다. 하지만 그의 비범함은 정신적인 타격을 오래 끌지 않는다는 데 있었다. 가령 실책을 하더라도 종국에는 그걸 회복할 수 있는 지력과 활동력을 가졌다. 그런 인물이기에 실책도 단순한 실책이 아니고, 낭패도 단순히 낭패가 아니다.

그는 현장 근처를 발로 뛰며 단서를 찾으려 했다. 그러나 전망이 없다는 걸 깨닫자 즉시 가장 가까운 상점으로 가서

K 경찰서 수사본부에 전화로 자초지종을 알렸다. 마침 경시청 쓰네가와 경부도 와 있어서 충분히 수배를 의뢰할 수 있었다.

그 후 다소 안정을 되찾자 그는 롯쿠의 파출소에도 들렀다. 하지만 운 나쁘게도 인간 표범을 응대했던 미남 순경이 방금 다른 사람과 교체된 까닭에 간질을 일으킨 여자에 관해 듣지 못했다. 만약 아케치가 그 기묘한 이야기를 들었다면 곧바로 문제를 파악해 알맞은 수사 방침을 세웠을 테지만 정말 간발의 차로 예상치 못한 결과가 나왔다.

쓰네가와 경부가 이미 수배를 내려 후미요를 수색하고 있었지만 사랑하는 아내의 사건을 경찰에만 맡겨둘 수 없었다. 아케치는 극장가를 중심으로 발길 가는 대로 뒷골목이란 뒷골목은 모조리 돌았다. 그것이 평소의 냉철함을 잃어버린 증거였다. 그는 원래 '발로 뛰는 탐정'이 아니기 때문이다.

한참 뒤 뒷골목 야채 가게 앞에서 돌연 그가 멈춰 섰다. 채소를 진열해 둔 가판에서 인근 가게의 안주인 서너 명이 물건을 사고 있었다. 문득 정신을 차려보니 한 아주머니가 묘한 이야기를 했다.

"그게 이상하다고. 얼굴이나 모습을 전혀 못 봤어. 우리 가게에서 밥을 세 번 배달했거든. 가보면 말없이 부엌 장지를 열고 마루에 놓고 가라고 해. 그렇게 하기로 철저히 약속한 거지. 그래서 잠시 후 상을 가지러 가면 내용물은 없어지고, 그릇과 밥상은 원래 자리에 있어."

"어머, 흉측해라. 그럼 너, 그 사람 본 적 있어?"

"못 봤어. 처음에 이사 온 사람은 멋쟁이 신사였거든. 그런데 아무래도 그 사람이 아닌 것 같아."

"뭐야, 왠지 기분이 섬뜩해지는 이야기네. 그런데 너, 어떻게 다른 사람이라는 걸 알았어?"

"손을 봤어. 얼굴은 못 봤는데 손은 봤지."

"손이 어떻기에?"

"오늘 아침, 밥상을 가지러 가서 장지를 열었는데, 내가 좀 빨리 갔거든. 마침 식사가 끝난 것 같았어. 거실 장지가 조금 열려 있고 그 틈으로 다 먹은 밥상을 마루에 내놓는데 손이 보였어. 그 손을 말이야, 내가 장지 여는 소리에 깜짝 놀라 안으로 움츠린 줄 알았거든. 그런데 갑자기 거실 장지가 쾅 닫히더니 우당탕 이층으로 도망치는 발소리가 들리는 거야."

"어머, 그 정도로 사람 눈을 피하는 거야? 그런데 어떻게 손만 보고 다른 사람인 걸 알아?"

"응, 그런 기분 나쁜 손은 처음 봤거든. 거무죽죽하고 털이 덥수룩한 데다 힘줄이 지나치게 불거져 있더라고. 손가락은 길고 손끝에는 새카만 손톱이 3부 넘게 자라 있어. 처음 그 집을 빌린 신사는 결코 그런 사람이 아니었거든."

"그런데 가끔은 밖에 나가는 것 같더라. 몰래 나가는지 눈에 띈 적은 없지만, 외출한 증거가 있어. 어느새 두 사람으로 늘었더라고. 어디서 여자라도 끌고 들어온 모양이야. 그리고 우습게도 낮에 다 먹은 밥상에 편지가 올려져 있는 거야. 밤부터는 2인분을 가져오라고."

"너, 그냥 있을 셈이야?"

듣고 있던 아주머니가 소리를 낮추며 진지한 얼굴로 물었다.

"어찌할까, 생각 중이야. 섣부른 짓 하다가는 뒷감당이 무섭잖아."

"하지만 그게 만약 말이지."

그리고 얼굴을 가까이 대고 소곤거렸다.

"인간 표범이라면 큰일이잖아."

여기까지만 들어도 충분했다. 아케치는 이야기해 주던 아주머니에게 다가가 본명을 대며 자기소개를 했다. 아주머니는 요즘 평판 좋은 명탐정의 이름을 기억했기에 술술 이야기를 늘어놓았다.

아주머니는 근처 간이식당 안주인이었다. 식사를 배달한 곳은 4~5일 전부터 임차인이 들어온 작은 셋집이다. 집은 아주 황폐했는데 뒤편은 담만 넘으면 하나야시키의 동물 우리이고 양옆은 모두 창고라 음침해서 장기간 임차인이 들어오지 않았다.

임차인은 멋쟁이 신사로 독신자였는데, 아주머니의 가게에서 세 끼 식사를 배달했다. 집에 사람이 있건 없건 정해진 장소에 식사를 놓고 돌아갔고, 부엌 이상은 절대 들어오지 말라고 신신당부하고는 한 달 치 임차료를 선금으로 지불했다. 하지만 현재 살고 있는 사람은 방금 말했듯이 그 신사가 아니었다.

"내가 한 번 이 집을 조사해 보지. 만약 수상한 자면 즉시 경찰에 인도하고, 그게 아니라면 아주머니 집에 해를 안 끼치도록 내가 잘 처리할 테니 거기로 안내해 주시오.”

아케치가 사정을 설명하자 아주머니는 흔쾌히 승락하고 앞장섰다. 집주인에게도 양해를 구하고 문제의 셋집에 도착한 후 부엌문 앞에서 아주머니를 돌려보냈다. 아케치는 상대가 알아채지 못하도록 거듭 주의하며 혼자 집 안에 잠입했다.

텅 빈 집 안에는 가재도구도 없었고 인기척도 없었다. 그는 소리 나지 않게 조용히 지하실을 조사한 뒤 2층으로 갔다. 아주머니가 이야기한 대로 수상한 남자는 2층에 거주하는 듯했다.

아케치는 변장할 경우 탐정의 일곱 가지 도구를 꼭 챙겼다. 소형 권총도 그중 하나였다. 그는 주머니 속의 권총을 움켜쥐며 사다리 올라가는 소리가 나지 않도록 달팽이처럼 느리게 움직였다.

하지만 그렇게 긴 시간을 써가며 겨우 올라가 계단 위로 머리를 내밀어 보니 2층도 마찬가지로 텅 비어 있고 전혀 인기척이 느껴지지 않았다. 방 두 칸짜리 2층이지만 활짝 열어놓은 맹장지 양편이 모두 텅 비어 있는 듯했다.

어쩌면 그자가 외출했을 수도 있다. 하지만 둘 다 나갔을 리는 없다. 적어도 한 명, 즉 여자라도 여기 남아 있을 것이다. 아니, 갇혀 있을 것이다.

아케치는 점차 경계심을 풀었다. 다다미 위를 기다시피 해서 안쪽 큰방에 들어갔다. 가재도구 하나 없는 곰팡내 나는 방, 붉게 변색된 다다미, 장지 맞은편에 툇마루가 있고 유리문이 닫혀 있었다.

아케치는 툇마루까지 가서 장지 쪽을 검사해 볼 요량이었다. 그랬으면 그런 일은 일어나지 않았을 것이다. 그런데 방 가운데 쯤 갔을 때 이상한 소리가 들려 흠칫 놀랐다.

어딘가에서 뭔가 큰 소리가 들리는 듯했다. 결코 쥐 같은 것이 아니다. 정신 차리고 자세히 보니 무슨 소리가 날 때마다 오른쪽 반침 안이 약간 흔들리는 듯했다.

반침 안에 뭔가 있다. 물론 인간일 것이다. 하지만 그자는 확실히 아니다. 만약 그라면 아케치의 침입을 헤아리지 못할 리 없다. 게다가 적이 알아듣게 소리를 낼 정도로 정신 나간 사람일 리도 없다.

그렇다면 반침 안에 갇힌 사람은 틀림없이 여자일 것이다. 인간 표범이 유괴한 달구지꾼 차림의 후미요가 틀림없었다.

더 이상 주저하지 않았다. 방금 말했듯이 아케치는 사랑하는 아내를 걱정한 나머지 평소의 냉철함을 잃었다. 그는 불쑥 반침 앞으로 가서 재빨리 맹장지를 열었다.

아나나 다를까 수족이 묶이고 재갈이 채워진 사람이 널브러져 있었다. 하지만 아케치는 물론 독자 여러분도 의외라고 생각할 테지만, 그 사람은 후미요가 아니었다. 여자가 아니라 남자다. 게다가 아케치가 아주 잘 아는 인물이다. 독자 여러분은 애초에 아케치를 이 괴이한 사건의 소용돌이 속에 끌어들인 인물이 누구인지 기억하실 것이다. 먼저 희생된 레뷔 걸 에가와 란코의 연인, 가미야 청년이 참혹한 모습을 하고 있었다.

전혀 예기치 못한 인물과 어이없게 재회하니 천하의 아케치라도 경악하지 않을 수 없었다.

"앗, 자네는⋯⋯."

가미야 군 아니냐고 말하려 했다. 하지만 끝까지 말할 겨를이
없었다.

그때, 툇마루 장지 쪽에 몸을 숨기고 있던, 팥죽색 자켓에
카키 바지 차림을 한 거구의 남자가 아케치의 등 뒤로 재빨리
다가와 손에 든 곤봉으로 아케치를 힘껏 내리쳤다.

아케치는 전혀 자각하지 못한 채 허를 찔렸다. 몸을 피할
새도 없이 정수리를 세게 맞았다. 천지가 흔들리는 느낌, 시야가
온통 어두운 가운데 땅속으로 계속 떨어진다. 그는 정신을 잃고
그 자리에 쓰러졌다.

"으ㅎㅎㅎㅎ⋯⋯, 여기 좀 봐라, 명탐정 선생, 기개도 없나."

거구의 남자가 발끝으로 아케치의 신체를 툭툭 치며 독설을
퍼부었다.

"두 사람, 친구처럼 보이네. 딱 좋군. 여기서 사이좋게 잠이나
자."

그는 준비한 삼노끈을 꺼내 시체 같아진 탐정의 몸을 칭칭
묶고 손수건을 뭉쳐 단단히 재갈을 물렸다.

"이렇게 내일 밤까지 참아라. 내일 밤에는 만사 OK일 테니까."

남자는 득의양양하게 두 포로를 내려다보며 혼잣말을 했다.

이 거구의 남자는 누구일까. 물론 인간 표범의 부하가 틀림없
겠지만 숙적 아케치 고고로를 이렇게 맡겨두는 걸 보면 인간
표범은 자신이 직접 해야 하는 일이 있는지도 모른다. 아니,

있는지도 모르는 것이 아니다. 독자 여러분도 잘 알 것이다. 그는 곰 아가씨를 지켜보아야 한다. 다른 장소에서 곰 우리를 지켜보고 있을 것이다. 그리고 당장이라도 끔찍한 사형을 단행하기 위해 틀림없이 붉은 입술을 날름거리며 득의양양하게 웃고 있으리라.

아, 후미요의 운명은 어떻게 될 것인가. 불쌍한 그녀는 아케치가 봉변을 당하고 있는지도 모르고 우리 안에서 흑곰 모피를 뒤집어쓴 채 명탐정의 기적 같은 출현을 오매불망 기다린다.

그럼에도 불구하고 명탐정은 깨어날 기약도 없이 곤히 자고 있다. 그뿐 아니라 꼼짝할 수 없게 줄로 묶여 있다. 결국 사랑하는 아내의 기대를 채워주지 못할 것인가. 아무리 대단한 정신력과 지력을 가진 아케치라 할지라도 이 난국을 헤쳐 나가기란 거의 불가능하지 않을까.

아케치 고고로여, 지금이야말로 자신의 힘을 시험할 절호의 기회다. 몸이 꽁꽁 묶여 재기 불능한 상태에서 당신의 혼이 세상 밖의 암흑을 떠도는 지금 같은 때일수록 당신이 가진 초인적인 정신력과 마술적인 기치를 몽땅 다 동원해야 한다.

잡아먹든지 잡아먹히든지

아케치는 시커멓고 무거운 물속에서 허우적거리고 있었다. 하지만 허우적거릴수록 한층 깊은 진창 속에 빠졌다. 구해줘야 한다. 나체의 후미요가 온몸에 피를 흘리며 울부짖고 있는 것이 검은 물속을 투과해 훤히 보인다. 빨리 구해줘야 한다. 빨리, 빨리. 하지만 조바심을 낼수록 더 깊은 물 속에 빠질 뿐이다.

실로 길고 긴 시간, 필사적인 악전고투였다. 그의 강렬한 의지는 잠든 뇌세포와 땀범벅이 될 정도로 격투를 치렀다. 아케치는 그런 후에야 비로소 시커먼 물속에서 수면 위로 가뿐히 떠오를 수 있었다. 갑자기 현실의 소리가 들렸다. 몹시 커다란 소리였다. 하지만 잠시 후 그것이 이명임을 깨달았다. 소리가 서서히 낮아지더니 마침내 이명 외에는 아무 소리도 안 들리는 정적에 빠졌다는 걸 깨달았다. 소리만이 아니다. 눈을 뜨자 아직도 악몽의 연속처럼 주위는 아주 시커먼 암흑이었다.

그 후 몸에 이상한 압박감이 느껴졌다. 어둠 속에 누워 있는데 수족을 움직일 수 없었다. 아니, 몸뿐 아니었다. 입도 뻥긋할 수 없었다. 묘한 착각이 들었다. 나는 죽은 것 아닐까. 혹시 무거운 묘석 아래 묻혀 있는 것 아닌가.

그러는 동안 점차 의식이 또렷해지고 자초지종이 파악되었다. 현재 너무도 비참한 입장임이 확실해졌다.

아케치 고고로는 자신의 온몸이 칭칭 묶이고 재갈이 물린 채 등불도 없는 암흑 같은 방에 널브러져 있다는 것을 똑똑히 알 수 있었다. 시선을 한 곳에 집중해 보니 어두운 가운데 조금씩 농담이 생기고 어렴풋이 사물의 형태가 분간되었다. 아마 낮에 혼절한 방이리라. 가구도 없는 큰 다다미방이다. 계속 지켜보니 옆방과의 경계에서 살아 있는 생명체의 기적이 느껴졌다. 숨을 쉬고 있다. 약간씩 꿈틀거렸다.

갑작스럽게 그 생명체가 쥐어짜듯 가늘게 신음하는 소리가 들렸다. 사람이다. 누군가 부자유스러운 상태로 쓰러져 있는 것이 틀림없다.

어떻게 된 일인지 바로 알 수 있었다. 아, 그랬구나. 여기 가미야 청년도 몸이 묶인 채 감금되어 있다. 대낮에 가미야가 불시에 모습을 드러내 그의 주의를 빼앗은 틈에 일격을 가해 그대로 혼절시킨 것이 틀림없다. 자신처럼 가미야도 부지불식간에 포박당한 채 널브러져 있는 것이다.

"가미야 군."

일단 말을 걸어봤지만 비참한 신음밖에 안 나왔다. 재갈 때문이다. 입에 재갈이 물려 있다.

그래도 아케치는 겨우 가미야 쪽으로 굴러가 밧줄을 풀려고 몸을 버둥거렸다. 하지만 밧줄 끝이 기둥에 동여매어져 있다. 발버둥 쳐봤자 밧줄만 더 조일 것이다.

베테랑의 솜씨다. 베테랑의 손을 거치면 밧줄 하나도 얼마나 대단한 위력을 발휘하는지 아케치도 잘 안다. 그걸 푸는 건 지혜의 문제가 아니다. 베테랑의 매듭에는 완력도 속수무책이다. 그는 헛수고를 멈추고 최대한 편안한 자세로 누워 눈을 감았다.

긴긴밤이었다.

그동안 두 번쯤 사다리 오르는 소리를 내면서 계단 밑에서 거구의 남자가 감금된 두 사람을 둘러보러 왔다.

그때마다 천장에 달려 있던 전등이 켜졌다.

남자는 화려한 색의 언더셔츠를 입고 있었다. 6척[29]은 될 법한 거구로, 얼굴에 덥수룩하게 수염이 나 있어 곰처럼 보였다. 물론 인간 표범이 고용한 무뢰한이 틀림없다.

"정신이 들었나."

남자는 아케치의 얼굴을 내려다보며 히죽히죽 웃었다.

"탐정 선생, 목숨은 건졌구먼. 그럼 쉬게나."

그는 무자비하게 그런 말을 건네고 전등을 툭 껐다.

마침내 새벽이 밝아오고 빈지문 틈으로 밝은 빛이 비쳤다. 방안이 해 질 녘만큼 어스레해졌다. 그리고 또 긴 시간이 흘렀다. 감시하던 남자는 날이 밝은 후에도 두세 번 올라와 말없이 두 감금자를 빤히 바라보다가 내려갔다. 그의 오른손에 들린 권총은 이크 하고 놀라는 소리만 내도 쏠 거라고 위협하듯 의미심장하게 번쩍거렸다.

아까 말한 대로 빈집은 아사쿠사 공원 옆이었지만 희한하게도 호젓한 곳에 있었다. 뒤로는 벽돌 담 너머 동물원이 있으며, 양옆은 사람이 살지 않는 황량한 창고 같은 건물인 데다가 도로 한쪽이 큰 요정의 뒷문이라 유람객들이 지나는 길이 아니었다. 어지간히 큰 소리를 내더라도 빈지문이나 유리창 너머의 통행인들 귀에까지 들릴지 의심스러웠다. 게다가 두 사람 모두 단단히 재갈이 물려 있다. 그 입으로 아무리 소리친들 죽어가는

....
29. 약 182cm. 1척尺=30.3cm.

병자의 신음으로밖에는 들리지 않을 것이다.

이윽고 정오 가까이 되자 맹수 같은 거구의 남자가 한 손에는 권총, 또 한 손에는 우유 두 병을 들고 사다리를 올라왔다.

"탐정 선생, 그리고 저기 형씨, 잠시 너희와 의논할 게 있다."

남자가 방 한가운데 쭈그리고 앉아 두 사람의 얼굴을 물끄러미 내려다보면서 쉰 목소리로 말했다.

"너희를 말려 죽일 생각은 없다. 배가 꽤 고프겠지. 의외로 얌전히 있었으니 너희에게 특별히 먹을 걸 준다. 미리 말해두겠는데, 재갈을 풀어줄 테니 막무가내로 소리치면 안 돼. 그런 짓을 하면 물론 이 녀석이 탕 하고 한 발 쏴줄 거라 나야 별 상관없지만. 그래도 될 수 있으면 사람을 죽이고 싶지는 않거든. 원만히 해결하고 싶다고. 알겠지? 소리 같은 건 내지 않기로 맹세해. 그러면 이 우유를 마시게 해줄 테니."

안타깝게도 두 사람은 배가 너무 고파서 남자의 자비를 받아들일 수밖에 없었다. 게다가 아케치는 재갈을 풀어주면 남자에게 물어볼 것이 있었다.

"두 사람 모두 소리치지 않기로 한 거다. 좋아, 그럼 지금 재갈을 풀어주지."

남자는 두 사람을 안아 일으켜서 각기 묶여 있던 기둥에 상반신을 기대어 놓고 재갈을 풀어줬다.

"하하하……, 그렇게 걱정하지 않아도 돼. 나는 소리 같은 건 안 칠 거니까. 이런 비참한 꼴을 사람들에게 보여주고 싶지 않거든. 누가 구해주러 오면 오히려 내가 곤란해지지. 안심하라고.”

경계를 게을리하지 않고 권총을 준비하는 남자를 보고는 아케치가 빙글빙글 웃으며 말했다.

“그런가, 그렇게 말하면 그런 거겠지. 천하의 아케치 고고로가 이런 꼴이니 말이야.”

남자는 밉살스럽게 웃으며 권총을 내렸다.

“나는 네게 물어볼 게 두세 가지 있는데, 그 전에 우선 이걸 마시게 해줘라. 목이 말라 견딜 수 없거든.”

두 사람은 남자의 손에 든 우유를 한 병씩 받아 맛있다는 듯이 꿀꺽꿀꺽 마셨다. 가미야는 녹초가 되어 말할 기력도 없었다. 입을 여는 건 아케치뿐이었다.

“고맙네. 잘 먹었어. 먼저 묻고 싶은 게 있는데, 어제 나를 여기로 안내한 식당 아주머니 있잖아, 아마 너희랑 한패였나 보지? 인간 표범 패거리 말이야.”

그 말을 듣자 거구의 남자는 입술 끝을 올리며 비웃었다.

“그걸 지금 눈치챈 거야? 너무 느리네. 그럼 너는 어젯밤 내내 누가 구해주러 올 줄 알았나 봐? 거참 뻔뻔스러운 놈일세.”

사실 아케치는 그 생각을 하고 있었다. 그가 빈집에 들어와 지금까지 나가지 않은 걸 알게 되면 아주머니가 틀림없이 경찰에 신고할 거라고 생각했다. 하지만 아무리 기다려도 오지 않자 아주머니가 적과 편을 먹고 아케치를 빈집에 유인하기 위해 교묘한 연극을 했을 것이라 생각했다. 그때 집 주인에게 양해를 구했다고 한 것도 분명 거짓말이다.

"제법인데. 그 아주머니, 명배우네."

아케치는 감동했다는 듯이 말했다.

"그럼, 그 집을 빌린 건 너냐. 나는 온다가 여기에 있을 거라고 생각했지만."

"그런 척했지. 그래야 짐승이 올가미에 걸리니. 내가 이 집 주인이다. 나 말고는 고양이 새끼 한 마리 없어."

"너 혼자라고? 무섭지 않은가, 아무리 묶여 있어도 나는 아케치 고고로인데."

"아하하하……, 협박하는 거냐. 나 혼자가 아니야. 여기에는 또 한 사람, 조그맣지만 엄청나게 강한 아군이 있거든. 아무리 명탐정이라도 꼼짝달싹 못 할 걸. 나는 목숨 따윈 두렵지 않은 사람이야."

남자는 소형 권총을 손바닥 위에서 빠르게 움직이며 허세를 부렸다.

"그런데 우리를 대체 어떻게 하려고? 온다가 너에게 뭘 시켰지? 두 사람 모두 죽여버리라고 하던가?"

아케치가 조롱하듯 물었다.

"언젠가는 그렇게 되겠지. 하지만 당장은 아니야. 아마 저녁까지는 괜찮을 거야."

남자는 밉살스럽게 이를 드러내며 선고했다.

"저녁까지?"

"그래, 그때까지는 인간 표범의 손아귀에서 벗어날 수 없을 거야. 잡아먹든지 잡아먹히든지 하겠지."

"잡아먹든지 잡아먹히든지, 라고?"

아케치가 묘한 표정을 지으며 날카롭게 질문했다. '잡아먹든지 잡아먹히든지.' 이 말을 듣고 기억난 것이 있었다.

"이미 말했잖아. 어쨌든 저녁까지 너희 목숨은 별일 없을 거라고. 그뿐이야."

황급히 얼버무렸지만, 이 중대한 말을 듣고 가볍게 흘려버릴 아케치가 아니다. 그는 그 기묘한 문구가 혹시 사랑하는 아내 후미요의 운명을 암시하는 게 아닐지 생각했다. 아무래도 그렇게 생각할 수밖에 없었다. 하지만 대체 어떤 운명이기에?

그는 가만히 허공을 쳐다보며 머릿속을 송곳으로 들쑤시듯 생각을 짜내려 했다. 긴 침묵이 흘렀다. 당장이라도 생각날 것 같고 곧바로 손에 닿을 듯했지만 좀처럼 떠오르지 않는 것. 그것에 대해 필사적으로 생각했다.

금종이 궐련

잠시 후 창백했던 아케치의 얼굴에 혈색이 돌아왔다. 분명 뭔가 깨달은 것이다. 그리고 곧바로 그의 눈에 엄청나게 초조한 기색이 비쳤다. 그러면 안 된다. 후미요가 위험하다. 하지만 이 삼엄한 감옥을 어떻게 탈출할 수 있을까.

"그런데 말이야, 나는 저녁까지 여기 있을 생각이 없는데."

아케치가 돌연 빙글빙글 웃으며 말했다.

"허세 좀 그만 부려, 있을 생각이 없다니. 내가 어떻게든 있게 만들 거라 별수 없을 텐데."

"이 밧줄 말이야?"

"그래, 그것도 그렇지. 밧줄 푸는 명인이라도 그 밧줄만큼은 좀 풀기 힘들걸."

"그리고 이 권총도 있고."

"그렇지, 그러네, 그거야. 이 작은 친구는 정말 유쾌한 놈이지. 너희 두 사람 목숨 날아가는 것쯤이야 식은 죽 먹기지. "

"이런, 벌벌 떨려 어쩌나. 아이 무서워라. 그러면 얌전히 널브러져 있을까."

아케치는 우스워 죽겠다는 듯이 깔깔거리며 드러누웠다.

"기분 나쁜 놈이네. ……하지만 그렇게 얌전히 있으면 나도 별 불만 없지. 그럼 답답하겠지만 이걸 또 물어야지?"

남자는 뭉친 천을 들고 다시 재갈을 물리려 했다.

"그 전에 하나 부탁할 게 있는데."

아케치가 여전히 빙글빙글 웃으며 말했다.

"뭔데?"

"자네, 담배 있지? 배가 차니 이번에는 담배나 한 대 피우고 싶어서. 이왕 신세 지는 거, 한 대 피울 수 있겠나?"

"담배 말인가. 감탄했어. 역시 간이 크군. 어렵지 않은 일이지. 하지만 공교롭게도 담배가 떨어졌는걸. 나도 좀 전에 한 대 피우고 싶었는데 어쩔 수 없었지. 너희들을 이대로 두고 사러 갈 수도 없는 노릇이고. 안타깝지만 참아야겠는데."

"그것참 안타까운 일이네. ……기다려 봐. 있어, 있다고. 내 안주머니에 담배 케이스가 있거든. 그 안에 아직 두세 대는 남아 있을 거야. 미안하지만 내 주머니에서 좀 꺼내주지 않겠나. 물론 자네에게도 한 대 줄게. MCC[30]야."

"MCC라면 그냥 흘려들을 수 없군. 오랜만에 구경하네. 좋아. 지금 꺼내주지."

남자는 어지간히 담배를 좋아하는 모양이었다. 그는 엄한 표정을 풀고 아케치의 직공복의 안주머니에 손을 넣었다. 때 묻은 직공복에서 은으로 된 담배 케이스가 나왔다. 그리고 또 다른 물건, 대형 만능 칼이 철그렁 소리를 내며 함께 딸려 나왔다.

"뭐야, 이런 걸 가지고 있었네. 위험하군, 위험해. 이건 내가 압수하지."

남자는 만능 칼을 옆에 두고 담배 케이스를 열었다.

"이거 금종이로 싼 거잖아. 요즘 유행하는 거네. 게다가 두 대뿐이군."

"두 대만 있으면 되는 것 아닌가. 나 한 대, 자네 한 대."

"봐준다, 사이좋게 한 대씩 나눠 피워 볼까. 두 대 다 몰수해도 될 것 같긴 하지만."

좀 전까지 나눈 이야기로 알 수 있듯이 권투 선수처럼 거구인 이 남자는 악당답지 않게 사람 좋아 보였다.

그는 아무렇게나 드러누워 있는 아케치의 입에 한 대 물려주고

....
30. 이집트산 담배로 1907년 일본에 처음 수입되었다.

성냥을 그었다.

"고생 많았네. 정말 맛나군. 자네도 개의치 말고 피우게나."

아케치는 천장을 향해 푸른 연기를 훅 내뿜고는 담배를 입에 문 채 흔쾌히 권했다.

남자는 어지간히 연초를 좋아하는 모양이었다. 좋은 연기를 내는 담배를 보니 더 이상 참지 못하겠다는 듯이 자신도 한 대를 꺼내 불을 붙여 뻐끔뻐끔 피웠다.

"자네는 Z 곡마단을 아는가?"

아케치는 잡담하듯 천연덕스럽게 말했다.

가만 보니 그는 MCC 연기를 깊이 들이마시지 않고 아낌없이 후후 내뿜었다. 실로 담배를 피우고 싶은 사람 같지 않은 행동이었다.

Z 곡마단이라는 말을 듣자, 남자는 당황한 듯 불편한 말투로 내뱉었다.

"몰라. 그런 곡마단 따위."

"그런가, 아마 알 거라고 생각했는데."

아케치는 눈을 가늘게 뜨고 속눈썹 사이로 남자의 동정을 살폈다.

남자는 말없이 담배만 뻑뻑 피웠다. 아주 여유 있는 템포의 느긋한 대화, 적과 아군이라 생각할 수 없을 정도로 밝은 정경, 어쩐지 나른하고 뜨뜻미지근한 공기가 방을 덮었다. 졸음을 부르는 듯한 한때가 지나갔다.

"하하하……. 이봐, 어느덧 이별할 시간이 온 모양이네."

돌연 아케치가 피우다 만 담배를 뱉더니 나직하게 웃으며 말했다.

하지만 거구의 남자는 이 폭언에 대답할 힘이 없었다. 그는 담배를 쥔 손을 아래로 축 늘어뜨리고 입을 쩍 벌린 채 뜨뜻미지근한 봄 안개 속에서 기분 좋게 배를 저었다. 꾸벅꾸벅 졸고 있는 것이다.

"가미야 군, 인사는 나중에 합시다. 우리는 살았습니다. 이자는 잠들었어요."

아케치는 좀 전과는 달리 긴장한 목소리로 옆에 있던 가미야 청년에게 말했다.

피로 때문에 맥없이 늘어져 있던 가미야는 아케치의 목소리에 몸을 벌떡 일으켰다.

"그러면 방금 담배에 뭔가가……."

"그렇지요. 나는 혹시 모를 위기에 대비해 준비를 게을리하지 않습니다. 언제나 안주머니에 마취제를 넣은 웨스트민스터나 MCC를 반드시 넣고 다니지요. 나는 그걸 조금도 흡입하지 않았습니다. 그런데 저자는 담배에 걸신들린 것처럼 깊게 빨아들였지요. 그러면 바로 이런 상태가 됩니다. 이제 밟거나 차더라도 눈을 뜨지 못할 겁니다."

가미야는 명탐정의 준비성에 감탄하면서도 여전히 미심쩍은 얼굴로 물었다.

"그런데 이 밧줄은 어떻게 하죠?"

아케치는 이거 말하냐고 눈으로 가리키고는 갑자기 기기

시작했다. 그는 방금 남자가 자신의 주머니에서 꺼내 다다미 위에 던져둔 만능칼 쪽으로 조금씩 다가가더니 마침내 그걸 입에 물었다.

그리고 칼자루를 기둥 모서리에 대고 능숙하게 칼날을 뺀 후 어금니로 자루를 꽉 물고 스스로 가슴의 밧줄을 끊었다.

무시무시한 맹수 단장

금세 주객이 전도되었다. 아케치는 고생 끝에 스스로 밧줄을 풀고 가미야 청년을 자유롭게 해줬다. 그러고 나서 거기 웅크린 채 잠들어 있는 거구의 남자를 포박하고 재갈을 물렸다.

뒤처리가 끝나자 아케치는 아까부터 확인하고 싶어 좀이 쑤시던 물품을 오른쪽 주머니에서 꺼냈다. 다른 것이 아니었다. 어제 후미요를 놓치기 직전 장군 수염을 기른 샌드위치맨에게 받은 붉은 광고 전단이었다. 꾸깃꾸깃 뭉쳐놓은 광고 전단 뒷면에는 연필로 흘려 쓴 인간 표범의 도전장이 있었다. 부하인 거구의 남자가 '잡아먹든지 잡아먹히든지'라고 묘한 말을 흘렸을 때 아케치는 어딘가에서 읽은 문구라 생각했는데 흐린 기억을 더듬고 더듬으니 드디어 생각이 거기에 미쳤다. 내용을 한번 쓱 보고 아무 생각 없이 뭉쳐놓았던 붉은 광고 전단 표면에 큰 활자로 인쇄되어 있던 문구였다. 아케치는 꾸깃꾸깃한 광고 전단을 조심스레 펼쳐 확인했다. 거기에는 조야한 문구로 다음과 같은 글이 인쇄되어 있었다.

　　잡아먹든지 잡아먹히든지!!
　　사나운 인도호랑이와 홋카이도 큰곰의 대혈투!!
　　저희 Z 곡마단은 며칠 후 도쿄 시민 여러분과 이별하게
되었습니다. 이별에 앞서 여러분의 각별한 사랑에 보답하기
위해 오는 X월 X일 오후 1시부터 특별 맹수 단장 오야마
헨리 씨가 출연하여 인도산 맹호와 홋카이도 큰곰의, 잡아먹든
지 잡아먹히든지, 피를 봐야 끝장나는 맹수 대격투 쇼를 보여드
립니다. 맹수들끼리 벌이는 전쟁이기에 상처가 나고 죽는
일도 불가피할 것입니다. 이 기회를 놓치면 두 번 다시 볼
수 없는, 처절하고 참혹한 광경입니다. 도쿄 시민 여러분,
그날 많이들 관람하러 오셔서 성원해 주시기를 갈망할 따름입
니다.

　지면 상단에는 괴기스러운 인물 사진 한 장이 크게 인쇄되어
있고, 그 아래에 '세계적 맹수 단장 오야마 헨리 씨의 초상'이라
고 적혀 있다. 그리고 왼쪽 하단 구석에 호랑이와 곰이 대격돌하
는 삽화까지 들어가 있다.
　아케치는 어제 뒷면 도전장에만 주의를 기울이고 광고는
자세히 보지 않아 맹수 단장의 사진을 그냥 넘겼는데, 지금
보니 거기 오야마 헨리 씨라고 소개된 인물이 그 장군 수염을
기른 샌드위치맨이었다. 세계적인 단장이 자기 몸에 광고판을

달고 전단을 나눠주러 아사쿠사 근방을 돌아다니다니 사람을 우롱하는 것도 아니고 뭐 이런 사기 같은 소행이 다 있나.

아케치는 구멍이 뚫어질 정도로 집요하게 사진을 들여다봤다. 그는 뭔가 깨달았는지 가미야 청년의 눈앞에 광고 전단을 불쑥 내밀고 황급히 물었다.

"가미야 군, 이 사진을 잘 보세요. 이 사진에서 뭔가 느껴지지 않으십니까. 이 인물을 본 적 있습니까?"

아케치의 노한 얼굴에 가미야 청년은 깜짝 놀라 광고 전단을 손에 들고 자세히 사진을 들여다봤다.

"그 말을 듣고 보니 어쩐지 본 적 있는 것 같은 얼굴이네요. 하지만……."

"기억 안 나십니까? 덥수룩한 흰 턱수염을 상상해 보세요. 그런 노인을 본 적 없습니까?"

"흰 콧수염, 흰 턱수염, ……그래요. 그자가 꼭 그런 모습이네요."

가미야는 몹시 놀라며 안색을 바꿨다.

"온다의 부친입니까?"

"네, 그렇습니다. 그자가 틀림없어요. 하지만 어째서……."

"아마 그럴 거로 생각했습니다. 내가 온다의 부친과 대면한 적이 없어서 가미야 군에게 물어본 건데 역시 그랬군요. 이자는 어제 샌드위치맨으로 변장해 아사쿠사 영화관 뒷골목에서 우리를 기다리고 있었습니다. 그리고 나를 뒷길로 유인해 이 도전장 같은 걸 건네주고는 내가 빈틈을 보인 사이 아들인 인간 표범이

제 아내를 끌고 간 겁니다."

"그런 일이 있었습니까? 결국 선생님 부인까지. ……그럼 빨리 구해내야죠."

"나도 그 생각을 했습니다."

"어디로 데려간 거죠? 짚이는 데라도 있나요?"

"여기 Z 곡마단에 있을 것 같습니다."

아케치가 창백한 얼굴로 대답했다.

"네? 곡마단에요?"

"게다가 갑자기 끔찍한 일이 떠올랐습니다. 하하하……, 내가 좀 신경쇠약인지도 모르겠군요. 하지만 만약 그게 맞다면, 너무 두렵습니다."

천하의 아케치가 공포와 전율을 느끼다니 이게 웬일인가.

"뭡니까. 뭘 예측하시는 거죠?"

가미야 청년이 걱정하며 탐정의 얼굴을 살폈다.

"아닙니다. 당장은 묻지 말아 주세요. 말하는 것조차 두렵습니다. 하지만 서둘러야 합니다. 과연 시간을 맞출 수 있을까."

아케치는 손목시계를 봤다. 다행히 고장 나지 않고 잘 움직이고 있다.

"1시 5분 전이네. 이러고 있을 새가 없군. 가미야 군, 이유는 나중에 설명하겠습니다. 나와 함께 가시지요."

아케치는 그렇게 말하며 이미 사다리 계단을 뛰어 내려갔다. 가미야 청년도 뒤따라갔다. 큰길로 나와 아사쿠사 공원 입구의 공중전화에서 전화를 걸었다. 수신지는 물론 K 경찰서 수색본부였다. 때마침 쓰네가와 경부가 그 자리에 있어 직접 전화를 받았다. 아케치는 거기서 후미요의 행방과 인간 표범의 본거지, 공격 수단 등에 관해 간략히 상의한 후 곧바로 큰길로 뛰어나가 택시를 잡았다.

Z 곡마단

도쿄 시민 생활의 촉수가 갑자기 전원의 농민 생활 속으로 들어간 듯 시민과 농민, 그리고 소공장 노동자들이 서로 뒤섞여 소용돌이쳤다. 도쿄 서남부 한구석의 M초에는 먼지투성이 고물상으로 유명한 광장이 있었는데, 거기서 한 서커스단이 한 달이나 흥행하고 있었던 것이다. 그 이름은 Z 곡마단.

그 곡마단의 대형 천막 정면에 어제부터 섬뜩한 간판이 내걸렸다. 한 면이 3간이나 되는 커다란 정사각형 간판이었는데, 누런 바탕에 아름다운 검은 반점이 있는 사나운 호랑이와 새카만 큰곰이 뒷다리를 세우고 날카로운 이빨로 상대의 살을 깨물고 있는 모습이 진한 물감으로 커다랗게 그려져 있었다. 입이 시뻘게진 채 새하얀 엄니로 피투성이가 되도록 서로 물어뜯으며 격투하는 처참한 장면이었다.

"호랑이와 곰, 어느 한쪽이 죽을 때까지 싸운대."

간판 앞에 모인 사람들은 끔찍한 구경거리가 펼쳐질 오후 1시 정각이 가까워지자 시시각각 시간을 확인했다.

"빨리 와요, 빨리. 호랑이와 곰의 격투가 곧 시작됩니다. 이 기회를 놓치면 두 번 다시 못 봅니다. 손자 때까지 화제가 되겠죠."

출입문에서 한텐 차림의 남자가 얼굴이 시뻘게져 큰 소리로 외쳤다. 출입문 앞에는 입장객들이 염주 알처럼 줄을 서 있다. 안으로 들어가니 평상시 좌석 외에도 마장 안까지 거적을 깐 임시 관람석이 마련되어 있어 시야가 미치는 곳에는 온통 머리통만 보일 정도로 관객들이 빽빽이 들어차 있었다. 갑자기 관람석이 쥐 죽은 듯이 조용해졌다. 드디어 이색적인 공연이 시작된다고 생각하니 기대감에 관객들은 가슴이 마구 뛰었다.

정면의 높은 무대에는 낡은 벨벳 막이 태연히 앞을 가로막고 있었다. 뒤에는 틀림없이 격정적인 동물이 감춰져 있을 터이다. 붉게 변색된 막에는 금색 술로 된 거대한 Z 자가 도드라져 보였다.

"지잉, 지잉, 지잉……."

갑자기 귀를 먹먹하게 하는 징 소리.

객석에서는 한바탕 벼 이삭이 물결치는 듯한 웅성거림이 들린다. 이윽고 그 소리도 멈추더니 넓은 천막 안이 찬물 끼얹은 듯 조용해졌다.

무대 중앙에 특이한 사람이 서 있었다. 위엄 있게 금색 술로 장식한 검은 벨벳 상의와 바지, 마찬가지로 번쩍거리는 벨벳 모자, 스페인 투우사 같은 분장이다. 게다가 얼굴 정중앙에 깜짝 놀랄 만큼 화려한 장군 수염이 나 있었는데, 귀 바깥쪽까지 쭉 뻗은 새카만 수염이 말을 할 때마다 움찔움찔 움직였다. 맹수 단장 오야마 헨리였다.

그는 맹수용 채찍을 휘두르며 장군 수염에 어울리게 잘난 척하는 말투로 주절주절 설명했다.

"……이제 슬슬 저기 있는 저 우리 두 개를 딱 붙이고, 그 사이 문을 열어 호랑이와 곰을 한데 합칩니다."

그가 무대를 채찍으로 가리켰다. 그 뒤편으로 어렴풋이 바퀴 달린 우리 두 개가 보였다. 그 중 한 우리의 날렵하고 사나운 호랑이는 좁은 철창 안을 느릿느릿 돌아다니며 이따금 "워" 하고 섬뜩한 포효를 냈다. 또 한 우리에는 호랑이보다 두 배는 큰 곰이 있었는데, 기개는 어디 갔는지 상대가 두려워 죽겠다는 듯이 구석에 웅크린 채 바르르 떨고 있었다.

"……곰이 겁쟁이네요. 하지만 관객 여러분, 전혀 걱정하실 필요가 없습니다. 막상 적이 습격하면, 곰은 곧바로 본성을 드러내고 용맹하게 우뚝 설 것입니다. 아마 처음에 곰이 먼저 야무지게 한 수 보여주겠죠. 호랑이는 낮은 자세로 물고 늘어지며 예리한 엄니와 발톱을 마음껏 휘두르겠고요. 잠시 후 서로 엉겨 붙으면 두 맹수 중 한쪽이 상처를 입는 것은 당연지사입니다. 고기에 굶주린 짐승이 일단 피를 보면 한층 흉포해질 거고, 상대의 숨통을 갈기갈기 찢어발기기 전에는 끝나지 않을 겁니다."

장군 수염의 맹수 조련사는 잠시 말을 끊고 자신의 언변이 얼마나 효과 있었는지 확인하기 위해 조용히 장내를 둘러봤다.

"관객 여러분, 정말이지 여러분은 행운아입니다. 한 마리당 천 엔이 넘는 맹수가 상처 입고, 쓰러지고, 가죽이 찢기고, 살을 물어뜯기고, 뼈만 남을 때까지 그 모골 송연한 광경을 이제 두 눈으로 똑똑히 보실 테니까요. 아니, 관객 여러분, 그뿐 아닙니다. 맹수도 울부짖습니다. 광란의 상태에서 도망치려고 우왕좌왕하겠죠. 인간과 마찬가지로 연약한 미녀처럼 살려달라고 울부짖을 것입니다. 여러분 앞에 펼쳐질 아름답고도 무참한 광경은 어떠할까요. 처절하고 참혹하며, 기이하고 괴상해서 아마 관객 여러분은 꿈에도 상상할 수 없는 광경일 것입니다."

조련사는 영문 모를 말을 했다. 그저 관객을 겁주기 위한 과장에 불과한 걸까. 아니면 그 이상한 말 이면에 뭔가 진짜 무시무시한 의미가 숨어 있는 걸까.

"그럼 긴 사설은 이만 줄이겠습니다. 이제부터는 잡아먹든지 잡아먹히든지. 맹수들이 혈투하는 실연을 보여드리죠."

비스듬히 채찍을 들고 거드름을 피우며 인사말을 한 조련사는 금빛을 번쩍이며 무대 구석 쪽으로 물러났다. 그러면서 무대장치 담당자에게 신호를 보냈다.

"지잉, 지잉, 지잉……"

또 울려 퍼지는 징 소리.

여덟 명의 남자가 무대로 뛰어나왔다. 우리 하나당 네 명씩 밀어 우리를 무대 전방으로 옮긴 후 우리와 우리를 딱 붙이고 단단한 쇠 장식을 끼웠다.

조련사 오야마 헨리는 또 한 걸음 앞으로 나와 공손히 인사했다. 그러자 남자들은 쨍그랑 소리를 내며 우리 사이의 문 두 짝을 손으로 들어 올렸다. 그 즉시 두 우리는 하나로 합쳐졌다.

* * *

아케치 고고로와 가미야 청년이 아사쿠사 공원 옆 큰길에서 택시를 잡은 시간이 마침 그때였다.

"M초의 삼거리로 갑시다. 요금은 얼마든지 낼 테니 5분 안으로."

그렇게 말하며 차에 타는 아케치에게 운전수가 소리쳤다.

"5분이라고요? 안 돼요. 그건 무리입니다. 아무리 날아가도 10분은 걸립니다."

운전수는 아직 젊고 날렵해 보이는 사내였다.

"속도 규정 따위는 무시해도 상관없소. 난 경찰 관계자요. 절대 귀찮은 일은 생기지 않을 거요."

"그래도 시내는 아무리 달려도 차가 막힙니다."

운전수는 더 속력을 내면서도 볼멘소리를 했다.

"좋아, 그럼 현상금을 걸겠소. 앞의 자동차 한 대를 제칠 때마다 20전."

"20전이요? 알았습니다. 하지만 나으리, 몇십 대를 제칠 수도 있는데요. 나중에 농담이라고 하시면 안 됩니다."

차는 금세 화살처럼 달렸다.

통행하던 사람들이 급류처럼 후방으로 흐르더니 사라졌다.

한 대를 제치고 또 한 대를 제친다. 전차, 자동차, 트럭 할 것 없이 뒤에 남긴 채 지나간다. 사거리의 신호등을 무시한 것도 한두 번이 아니다.

"이런, 거기 서라!"

두 팔을 벌리고 소리치는 순경의 시뻘건 얼굴이 점점 작아지면서 멀어졌다.

* * *

무대 위에는 하나가 된 우리 안에서 맹수 두 마리가 서로 맞섰다. 맞섰다고는 하지만 곰은 아까 그 자세로 고개를 떨구고 주저앉은 채 죽은 듯이 미동도 하지 않았다. 그에 반해 사나운 호랑이는 자신만만한 얼굴로 긴 꼬리를 빙빙 돌리며 머리를 낮게 들고 몸을 오므린 채 습격을 위한 전주곡인 양 나지막이 으르렁거리고 있다.

"뭐야! 곰, 똑바로 해!"

객석 한구석에서 야유 소리가 들렸다.

"호랑이, 어서 해치워라. 덤벼들라고."

또 다른 쪽에서는 뜻밖의 응원이 울려 퍼졌다.

하지만 이런 부추김에도 불구하고 두 맹수는 서로 맞서기만 할 뿐 움직이지 않았다. 다만 아주 서서히 맹호의 으르렁거림이 높아지는 것을 느낄 수 있었다.

참다못한 관객들이 성난 파도 같은 함성을 터뜨렸다.

"그만둬라."

"해치워 버려."

"힘내라, 영차."

맹수보다 먼저 관객들이 흥분하고 말았다. 온통 땀범벅이 되어 천막 안은 바야흐로 격정의 도가니에 빠졌다.

때를 기다리며 움직이지 않던 호랑이도 이런 소동에는 자극받을 수밖에 없다. 순간, 호랑이가 활처럼 몸을 구부리더니 곧바로 거대한 포탄처럼 곰을 향해 달려들었다.

"와아아아……."

내지르는 환성, 관객들은 모두 기립했다. 하지만 이게 웬일인가. 곰은 전혀 저항하지 못했다. 호랑이의 일격에 나뒹굴며 쓰러지더니 배를 위로 하고 네 발을 버둥거렸다.

"곰, 제대로 하라니까."

호랑이는 상대의 무저항이 오히려 두렵다는 듯이 원위치로 물러났다. 그리고 두 번째 공격 자세를 취하더니 가만히 적의 동정을 살폈다.

그러자 그때까지 자고 있는지 죽었는지 알 수 없던 곰이 벌렁 누운 채 입을 벙긋거리며 사지를 움직이더니 가까스로 일어서 호랑이 쪽을 응시했다. 그런데 이게 어찌 된 일인가. 곰은 미친 듯이 밖으로 도망치려고 우리 틈에서 참혹하게 몸부림 쳤다.

그와 동시에 어디선가 아주 어렴풋이 들리던 모골 송연한 여자 비명 소리가 객석까지 울려 퍼졌다.

하지만 격정에 찬 관객들은 아직 비명소리를 인지하지 못했다. 아우성 속에서 듣기에는 미약한 소리였다.

우리 밖으로 나갈 수 없다는 걸 깨달은 곰은 돌연 뒷다리로 서서 공중으로 마구 뛰어오르며 광란의 춤을 췄다. 춤을 추며 넓지도 않은 우리 안을 종횡무진 돌아다녔다.

그동안 정체를 알 수 없는 여자 비명소리가 언뜻언뜻 들렸다. 소리가 날 때마다 슬픔의 강도가 더해졌다.

"이봐, 어디서 여자가 울고 있는 거 아냐?"

"응, 그런가 봐. 나도 아까부터 이상하다고 생각했어."

소동 중에 관객석 여기저기서 그렇게 수군거렸다.

호랑이는 정신 나간 곰의 행동에 어안이 벙벙해져 잠시 공격하는 걸 잊어버린 듯했다. 하지만 계속 그렇게 가만있지는 않았다. 오히려 곰의 정신 나간 행동이 흥분제로 작용해 호랑이의 투지를 자극했다.

"어흥……."

단 한 번, 처참한 포효가 울려 퍼지더니 호랑이가 화살처럼 두 번째 돌격을 단행했다.

순간 누렁과 검정이 한 덩어리가 되어 우리 안을 빙글빙글 굴러다녔다.

"우와, 우와."

관객들의 환호성. 하지만 그 환호성 사이를 누비며 아까부터 관객들의 귀에는 가련한 여자 비명소리가 아주 높고 가늘게 들렸다.

대체 어디서 어떤 여자가 울부짖고 있단 말인가. 혹시 불쌍한 곰이 살려달라고 비명을 지르는 것 같은 착각마저 들었다. 설마 그 맹수가 연약한 여자처럼 울부짖을 리는 없을 텐데 말이다.

* * *

"끼익."

비명 같은 브레이크 소리를 내며 아케치 일행을 태운 자동차가 급정거했다.

"쳇, 이럴 때 화물열차가 오고 난리야."

운전사가 밉살스럽게 혀를 차는 것도 당연했다. 그들 앞은 흑백색이 교차된 교통 차단기로 가로막혀 있고, 그 건너편으로 덜컹덜컹 시커먼 기관차가 숨을 헐떡이며 몇십 대나 되는 길고 긴 화물차를 끌고 지나갔다.

"아, 큰일이다. 가미야 군, 이제 운이 다한 모양입니다. 벌써 1시 10분이니 어쩌면 제시간에 도착하지 못할 수도 있겠군요."

얼굴이 창백해진 아케치가 눈에 핏발을 세우고 신음하듯 말했다.

하지만 가미야 청년은 그 의미를 알지 못했다.

"아까부터 계속 물어보려 했는데요, 우리는 대체 어디로 가는 건가요. 시간을 맞추지 못한다고 하셨는데, 무슨 시간을 맞춰야 하죠?"

"아내의 생명이 기로에 놓였습니다. 죽어가고 있어요. 탐정이

면서 자기 집사람도 구하지 못하다니. ……제기랄, 무슨 일이
있어도 꼭 구하고 말 테다."

그는 적의를 불태우며 말했지만, 다음 순간에는 또다시 불안
과 초조 때문에 기운이 빠졌다.

"하지만 소용없을지도 모르겠네. ……이 길고 긴 화물열차가
내 악운을 상징하는지도 모르지."

아름다운 반인반수

서커스 무대에서는 휙휙 채찍 소리가 났다. 우리 옆에서는
금빛이 번쩍였다. 그 유명한 맹수 단장 오야마 헨리의 투우사
같은 분장이다. 그의 오른손이 휙 하고 허공을 가를 때마다
상공에 울리는 채찍 소리는 피에 굶주린 맹수들을 더욱 광란에
빠뜨렸다.

"호랑이! 호랑이! 뭘 꾸물거리는 거야. 얼른 해치워 버려."

술에 취한 듯한 거친 목소리가 울려 퍼졌다.

"때려눕혀……."

"제대로 해라……."

격앙된 소리들이 코러스처럼 터져 나왔다.

하지만 견딜 수 없는 건 희한하게 분노한 목소리 사이사이에
들리는, 그곳 정경에는 어울리지 않는 여자 비명이었다. 당장이
라도 죽을 것 같은 불길한 소리였는데 어디서 들리는지 알

수 없었다.

맹수 두 마리가 흑황색 구슬처럼 하나로 뭉쳐 우리 안을 굴러다니더니 마침내 둘로 나뉘었다. 곰은 실신했는지 처참한 꼴로 쓰러진 채 움직이지 않았다. 하지만 호랑이는 자유자재로 덤벼들었다가 물러나곤 했다. 만약 호랑이를 고양이라고 한다면, 몸집이 그 두 배나 되는 곰은 한 마리 쥐에 불과했다. 곰이 몸을 움츠리자, 상대는 곰을 쥐락펴락했다.

호랑이는 자못 즐겁다는 듯이 푸르게 빛나는 눈으로 거대한 패배자를 바라보며 주위를 뱅뱅 돌았다. 어슬렁거리며 새빨간 입을 쩍 벌리고 폭풍처럼 포효했다.

맹수 단장의 유연한 채찍 소리가 의미심장하게 계속 울려 퍼졌다. 아까와는 달리 기묘한 피리처럼 공기를 절단하는 음향이 관객들을 흥분의 절정으로 이끌었다. 광기 어린 환호성이 무대 위의 우리를 향해 해일처럼 밀어닥쳤다.

호랑이 눈은 시시각각 흉포해졌다. 입 언저리의 주름이 점점 흉측하게 일그러졌다. 심지어 피에 굶주린 흰 엄니는 어느덧 더 길고 예리해 보였다.

한순간이었다. 눈에도 보이지 않을 정도로 빠른 속도였다. 위를 보고 쓰러져 있던 곰의 목이 호랑이 엄니에 깊이 찔려 있었다. 강인한 어깨 근육이 불끈불끈 솟고 두꺼운 목이 강철 기계처럼 좌우로 흔들렸다.

"으악, 당했다!"

관객들은 또 기립했다. 한동안 패배자인 곰을 응원하는 소리가 천막을 뒤흔들었다.

하지만 한심하게도 곰은 저항하지 못했다. 무슨 맹수가 이리 나약한가. 이제라도 곰이 제대로 분노를 표출하기를 기대하던 관객들은 실망하지 않을 수 없었다.

"이상하네. 저 곰, 목을 저리 깊이 물렸는데도 전혀 피를 흘리지 않잖아."

맨 앞 열 관중석에서 중얼거림이 들렸다. 정말로 곰의 목에는 피 한 방울 흐르지 않았다. 호랑이 엄니가 반달 무늬 주위를 파고들어 곰이 고개를 돌릴 때마다 가죽이 너덜너덜하게 찢긴 모습은 확실히 보였지만 피가 흐르지 않는 것이 신기할 따름이었다. 저건 박제된 곰인가. 아니, 그럴 리 없다. 박제된 동물이라면 저렇게 발버둥 치거나 도망칠 수 없다.

하지만 이상한 점은 그것뿐만이 아니었다. 잠시 후 관중석에서 이상한 소리가 났다. 곰의 목 주위로 집중된 수백 수천 개의 눈이 엄청나게 강렬한 빛을 뿜었다. 너나 할 것 없이 미쳐가는 듯했다. 모두가 무서운 악몽에 시달리듯 뭐라 형용할 수 없는 전율에 휩싸였다.

"무슨 일이지? 뭐야? 대체 무슨 일이야?"

상인처럼 보이는 남자가 벌벌 떨며 옆자리 청년에게 반쯤 매달려 말했다. 여기저기서 소름 끼치는 탄식이 들렸다.

곰의 목 주위를 보라. 호랑이 턱이 치워지자마자 날카로운 엄니에 찢어발겨진 곰 가죽이 우지직 소리를 내며 뒤로 젖혀졌다. 그런데도 피 한 방울도 흐르지 않을 뿐만 아니라 붉은 살조차 보이지 않았다. 그리고 그 밑에서 예상치 못한 것이 조금씩 관객들 눈앞에 드러났다. 새하얀, 아니 오히려 창백하고 매끈해 보이는 것이었다.

호랑이는 곰 가죽이 예상외로 쉽사리 벗겨지자, 순진하게도 재미있다는 듯이 계속 뒷걸음쳤다. 그 힘 때문에 미리 곰의 가죽에 선을 그어놓은 것처럼 목에서 가슴, 가슴에서 배까지 일자로 죽 찢어졌다. 가죽이 찢어지자, 그 안에 있던 희고 매끈한 것이 점점 크게 보였다.

기립한 관객들은 더 이상 헛기침도 할 수 없었다. 그저 화석처럼 꼼짝하지 않았다. 아까 떠들썩했던 것과는 달리 텐트 안은 모두 실신한 것처럼 쥐 죽은 듯 조용했다. 다만 수백 수천 명에 달하는 관객들의 손바닥마다 끈끈한 진땀이 배어 나올 뿐이었다.

* * *

길고 긴 화물열차가 마침내 아케치 고고로와 가미야 청년이 탄 자동차 앞을 다 지나갔다. 건널목 차단기가 하늘로 올라가기 무섭게 일군의 자동차들이 더는 기다릴 수 없다는 듯이 앞다투어 출발했다.

"쳇, 3분이나 기다리게 하네."

운전사는 혀를 차며 액셀을 밟았다. 부릉부릉 소리와 함께 가솔린 연기가 차 안으로 역류했다. 앞에서 알짱거리는 차들을 제치고 철로를 건넜다.

아케치는 창백한 얼굴로 전방을 응시한 채 더 이상 아무 말도 하지 않았다. 전신이 떨리는 건 자동차 진동 때문만은 아닌 듯했다. 주머니에 넣은 오른손이 거의 무심결에 무릎 쪽으로 튀어나왔다. 손에 땀이 배어 나올 정도로 콜트권총을 꽉 쥐고 있었던 것이다.

가미야 청년은 곁눈질로 섬뜩한 총기를 쳐다봤지만, 아무 말도 하지 않았다. 그는 아케치가 인간 표범의 부하인 거구의 남자를 포박할 때 남자의 주머니에서 권총을 꺼내 슬며시 자신의 주머니에 넣는 것을 봤다.

그들이 탄 자동차는 또다시 엄청난 속도로 앞차들을 한 대한 대 추월했다. 시야 끝까지 큰길이 일직선으로 펼쳐졌고, 저 멀리 상공에는 해파리처럼 두둥실 떠 있는 애드벌룬이 조그맣게 보였다.

둥근 기구 밑에 뭔가 붉은 점 같은 것들이 펄럭인다. 광고 글자가 틀림없다. 하지만 자동차는 질풍처럼 빨랐다. 붉은 점들이 아주 작은 활자 크기로 보이더니 서서히 7, 8, 9 포인트 활자로 커져 마침내 움직이는 차 안에서도 확실히 읽을 수 있을 만큼 크게 확대되었다.

"맹수 대격투…… Z 곡마단"

그들이 노리는 Z 곡마단의 애드벌룬이었다. 그 아래 곡마단이 천막을 치고 공연을 하고 있는 것이 틀림없다.

* * *

무대 위의 우리 안에서는 가죽이 거의 벗겨진 곰이 있었다.
가죽은 귤껍질 벗겨지듯 쉽사리 벗겨졌다. 대체 무슨 일인가.

쥐 죽은 듯이 조용해진 관객들은 자신의 눈을 의심하지 않을
수 없었다. 이게 현실인가. 아니면 어처구니없는 환각인가. 이런
터무니없는 변고가 현실 세계에서 일어날 리 없다.

그런 변고를 야기한 호랑이조차 당황한 듯했다. 오히려 호랑
이가 두려웠는지 우리 한쪽 구석으로 도망쳐 몸을 움츠렸다.

우리 가운데 상반신은 새하얗고 하반신은 시커먼 괴물이
우뚝 서 있다. 그러나 괴물은 아주 탐스럽고 아름다웠다. 곰
가죽 아래 드러난 것은 희고 매끈한 인간의 피부였다. 심지어
젊고 아름다운 여자의 나체다.

헝클어진 머리카락, 눈물로 젖은 얼굴, 가슴, 팔까지 상반신이
깡그리 노출되었다. 다행히 하반신의 두터운 곰 모피는 아직
벗겨지지 않고 걸쳐져 있어 여자는 더 이상의 수치를 드러내지
않아도 되었다. 역시 곰은 박제나 다름없었다. 그 안에 나체
미녀를 숨긴 분장 도구에 불과했다.

하지만 관객들은 대낮의 망령 때문에 혼이 빠져 그 사실을
금방 알아채지 못했다. 육지에 인어가 있다면 여자는 말 그대로
육지의 인어였다. 미녀와 야수의 혼혈아, 괴상하면서 아름다운
반인반수의 요괴처럼 느껴질 뿐이었다.

아름다운 요괴는 품위 있게 웃고 있었다. 아니, 웃는 것처럼

보였지만 그 입으로 울부짖고 있었다. 처음 일어설 때는 마취제 때문에 의식을 잃은 상태였으나 불현듯 정신이 들자, 머리에 뒤집어쓴 곰 탈의 유리구슬 두 개에 그녀를 공격하는 호랑이 한 마리가 비쳤다. 여자는 반쯤 미쳐 날뛰며 도망치려고 우왕좌왕했다. 그러면서 살려달라고 울부짖었다. 탈 속에서 울부짖는 목소리는 마치 먼 곳의 소리처럼 아득하게 느껴져 아까부터 관객들을 불안하게 했다.

그걸 깨달은 사람도 있고 깨닫지 못한 사람도 있다. 하지만 모두들 오야마 헨리의 희한한 소개말을 머릿속에 떠올렸다.

'맹수도 울부짖습니다. 광란의 상태에서 도망치려고 우왕좌왕하겠죠. 인간과 마찬가지로 연약한 미녀처럼 살려달라고 울부짖을 것입니다. 여러분 눈앞에 어떤 아름답고도 무참한 광경이 펼쳐질까요. 처절하고 참혹하며 기이하고 괴상한, 아마 관객 여러분은 꿈에도 상상할 수 없는 광경일 것입니다.'

그런 의미 불명의 기괴한 문구가 기억났다. 그렇다. 바로 이걸 의미하는 거였다. 곰 가죽이 벗겨지는 것도 안에서 느닷없이 미인이 나오는 것도 미리 계획된 사건이다. '잡아먹든지 잡아먹히든지'처럼 대놓고 위협적인 광고를 하고, 실제로는 이런 요염한 좌흥을 보여주는 것이 인기의 비결인지도 모른다.

그런데 이 반인반수 역할을 맡은 여자 맹수 조련사는 정말 훌륭한 배우 아닌가. 저 생동감 있는 공포의 표정, 소프라노 같은 울부짖음은 또 얼마나 아름다운가.

관객은 이미 무아지경에 빠졌다. 아무 말도 할 수 없었다.

손뼉 치는 것도 잊어버렸다. 몇 번이나 침을 삼키며 눈을 크게 뜨고 입을 벌린 채 명배우의 목숨을 건 연기에 빠져들었다.

요염한 반인반수는 실로 놀랄 만한 공포의 춤을 추기 시작했다. 다리는 후들거렸다. 가슴은 격렬한 호흡으로 굽이쳤고, 목소리는 이미 다 쉬어 있었다.

"살려주세요……. 살려줘요……."

경기를 일으키는 듯 비명 사이로 두려움에 돌출된 두 눈과 보조를 맞춰 간간이 살려달라는 외침이 몸속 깊숙이에서 터져 나왔다.

사나운 호랑이는 전혀 몸을 움츠리지 않았다. 구석에서 일어나 의심스럽다는 듯이 아름다운 반인반수 주위를 뱅글뱅글 돌았다. 나체의 여자는 호랑이가 오는 걸 막으려는 듯 양손을 앞으로 내밀고 호랑이를 바라보며 비틀비틀 몸을 돌렸다.

더 이상 소리칠 힘도 없었다. 하지만 무시무시한 짐승에게서 눈을 뗄 수 없다. 고양이의 눈을 피할 수 없는 쥐처럼 상대의 무서운 형상을 바라만 봐야 했다. 시선을 돌릴 힘도 없었다.

호랑이가 그리는 원주는 점점 좁아졌다. 호랑이는 가끔 멈춰서서 앞다리를 올려 발끝으로 여자의 나체를 끌어당기려 했다. 그럴 때마다 관객들의 담력에 부응하듯 모골 송연한 비명이 울려 퍼졌다.

몇 번이나 그런 모습을 반복하더니 드디어 호랑이의 날카로운 발톱이 미인의 어깨를 건드렸다. 그러자 순식간에 귀얄문 같은 시뻘건 상처가 생기더니 밖으로 배어 나온 선혈이 곧바로 창백한 피부를 타고 줄줄 흘러내렸다. 긴 털실 같은 선홍빛 피는 아름다운 반인반수의 흰 피부를 눈이 번쩍 뜨일 정도로 도드라져 보이게 했다.

창공의 폭소

관객들은 침묵을 지켰다. 넓은 천막 안은 묘지처럼 정적이 흘렀다. 하지만 그 침묵 속에는 마치 귀신에 홀린 듯한 강렬한 의혹이 감돌았다.

'연극인가? 연극인데도 이토록 생생하게 공포의 표정을 짓다니. 아무리 흥행이 중요하다지만 아름다운 피부에 저런 끔찍한 상처를 내고도 개의치 않는 건 상식적으로 납득이 안 가네.'

'혹시 저 여자는 맹수 조련사가 아니라 보통 사람인 거 아냐? 그럼 지금 엄청난 일이 벌어진 거잖아. 군중들 면전에서 살인을 한 건데. 게다가 단번에 죽인 것도 아니고 맹수의 엄니로 물어뜯고 한참을 가지고 놀다니 너무 참혹한 살해 아닌가.'

관객의 머릿속에서 조금씩 판단력이 돌아오고 있을 때, 저 높은 곳에서 돌연 남자 웃음소리가 들렸다. 껄껄거리는 그 웃음은 무미건조했지만 드높아서 몹시 방약무인하게 들렸다.

무수한 얼굴이 일제히 천장으로 향했다.

천장은 구름 낀 하늘처럼 새하얀 천막이었다. 천막 바로 밑에는 거친 밧줄로 묶인 통나무가 종횡무진 가로지르고 있었다.

그 통나무 한 개에 참새처럼 홀로 있는 사람이 보였다. 그자가 무대의 참극을 내려다보며 우스워 죽겠다는 듯이 껄껄 웃는 것이다. 멀어서 생김새는 뚜렷하지 않았지만 관객들은 그의 두 눈이 짐승처럼 푸르게 불타고 있는 것을 그냥 지나칠 수 없었다. 인처럼 빛나는 눈이다. 마침내 그가 모습을 드러냈다.

그걸 본 군중들은 한층 광기 어린 혼란에 빠질 수밖에 없었다. 기가 약한 사람들은 언뜻 보기만 해도 천막 밖으로 도망치고 싶은 충동을 느꼈다.

무대 위의 우리에서는 아름다운 반인반수가 기력을 잃고 축 늘어진 채 움직이지 않았다. 정신을 잃은 듯했다. 호랑이가 바로 눈앞에 코를 들이대도 아무 소리 내지 못하고 미동도 하지 못했다. 하얀 밀랍처럼 아름다운 피부 위로 핏방울이 엉겨 붙어 붉은 뱀처럼 보였다.

우리 옆쪽에서 서성거리던 맹수 단장의 얼굴은 거무죽죽해졌고, 위대한 장군 수염은 격정에 마구 떨렸으며 동글동글한 두 눈은 시뻘겋게 충혈되었다.

휙휙 폭풍 같은 음향이 피에 굶주린 호랑이를 초조하게 자극했다. 그는 관중석을 향해 높게 한 번 포효하더니 돌연 쓰러져 있는 여자의 가슴에 앞다리를 대고 그 숨통에, 그야말로 살아 있는 인간의 숨통에, 날카로운 엄니를 찌르려 했다.

이제 호랑이의 목과 턱 근육만 수축되면 다 끝난다. 한 사람 목숨이 끊어지는 것이다.

이걸 연극이라고 생각하는 관객은 아무도 없었다. 그 순간

수많은 사람들의 안색이 변하더니 엉겁결에 무대에서 시선을 돌렸다. 그다음에 펼쳐질 무참한 광경을 똑바로 쳐다볼 수 없었기 때문이다. 부인들은 두 손으로 눈을 가리고, 일부는 가벼운 비명을 질렀다.

독자 여러분, 우리 아케치 후미요의 목숨이 이렇게 호랑이 근육의 수축에 달려 있는 것이다. 여러분도 이미 추측하셨겠지만 인간 표범 부자는 아케치의 아내, 아름다운 후미요를 유괴해 곰의 모피를 씌우고 대담무쌍하게도 사람들 면전에서 보기에도 참혹한 악마의 린치를 가하려 한 것이다.

천장의 통나무를 붙든 인간 표범 온다와 맹수 조련사 오야마 헨리 행세를 하며 채찍을 휘두르는 부친은 몇 길이나 떨어진 곳에서 위아래로 서로를 은밀히 쳐다보며 일이 성공적이라며 고개를 끄덕였다. 부친의 채찍 소리는 점점 높아졌고, 인간 표범의 웃음소리는 점점 방약무인해졌다.

그때였다.

관객들은 뭔가 뇌리를 관통한 것처럼 순간적인 충동을 느꼈다. 이게 어찌 된 일인가. 아마도 당한 것 같다. 그들은 선혈이 낭자한 호랑이 턱을 상상하고는 보기 두려워 외면했던 시선을 일제히 무대로 돌렸다.

대체 무슨 일인가. 살해된 것은 인간이 아니라 호랑이였다. 축 늘어진 호랑이 정수리에는 피 한 줄기가 주르륵 흘렀다. 더 이상 발버둥 칠 힘도 없는 듯했다. 아마 한순간에 숨통이 끊겼으리라.

아름다운 반인반수는 여전히 실신 상태였지만 어깨에 긁힌 상처 외에는 아무 이상도 없었다. 아슬아슬하게 호랑이 턱을 피한 것이다.

통나무 위에서 들리던 웃음소리가 뚝 멈췄다. 오야마 헨리의 채찍도 움직이지 않았다. 그는 상황을 파악하지 못한 채 관객석을 두리번거렸다.

그의 시야에 관객석을 가로질러 앞으로 나아가는 인물이 보였다. 직공 아케치 고고로다. 가미야 청년도 있다. 그 뒤로 제복과 사복 차림이 섞인 경찰도 한 무리가 있었다. 위기일발의 상황에서 호랑이를 쏴 죽인 명사수는 두말할 것 없이 아케치 고고로였다. 그의 오른손에 쥔 콜트권총에서 흰 연기가 흔적을 남기듯 희미하게 피어올랐다.

뒤에 있던 경찰들은 아케치가 전화로 쓰네가와 경부에게 수배를 부탁한 K 경찰서 선발대였다. 아케치가 Z 곡마단 출입구에 도착했을 때, 그들은 이미 자동차에서 내려 아케치가 오기를 기다리고 있었다.

"아케치다. 아케치야."

변장을 했지만 역시 대중들의 눈은 빨랐다. 어디라고 할 것 없이 관객석 여기저기서 명탐정을 칭송하는 소리가 들렸다. 그들은 신문 기사를 통해 아케치 고고로와 인간 표범이 대적한다는 걸 알고 있었다. 아케치 부인 유괴 사건에 관해서도 오늘 아침 신문에서 읽은 후였다. 그 아케치 탐정이 수많은 경찰대와 함께 온 걸 보면 괴물 인간 표범은 십중팔구 이 천막 안에 숨어 있다. 아니, 그뿐 아니다. 우리 안에서 호랑이의 먹이가 될 뻔한 미인은 아케치의 아내 후미요가 분명했다. 어찌 이리 엄청난 장면을 목격한단 말인가. 눈치 빠른 사람들은 즉시 사건의 진상을 파악하고 전율을 금치 못했다.

오야마 헨리로 변장한 인간 표범의 부친은 아케치의 모습을 보고 안색이 급변해 도망칠 태세를 갖췄다. 물론 재빠른 경찰대는 그럴 여유를 주지 않고 지체 없이 무대로 달려가 그들 주위를 포위했다.

그러자 늙은 괴물은 금세 도망치려던 자세를 바로하고 장군 수염을 휘날리며 소리 없이 웃었다. 그리고 아주 천천히 바지 주머니에 손을 넣고 소형 권총을 꺼내 경찰들 코 앞에 들이댔다.

그 무렵, 장내는 해일 같은 혼란에 빠졌다. 관객들은 출입문에 쇄도해 아우성이었다. 우르르 쓰러진 사람들 밑에 깔린 것처럼 비명을 지르는 노인, 울부짖는 여자들, 그 난장판 속에서 아주 높은 분노의 함성이 사방팔방으로 울려 퍼졌다.

"인간 표범이다."

"인간 표범이 저기 있다."

"아, 도망친다. 인간 표범이 지붕 위로 도망친다."

위를 올려다보니 천장을 가로지르는 통나무 위를 웃음소리의 주인공이 검은 고양이처럼 눈에 띄지 않는 속도로 달리고 있었다. 위로 뛰어올랐다가 비스듬히 미끄러져 내려오기도 하고 옆으로 건너가기도 하면서 통나무 사이를 이리저리 뛰어다니더니 마침내 천막의 찢어진 틈을 찾아 지붕 위로 나갔다.

아래에서 보니 흰 천 위에 기괴한 그림자가 비쳤다. 누가 동물인지 누가 인간인지 알 수 없게 한 덩어리가 된 그림자가 여기저기 튀어 오르며 달려갔다.

바야흐로 장내에 남은 관객들은 어김없이 인간 표범의 적이었다. 그들은 하나의 목소리로 도망치는 악마에게 소리쳤다. 성질 급한 남자 두세 명이 용감하게 통나무로 기어 올라가 인간 표범을 쫓기 시작했다. Z 곡마단 사람들도 꾸물대지 않았다. 무대 장치 청년과 공중 곡예사를 비롯한 네다섯 명은 아케치 고고로의 지시를 받고 원숭이처럼 천장 위로 올라갔다.

Z 곡마단과 인간 표범 부자는 별로 깊은 관계가 아니었다. 인간 표범 부자는 서양에서 귀국했다고 하면서 맹수 두 마리를 데리고 와서 곡마단에 유리한 조건을 내걸고 임시 가입을 신청했다고 한다. 살인범일 거라고는 꿈에도 생각지 못한 곡마단 측은 그의 말만 믿고 홍보까지 한 것이었다. 그러므로 Z 곡마단의 어느 누구도 단연코 인간 표범과는 한편이 아니었다.

"밖에 나가 지켜라. 인간 표범은 지붕에서 뛰어내려 도망칠 것이다."

관객들이 그렇게 외치기 전에 아케치는 이미 수배를 해놓았다. 경찰대 일부와 곡마단 사람들이 천막 밖으로 나가 그 주위에 적당히 흩어져 있었다. 아케치도 뒤따라 밖으로 나가려고 했다. 바깥 광장에서 지붕 위의 추격전을 감시할 요량이었다. 하지만 그가 출입구로 갔을 때, 무대 위에서 갑자기 총성 한 발이 들리는가 싶더니 격렬한 욕설이 터져 나왔다.

깜짝 놀라 뒤돌아보니 눈앞에 비극 하나가 끝나 있었다. 장군 수염을 한 투우사가 금빛 장식을 단 가슴에서 피를 흘리며 픽 쓰러졌다. 포위한 경찰을 위협하던 권총으로 자기 가슴을 쏜 것이다. 운이 다했음을 깨달았을까. 악마에 어울리지 않는 깨끗한 최후였다.

바로 그때, 경찰 한 부대가 또 우르르 출입구로 몰려왔다.

"아케치, 부인은 괜찮나?"

선두의 쓰네가와 경부가 그것부터 물었다.

"응, 겨우 시간을 맞췄어."

아케치는 턱으로 무대 한쪽을 가리켰다. 거기에는 곡마단 사람들이 우리에서 구해낸 후미요가 있었다. 그녀는 아직 의식을 잃은 채 쌓아놓은 방석 위에 누워 있었다.

"하지만 안타깝게도 범인 한 명이 자살했어."

"아, 저기 쓰러져 있던, ……그러면 그게 온다의 부친이겠네."

"그래, 맹수 조련사 역할을 하던 자."

"그럼 아들은?"

"지붕 위로 도망쳤어. 저걸 보라고."

아케치가 가리킨 천막 천장에는 인간 표범을 체포하느라 우왕좌왕하는 사람들의 그림자가 기기하게 뒤엉켜 있었다.

"밖에 나가서 보자."

아케치와 쓰네가와 경부는 신참 경찰들과 함께 급히 천막 뒤편의 광장으로 달려갔다. 거기에는 미리 배치한 경찰과 곡마 단원, 다시 돌아온 관객들로 인산인해였다.

아케치 일행은 군중들 뒤쪽의 약간 높은 장소로 가서 천막 지붕 경사면에서 벌어지는 격렬한 체포극을 감상했다.

시커먼 양복 차림의 인간 표범은 그의 본성인 사족보행으로 광활한 흰 텐트 천을 종횡무진 뛰어다녔다. 하지만 추격자 중에는 야수 못지않은 곡예의 명수가 두세 명 있었다. 더군다나 도망자는 한 명, 추격자는 열 명 가까이다. 제아무리 인간 표범이라도 서서히 지붕 구석으로 몰렸다.

"저놈도 슬슬 운이 다했나 보네. 뛰어내릴 건가. 그게 아니면……."

쓰네가와 경부가 그렇게 중얼거릴 때 그의 생각을 알아맞히기라도 하듯이 검은 표범은 지붕 끝에서 멋진 도약을 했다.

네발짐승의 검은 신체가 자벌레처럼 확 줄어드는가 싶더니 단숨에 다시 커져 공중에 보기 좋게 활모양을 그렸다.

그 모습을 본 지상의 군중들은 비명을 지르며 도망치려 했지만, 신기하게도 검은 표범은 땅에 떨어지지 않았다.

"앗, 풍선이다. 풍선으로 도망친다."

누군가가 외치는 소리에 사람들은 또 일제히 하늘을 올려다봤다. 이게 어떻게 된 일인가. 인간 표범은 애드벌룬의 망을 잡고 지붕 바깥쪽 허공에 매달려 있다.

애드벌룬은 바람에 흔들거리며 은색의 커다란 물체를 먼 상공으로 띄웠다. 풍선 밑에는 '맹수 대격돌…… Z 곡마단'이라는 붉은 글자가 펄럭거리며 번쩍였고, 거기 달린 밧줄이 아케치 일행이 서 있는 광장 한쪽 구석, 풍선 승강용 도르래까지 이어졌다.

"도르래를 감아라, 도르래를 감아."

사람들이 소리치며 도르래 쪽으로 달려가고, 네다섯 명이
힘을 합쳐 애드벌룬의 밧줄을 감았다.

희대의 살인마 인간 표범도 더 이상 도망칠 방법이 없었다.
도르래를 감자 밧줄이 점점 짧아졌다. 풍선이 지상에 내려오면
인간 표범도 체포될 운명을 피할 수 없으리라. 이 체포극의
대단원도 바야흐로 5분, 그리고 3분 후로 다가왔다.

하지만 밧줄을 움켜쥔 인간 표범은 포기하지 않은 채 계속
위로 올라갔다. 도르래를 한 자 감으면 그도 한 자 올라갔다.
거대한 풍선을 아슬아슬하게 천막 지붕까지 끌어내렸는데도
검은 표범은 의연히 공중에 떠 있었다. 'Z 곡마단' 네 글자는
어느덧 보이지 않고 인간 표범이 '맹수 대격돌'이라는 글자
밑에 매달려 있다.

"쓸데없이 힘 빼지 말고 얼른 내려오지."

지상의 경찰들은 일이 생각대로 풀리지 않자 속을 태우며
공중의 범인에게 외쳤다.

"와하하하……, 여러분, 여러분이야말로 헛수고하지 마시
죠."

대답이 허공에서 바람결에 날리며 아련히 들렸다.

"아케치 군, 쓰네가와 군도 거기에 있나? 고생이 많네. 하지만
자네들은 또 헛수고를 하고 있군."

'인간 표범'은 붉은 '대'자 밑에 매달려 방약무인하게 밉살스

러운 입을 놀렸다.

"바보 같으니라고, 변명은 나중에 천천히 듣겠다. 빨리 내려와라. 거참, 체념을 모르네."

경부도 질세라 응수했다.

"아하하하……, 나를 체포할 생각인가 본데, 하하하하…….
너희들은 웃음거리가 될 거야. 왜냐하면 나는 절대 잡히지 않을 거거든."

허공에서 소리치는 온다의 오른손에 번쩍 빛나는 것이 보였다. 대형 칼이다. 그 칼이 그의 허리춤의 밧줄을 좌우로 맹렬히 흔들리더니 돌연 밧줄이 절단되었다. 그러자마자 지금까지 몇 명이 도르래에 달라붙어 지상으로 끌어내리던 풍선이 대포알처럼 엄청난 속도로 날아올라 갔다.

"우하하하……, 아케치 군, 안녕, 쓰네가와 군, 안녕. 우하하하하하."

비상하는 풍선과 함께 악마의 조소가 꼬리를 남기듯 저 멀리 천공으로 사라졌다. 은색 풍선 아래 한 손과 양다리로 매달린 작고 검은 인간이 지상의 군중을 향해 손을 흔들었지만 잠시후 그 모습조차 보이지 않았다. 그저 고무공만한 은색 물체가 바람 사이사이의 흰 구름 사이를 누비며 도쿄만 방향으로 계속 날아가는 모습만 보였다.

* * *

그다음 날, 사가미 반도의 어선이 근해에서 멀리 떨어진 바다 위에 떠다니는 은색 문어 같은 괴물을 발견했다. 조사해 보니 그건 Z 곡마단의 애드벌룬이 틀림없었다. 하지만 인간 표범 온다의 시체가 어느 해안에서 인양되었다는 보고는 끝내 접할 수 없었다. 그는 풍선과 운명을 같이해 바다 밑의 고기밥으로 사라진 걸까. 아니면 악운이 강해 지나가던 배에 구조되어 아직 이 세상 어딘가에서 인광을 번뜩이며 또다시 악행을 도모하고 있는 걸까.

하지만 그로부터 1년이 더 지났는데도 그의 소식은 들리지 않았다. 설사 살아있더라도 인간 표범의 해악은 이 세상에서 사라졌다고 해도 과언이 아니었다.

사립 탐정 아케치 고고로의 명성은 독야청청 높아졌고 그의 아름다운 아내, 후미요의 얄궂은 운명에 대해서는 어디서나 화제가 되어 오래도록 사람들을 감동시켰다.

다만 여기에는 영원히 풀리지 않는 수수께끼가 하나 남았다. 눈에서는 섬뜩한 인광을 뿜고 엄니는 야수처럼 날카로운 데다가 혀에는 고양이 속 같은 돌기가 있는 괴물 인간 표범이 어떻게 이 세상에 태어나게 되었는가 하는 의문 말이다. 사건 후, 세간에는 인수교혼人獸交婚이라는 설이 떠돌았다. 온다는 태어나지 말아야 할 지옥의 자식이었다는 것이다. 그 논거는 온다의 아버지가 왜 그렇게까지 표범을 사랑했는가. 그가 표범을 쏴 죽여야만 했을 때 그렇게까지 슬퍼할 특별한 이유가 있었을까. 그리고 총애하는 표범을 잃고 나서 1년 후에 구태여 아사쿠사 동물원에서 같은 동물을 훔쳐야만 했던 이유는 무엇일까. 이는 단지 막연한 정황에 불과했다. 두말할 것 없이 단순한 억측이다. 과학적으로 인정되지 않은 억측일 뿐이다.

여기에는 온다의 부친 외에는 알지 못할 엄청난 비밀이 있을지도 모른다. 하지만 그 부친은 이미 이 세상 사람이 아니었다. 그의 자살과 함께 인간 표범의 기괴한 존재는 천고에 풀기 어려운 수수께끼로 남았다.

그렇다면 그때 아사쿠사 동물원에서 훔친 표범은 어떻게 되었을까. 독자 여러분은 틀림없이 그걸 수상히 여길 것이다. 온다의 부친과 운명을 함께 한 표범은 서커스 무대에서 최후를 맞이했다. 우리 안의 호랑이가 사실은 화장으로 변장시킨 표범이었던 것이다. 범인들은 훔친 표범의 처리가 곤란했음이 틀림없다. 그런 눈에 띄기 쉬운 동물을 데리고 사람들 눈을 속이기란 불가능했다. 표범을 숨겨야 했다. 그런데 어떻게? 마술사는 그와 관련해 실로 기상천외한 발상을 생각해 냈다.

그들은 인간의 새치 염색약을 사용해 교묘하게 표범 반점을 염색하고 전신에 호랑이 반점을 그려놓았다. 사람들은 표범을 찾았다. 호랑이를 찾는 것이 아니었다. 그런 까닭에 난데없이 도쿄에 호랑이를 데리고 다니는 맹수 조련사가 등장했다 해도 바로 의심받지는 않았던 것이다.

그들은 그 호랑이와, 안에 후미요가 들어가 있는 가짜 곰을 데리고 Z 곡마단에 연줄로 가입했다. 물론 그들은 곡마단 사람들을 호랑이나 곰 가까이 오지 못하게 했다. 그렇게 이중삼중의 목적이 달성되었다. 온다 부자와 표범이 안전하게 몸을 숨겼을 뿐만 아니라 유괴된 후미요까지 사람들 눈에 전혀 띄지 않게 곰 우리에 감금해 둘 수 있었다. 그게 끝이 아니었다. 맹수 격투물이라는 이름을 붙여 공연까지 할 수 있었다. 공공연하게 군중들 면전에서 후미요를 표범 먹이로 만드는 무참하기 그지없는 공연이었다. 그들은 이런 악마의 허영심과 살인 연출의 매력에 반쯤 정신이 나간 나머지 결국에는 자기들 신상이 위험해진 것조차 잊은 듯했다.

인간 표범 사건은 아케치 고고로가 취급한 많은 범죄 사건 중에서도 가장 기괴한 성향의 범죄였다. 피해자가 사랑하는 아내 후미요였다는 것만으로도 그에게 오래도록 잊지 못할 인상을 남겼다.

"풍선에 탄 온다가 상공에서 우리를 비웃던 그 섬뜩한 웃음소리는 내 귀에 남아 영원히 떨어지지 않을 것 같아. 꿈도 꿔. 난 아마 평생 그 소리를 잊지 못할 거야."

아케치는 그 후에도 쓰네가와 경부를 만날 때마다 어김없이 그 말을 했다.

작가의 말

　『고단구락부』1934년 5월호부터 이듬해 5월호까지 연재했다. 인간이 다른 인간으로 변신하는 이야기는 여러 번 썼기에 이번에는 인간이 짐승으로 변하는 괴담을 쓰려했다. 역시 일관된 줄거리를 충분히 생각지 않고 써서 전체적으로 완결성이 부족한 감이 있다. 매달 집필하면서 어떤 달은 좀 흥미로운 이야기가 떠오르는가 하면 어떤 달은 너무 시시한 이야기만 떠올라 내 고질적인 문제가 노출되었다. 하지만 당시 오락 잡지들은 이런 유치한 읽을거리를 원했기 때문에 내 장편은 꽤 수요가 많았다.

　　　　　－도겐샤 판『에도가와 란포 전집』후기 중 (1962년 6월)

옮긴이의 말

아케치 고고로 사건수첩 8권 『인간 표범』은 1934년 1월부터 이듬해 5월까지 『고단구락부』에 연재한 소설입니다. 1925년 「D자카 살인사건」에서 아케치가 첫 등장한 이래 이 시리즈는 많은 변화를 겪습니다. 수수께끼 풀이에 집중했던 초기 단편들과는 달리 『거미남』 이후부터는 모리스 르블랑과 구로이와 루이코로부터 영향을 받은 모험 활극이 대부분입니다.

에도가와 란포에 따르면 『인간 표범』도 처음에는 구로이와 루이코의 『괴물怪の物』과 무라야마 가와타의 「악마의 혀悪魔の舌」에서 착상을 빌려(「괴담입문」, 『환영성』) 괴담으로 쓰려 했지만, 결과적으로는 모험 활극으로 완성된 소설 중 하나가 되었습니다.

푸른 광채를 뿜는 두 눈, 돌기가 돋은 거무죽죽한 혀, 개의 입을 찢어놓는 괴력 등 인간 표범 온다는 짐승의 본능에 따라 행동하기에 란포가 창조한 괴인 중에서도 가장 잔혹하고 흉포합니다.

처음부터 범인을 밝히고 시작하는 까닭에 다른 소설들에 비해 트릭이나 추리 요소가 적은 이 소설에서 가장 큰 미스터리는 인간 표범의 정체인지도 모릅니다. 하지만 그 비밀은 최후까지 밝혀지지 않고 그가 어떻게 세상에 태어나게 되었는가는 여러 가설로만 남을 뿐입니다. 오우치 시게오나 등 여러 평론가 들은 그런 모호한 결말이 이 소설의 가장 큰 결점이라고 지적하는데, 신보 히로히사는 이 소설이 연재된 시기에 군부의 비상체제가 강화되어 '에로그로'에 대한 탄압이 심해졌기에 암시로 끝냈을 것이라고 변명해 주면서도, 그 이상 자세히 밝히면 너무 황당무계해지기에 자제한 것일 수도 있다는 의견을 밝힙니다.

'에로그로'란 에로틱과 그로테스크의 합성어로 쇼와 초기의 문화 풍조를 가리키며 1929년 대공황 이후 2·26 사건이 일어났던 1936년까지의 시기에 해당합니다. 『마술사』 서두에서 매일같이 끔찍한 사건들이 신문 지상에 오르내린다는 서술처럼 이 시기에 실제로 엽기적인 사건들이 많이 일어났으며 신문사들은 경쟁적으로 선정적인 기사를 내보냈습니다. 대중문화에서도 이런 경향을 띤 작품들이 큰 인기를 얻어 주류를 차지하게 되지만, 황도파 청년 장교들의 쿠테타인 2·26 사건으로 계엄령이 선포된 이후 군부의 권력은 더욱 강력해지고 '에로그로'에 대한 탄압은 심해집니다.

『음울한 짐승』으로 엽기 붐을 일으킨 장본인이나 다름없는 에도가와 란포는 검열로 인해 이런 작품을 더 이상 쓰지 못하자 『괴인이십면상』을 비롯한 소년 탐정물로 전향했습니다. 『흡혈귀』에서 처음으로 등장했던 고바야시 소년이 소년탐정단을 이끌고 아케치 탐정과 함께 사건을 해결하는 소년탐정단 시리즈가 시작되는 것입니다.

2024년 6월
이종은

작가 연보

1894년
- 10월 21일 미에三重현 나가名賀군 나바리초名張町에서 아버지 히라이 시게오平井繁男와 어머니 기쿠きく의 장남으로 태어남. 본명은 히라이 다로平井太郎.

1897년(3세)
- 아버지의 전근으로 나고야名古屋 소노이초園井町로 이사. 평생 이사가 잦았으며 그 회수가 총 46회에 달함.

1901년(7세)
- 4월 나고야 시라가와 진조소학교白川尋常小学校 입학.

1903년(9세)
- 이와야 사자나미巖谷小波의 동화에 심취. 어머니가 읽어준 기쿠치 유호菊池幽芳의 번안 추리소설『비밀 중의 비밀秘密中の秘密』을 학예회에서 구연하려다 실패. 환등기에 매혹되었으며 이후 렌즈와 거울에 빠짐.

1905년(11세)
- 4월 나고야 시립 제3고등소학교名古屋市立第3高等小学校에 입학. 친구와 등사판 잡지 제작.

1907년(13세)
- 4월 아이치 현립 제5중학愛知県立第5中学에 입학. 여름방학 때 피서지인 아타미熱海에서 구로이와 루이코黒岩涙香가 번안한『유령탑幽霊塔』을 읽고 감탄. 나쓰메 소세키夏目漱石, 고타 로한幸田露伴, 이즈미 교카泉鏡花의 작품을 읽기 시작.

1908년(14세)
- 활자를 구입하여 잡지를 제작. 아버지가 히라이 상회平井商店를 창업.

1910년(16세)
- 친구와 만주 밀항을 위해 기숙사를 탈출, 정학처분을 받음.

1912년(18세)

- 3월 중학교 졸업.
- 6월 히라이 상회의 파산으로 고등학교 진학 포기. 일가가 한국의 마산으로 이주.
- 9월 홀로 귀국하여 와세다대학早稲田大学 예과 2년에 편입.

1913년(19세)

- 3월 〈제국소년신문帝国少年新聞〉을 기획하여 소설 집필 시도.
- 9월 와세다대학 정치경제학과에 입학.

1914년(20세)

- 친구들과 회람잡지『흰 무지개白紅』를 제작. 가을에 에드거 앨런 포, 코난 도일 등 해외 탐정소설에 흥미를 가짐.

1915년(21세)

- 아르바이트를 하며 해외 추리소설 탐독. 코난 도일 번역을 위해 고대 로마 이래 암호를 연구. 가을에 탐정소설 초안 기록을 수제본 『기담奇譚』으로 엮음. 습작으로 「화승총火縄銃」 집필.

1916년(22세)

- 8월 와세다대학을 졸업. 미국에 가서 탐정작가가 되려는 꿈을 단념하고 오사카의 무역회사 가토양행加藤洋行에 취직.

1917년(23세)

- 5월 이즈伊豆의 온천장을 방랑. 다니자키 준이치로谷崎潤一郎의 『금빛 죽음金色の死』에 감동, 이후 사토 하루오佐藤春夫와 우노 고지宇野浩二의 작품들을 가까이함. 「화성의 운하火星の運河」를 집필.

1918년(24세)

- 미에현 도바조선소鳥羽造船所 기관지 편집을 맡음. 도스토옙스키에 경도.

1919년(25세)

- 2월 도쿄에 상경. 동생들과 혼고本郷 단고자카団子坂에 헌책방 산닌쇼보三人書房를 개업했으나 1년 만에 폐업. 사립 탐정, 만화잡지『도쿄펑東京バック』편집장, 중화소바 노점상 등 여러 직업을 전전. 겨울에 조선소 근무 중 알게 된 사카테지마坂手島 출신의 무라야마 류村山隆와 결혼.

1920년(26세)

- 2월 도쿄시 사회국에 입사. 만화잡지에 만화를 기고.
- 5월 조선소 시절 동료와 지적소설간행회知的小說刊行会를 창설, 동인잡지『그로테스크グロテスク』를 기획하였으나 좌절. 한자를 달리 표기한 江戸川藍를 필명으로 사용. 「영수증 한 장」의 바탕이 되는 「석괴의 비밀石塊の秘密」 착수.
- 10월 오사카로 이주. 오사카 〈시사신문사時事新聞社〉 기자로 재직.

1921년(27세)

- 2월 장남 류타로隆太郎 탄생.
- 4월 상경하여 일본공인구락부日本工人倶楽部 기관지 편집장으로 취업.

1922년(28세)

- 7월 오사카 아버지 집에서 기거. 「2전짜리 동전二銭銅貨」과 「영수증 한 장一枚の切符」을 집필. 『신청년新青年』에 기고.

1923년(29세)

- 4월 『신청년』에 고사카이 후보쿠小酒井不木 추천사와 함께 「2전짜리 동전」 게재. 7월호에는 「영수증 한 장」 게재.
- 7월 오사카 〈마이니치신문사每日新聞社〉 광고부에 취직.

1924년(30세)

- 6월 『신청년』에 「두 폐인二癈人」 게재.
- 10월 『신청년』에 「쌍생아双生児」 게재.
- 11월 전업 작가가 되기로 결심하고 오사카 〈마이니치신문사〉 퇴사.

1925년(31세)

- 1월 『신청년』 신년증대호에 「D자카 살인사건D坂の殺人事件」을 게재.
- 2월 『신청년』에 「심리시험心理試験」 게재 이후 편집장 모리시타 우손森下雨村이 기획 연속단편을 제안, 이후 「흑수단黒手組」(3월호), 「붉은 방赤い部屋」(4월호), 「유령幽霊」(5월호), 「천장 위의 산책자屋根裏の散歩者」(8월 여름증대호) 등을 발표.
- 4월 오사카에서 요코미조 세이시橫溝正史와 탐정취미회探偵趣味会를 발족.
- 7월 슌요도春陽堂에서 단편집 『심리시험』 발간.
- 9월 아버지 히라이 시게로 사망. 『탐정취미探偵趣味』 창간호 발간.
- 10월 『구라쿠苦楽』에 「인간의자人間椅子」 발표.

- 11월 JOAK(현 NHK) 라디오에서 「탐정취미에 관하여」를 방송. 대중문예작가21일회大衆文芸作家二十一日会에 참가, 『대중문예大衆文芸』 창간.

1926년(32세)
- 1월 『선데이 마이니치サンデ−毎日』에 「호반정 살인湖畔亭事件」, 『구라쿠』에 「어둠 속에서 꿈틀대다闇に蠢く」 연재 시작.
- 2월 〈아사히신문朝日新聞〉에 「난쟁이一寸法師」 연재 시작.
- 7월 『신소설』에 「모노그램モノグラム」 게재.
- 10월 『신청년』에 「파노라마섬 기담パノラマ島奇談」 연재 시작. 『대중문예』에 「거울지옥鏡地獄」 게재.

1927년(33세)
- 3월 나오키 산주고의 연합영화예술협회 제작의 〈난쟁이〉 개봉. 시모도츠카下戸塚에 하숙집 치쿠요칸築陽館 개업.
- 6월 자신의 작품에 절망해 절필을 선언하고 일본해 연안을 방랑.
- 10월 헤이본샤平凡社판 현대대중문학전집 제3권 『에도가와 란포집』 발간, 16만 부 이상이라는 판매기록 수립. 교토, 나고야를 방랑.
- 11월 『대중문예』 동인들과 함께 대중문예합작조합인 단기사耽綺社 결성.

1928년(34세)
- 8월 『신청년』에 「음울한 짐승陰獣」 연재 시작, 인기를 얻음.

1929년(35세)
- 4월 고사카이 후보쿠 사망 후 『고사카이 후보쿠 전집』 간행에 매진.
- 6월 『신청년』에 「압화와 여행하는 남자押絵と旅する男」 게재.
- 8월 『고단구락부講談倶楽部』에 「거미남蜘蛛男」 연재 시작. 국내외 동성애문헌 수집에 착수.

1930년(36세)
- 1월 『문예구락부文芸倶楽部』「엽기의 말로猟奇の果」 연재 시작.
- 7월 『고단구락부』에 「마술사魔術師」 연재 시작.
- 9월 『킹キング』에 「황금가면黄金仮面」 연재 시작. 〈호치신문報知新聞〉에 「흡혈귀吸血鬼」 연재 시작.

- 10월 고단샤講談社에서 『거미남』 출간, 인기리에 판매.

1931년(37세)
- 5월 헤이본샤판 『에도가와 란포 전집』 전 13권으로 발간 시작.
- 8월 에스페란토어 역본 『황금가면』 발간.

1932년(38세)
- 3월 집필을 중단한 후 각지를 여행.
- 11월 오카다 부헤이岡戸武平가 대필한 『꿈틀거리는 촉수蠢〈触手』를 신초샤新潮社에서 발간.
- 12월 이치가와 고다유市川小太夫가 「음울한 짐승」을 연극으로 상연.

1933년(39세)
- 1월 오츠키 겐지大槻憲二의 정신분석연구회精神分析研究会에 참가.
- 11월 『신청년』에 「악령惡靈」 연재 시작(3회로 중단).
- 12월 『킹キング』에 「요충妖虫」 연재 시작.

1934년(40세)
- 1월 『히노데日の出』에 「검은 도마뱀黑蜥蜴」 연재 시작. 『고단구락부』에 「인간 표범人間豹」 연재 시작.
- 9월 『중앙공론中央公論』에 「석류柘榴」 발표.

1935년(41세)
- 1월 『란포 걸작선집』 전 12권 헤이본샤에서 발간 시작.

1936년(42세)
- 1월 『소년구락부少年倶楽部』에 「괴인이십면상怪人二十面相」 연재 시작.
- 4월 『탐정문학探偵文学』 4월호 에도가와 란포 특집호 발간.
- 5월 평론집 『괴물의 말鬼の言葉』 슌주샤春秋社에서 발간.

1937년(43세)
- 9월 『히노데』에 「악마의 문장惡魔の紋章」 연재 시작.

1939년(45세)
- 1월 『고단구락부』에 「암흑성暗黒城」 연재 시작. 『후지富士』에 「지옥의 어릿광대地獄の道化師」 연재 시작.
- 3월 슌요도 일본문학소설문고로 발간된 『거울지옥』 중 「벌레蟲」가 반전反戰 성향이 있다는 이유로 삭제 명령. 은둔생활 결심.

1941년(47세)

- 군부에 협조하지 않았다는 이유로 작품 출판이 금지됨. 신문기사 등 자료를 모아 『하리마제연보貼雜年譜』 제작 시작.

1942년(48세)
- 1월 『소년구락부』에 고마츠 류노스케小松龍之介라는 필명으로 「지혜의 이치타로知惠の一太郎」 연재 시작.

1943년(49세)
- 11월 『히노데』에 과학 스파이 소설 「위대한 꿈偉大なる夢」 연재 시작.

1945년(51세)
- 4월 가족과 후쿠시마福島로 소개疎開.

1946년(52세)
- 4월 탐정작가 친목회인 토요회土曜会 창설.
- 10월 「심리시험」을 원작으로 한 영화 〈팔레트 나이프의 살인 パレットナイフの殺人〉 상영.

1947년(53세)
- 6월 탐정작가클럽 창설, 초대회장으로 취임, 회보 발행. 각지에서 탐정소설에 관해 강연.

1948년(54세)
- 8월 쇼치쿠松竹 영화사 제작 〈난쟁이〉 개봉.

1949년(55세)
- 1월 『소년少年』에 「청동의 마인青銅の魔人」 연재 시작.

1950년(56세)
- 3월 〈호치신문〉에 「단애斷崖」 연재 시작. 「흡혈귀」를 원작으로 한 다이에이大映 영화사 제작 〈얼음 기둥의 미녀氷柱の美女〉 상영.

1951년(57세)
- 5월 이와야쇼텐岩谷書店에서 평론집 『환영성幻影城』 발간.

1952년(58세)
- 7월 탐정작가클럽 명예회장으로 추대.
- 11월 미군기관지 『성조기Stars and Stripes』에 아케치 고고로가 일본의 홈즈로 소개.

1954년(60세)
- 6월 오사카 〈산케이신문〉에 「흉기凶器」 게재. NHK라디오 연속드라

마 「괴인이십면상」 방송.

- 10월 에도가와 란포상 제정. 이와야쇼텐에서 『탐정소설 30년』 발간. 순요도에서 『에도가와 란포 전집』 전 16권 발간 시작.
- 11월 쇼치쿠 영화사 제작 〈괴인이십면상〉 개봉.

1955년(61세)

- 1월 「도깨비 환희化人幻戱」, 「그림자남影男」, 「십자로十字路」 집필. 쇼치쿠 영화사 제작 〈청동의 마인〉 개봉.
- 2월 신토호新東宝 영화사 제작 〈난쟁이〉 상영.
- 4월 『오루 요미모노オール読者』에 「달과 수첩月と手袋」 게재.

1956년(62세)

- 3월 닛카츠日活 영화사 제작 〈죽음의 십자로死の十字路〉 개봉. J. 해리스 번역, 영문 단편집 발간.

1957년(63세)

- 8월 〈파노라마섬 기담〉 토호東宝극장에서 개봉.

1961년(67세)

- 10월 도겐샤桃源社판 『에도가와 란포 전집』 전 18권 발간 시작.

1963년(69세)

- 1월 사단법인 일본추리작가협회 창설, 초대회장 취임.

1965년(71세)

- 7월 28일 뇌출혈로 사망.

아케치 고고로 사건수첩 8

인간 표범

초판 1쇄 발행 | 2024년 7월 23일

지은이 에도가와 란포
옮긴이 이종은
펴낸이 조기조
펴낸곳 도서출판 b | 등록 2003년 2월 24일 제2006-000054호
주소 08504 서울특별시 금천구 가산디지털2로 169-23 가산모비우스타워 1501-2호
전화 02-6293-7070 | 팩스 02-6293-8080 | 홈페이지 www.b-book.co.kr
이메일 bbooks@naver.com | 유튜브 www.youtube.com/@bbookspublishing

ISBN 979-11-87036-70-8 (세트)
ISBN 979-11-87036-78-4 04830

값 | 14,000원